못다 한 이야기는
더 많은 용기를 남기고

못다 한 이야기는
더 많은 용기를 남기고

전영규 지음

국학자료원

"내 책(소설)과 일기는 계속 서로의 발을 짓밟는다.
나는 이혼할 수도 없고 화해할 수도 없다. 나는 양쪽 모
두에게 배반자다. 하지만 나는 내 일기에게 더욱 충실
하다. 내 일기를 소설 속에 집어넣을 수는 있지만, 인간
적인 충실함을 보여주기 위해 소설의 일부분을 일기에
쓰는 일은 절대 없다."

— 아나이스 닌, 『헨리와 준』중에서[1]

미국의 여성작가 아나이스 닌은 1933년에 쓴 자신의 일기에
서 위와 같은 말을 남겼다. 작가는 자신이 11살이던 1914년부터

---

1   아나이스 닌, 홍성영 옮김, 『헨리와 준』, 펭귄클래식코리아, 2019, 8쪽.

45년 동안, 무려 삼만 오천 부에 달하는 육필 일기를 남겼다. 현재 작가의 일기는 뉴욕시 문화국 D.C.L.A의 특별 컬렉션 부서에서 보관하고 있다. 소설보다는 일기를, "인간적인 충실함을 보여주기 위해" 소설가의 삶보다는 일기를 쓰는 작가의 삶에 대해서. 소설과 일기, 픽션과 논픽션, 허구와 실제, 상상과 현실 사이에서 화해할 수도, 그렇다고 양쪽 모두 배반할 수도 없었던 작가는 스스로에게 가장 솔직해지는 방법을 선택한다.

『못다 한 이야기는 더 많은 용기를 남기고』는 내가 가장 솔직해지는 순간들에 대한 이야기다. 제목에서처럼 내가 미처 못다 한 이야기이자, 반드시 할 수밖에 없었던 이야기. 나라는 한 인간의 충실함을 보여주는 순간이자, 삶을 대하는 나의 태도, 그리고 내가 읽고 쓰는, 그럼에도 불구하고 반드시 읽고 써야만 하는 모든 것들에 대한 이야기다.

나에 대해 가장 솔직해지는 순간은 언제였는지 들여다본다. 그 순간은 용기가 필요하다. 아프고 솔직한 이야기를 할 수 있는 힘은 용기에서 나온다. 용기는 나에게 위협을 가한 사람을 생각하기보다 자신을 도와준 사람을 생각할 때 더 강해진다는 말이 있다. 난 나의 이야기뿐만 아니라 그들이 미처 하지 못한 이야기를 하고자 한다. 수필은 단순히 사실을 기록하는 글쓰기가 아니다. 장르에 구애받지 않고 가장 자유로운 방식으로 기록하고 싶은, 혹은 반드시 기록해야만 하는 욕구에서 비롯한다. 난 반드시 기록해야만 하는 나와 그들의 이야기, 그리고 이런 이야기를 할 수 있게 된 용기에 대해 말하고자 한다.

이 에세이집의 구성은 총 5부로 이루어진다. **1부 피와 뼈**는 나의 유년이 담긴 가족서사, **2부 그들은 왜 그런 말을 했을까**는 문단 속 부조리와 일상 비평, **3부 8N년생들의 사랑법**은 연애와 사랑 이야기, **4부 어떤 구도**求道는 문학을 대하는 나의 태도이자 내가 생각하는 문학론, **5부 우리가 아는 가장 밝은 세계**는 일상을 대하는 나의 마음가짐에 대해 이야기하고자 한다.

에세이를 쓴다는 건 '누가 나를 궁금해하며 이 글을 읽어볼까'라는 의문에서 시작될 것이다. 그렇다면 이 글을 읽게 될 자들이 이런 마음을 가졌으면 좋겠다. 별 볼일 없는 일상의 기억도 특별한 이야기가 될 수 있다는 것. 읽고 쓰는 일이 누군가에게는 위안이 되거나, 위안을 받을 수도 있다는 것. 읽고 쓰는 일을 계속해나가는 행위 또한 누군가에게는 작은 구원이자 용기가 될 수 있다는 것. 그 용기는 내가 사는 이곳을 향한 사랑이 있기에 가능하다는 것. 그런 의미에서 이 글은 그 사랑을 증명하는 방식이며, 앞으로도 계속 이어가고자 한다.

차례

1부

피와 뼈

피와 뼈[1]

우리 집의 저주는 증조할머니가 자살을 하면서부터 시작되었다. 목을 맨 그분의 시체를 스무 살도 되지 않은 아빠와, 마흔을 조금 넘긴 할아버지가 발견했다. 스스로 생을 마감한 그분의 나이는 85세였다. 지방의 작은 시골 마을은 소문이 빠른 법이다. 증조할머니의 자살 소식은 머지않아 마을 곳곳에 퍼져 나갔다. 굳이 알려지지 않아도 될 당신의 사인死因은, 팔십이 넘은 고령이었기에 대부분의 사람들이 자연사였으리라 짐작하던 당신의 죽음은, 그분의 딸이자 할아버지의 누나인 고모할머니에 의해 적나라하게 알려졌다. 고모할머니는 사람들에게, 올케 부부가

---

1 최양일 감독의 영화 제목 〈피와 뼈〉(2005)에서 빌려 옴.

어머니를 제대로 모시지 않았기 때문에 자살한 것이라고 흉을 보았다. 그날 이후 할아버지는 고모할머니와 한동안 연을 끊었다. 그날 이후 당신의 죽음은 절대 알려져서는 안 될 우리 집안의 금기가 되었다.

나중에 이 사실을 알게 된 엄마가 할아버지와 아빠에게 물은 적이 있다. 당신이 왜 스스로 생을 마감했냐는 질문에 그들은 "우리가 잘 모시지 못해서겠지 뭐."라고 짧게 대답할 뿐 더 이상 자세한 말을 하지 않았다. 자살생존자나 다름없는 나머지 가족들에게 당신의 죽음은 큰 충격을 안겨다 주었다. 그들은 망자亡者의 죽음에 대한 충격과 상실뿐만 아니라, 많은 이들의 수군거림도 감내해야 했다. 당신의 죽음에 대한 세간의 수군거림 속에는 그분의 잔인한 성정性情에 대한 이야기가 어김없이 등장했다. 이를테면 남편에게 폭언과 폭력을 일삼고, 가족들이 보는 앞에서 아들의 뺨을 때리고, 어린 손녀의 학교까지 찾아와 모든 이들이 보는 앞에서 손녀를 혼내고 때려야 직성이 풀렸다는 이야기. 분명 좋은 이야기는 아니었다. 그분의 죽음에 대해 이야기할 때는 '자신의 분憤을 이기지 못하여'라는 관용구가 늘 따라다녔다. 구한말 이전에 태어나 일제강점기와 전쟁을 겪으며 반세기 이상의 시간을 살아온 당신이 선택한 삶의 마지막은 자살이었다. 당신은 왜 스스로 생을 놓아버렸을까. 당신이 삶을 놓아버린 이유가 '분함을 이기지 못해서'였다면, 당신이 느꼈을 분함이란 무엇일까.

생을 스스로 놓아 버린 자의 삶을 기억하는 일은 남아 있는 자의 몫이다. 당신이 삶의 마지막으로 선택한 자살의 이유가 무엇이든지 간에, 남아 있는 자들이 나의 분함만큼이나 살아가는 동안 영원히 고통받기를 바라는 마음에서 자살을 선택한 것이었다면, 당신의 죽음은 너무나 잔인한 것이었다. 자살이 자신뿐만 아니라 자신과 가까운 자들을 향한 가장 극단적인 공격이 될 수도 있다는 것을 당신의 죽음을 통해 실감한다. 당신이 왜 스스로 생을 놓아버렸는지는 알 수 없지만, 안다 하더라도 어쩔 도리 없는 상황이겠지만, 당신의 죽음으로 인해 남겨진 자들의 삶은 조금씩 달라지기 시작한다. 분명 좋은 방향은 아니었다. 우연인지 아닌지는 모르겠지만, 당신의 핏줄을 물려받은 자들의 삶은 순탄하지 않았다. 난 그것을 당신의 저주라 부른다. 다시 한 번 말하자면 생을 스스로 놓아버린 자의 삶을 기억하는 일은 살아 있는 자의 몫이다. 죽음은 정작 죽은 사람이 아니라 살아 있는 자들이 감당해야 할 몫인 것처럼. 지금부터 하는 이야기는 우리 집에서 오래도록 금기시되어 왔던 당신의 죽음에 대한 것이다. 당신은 어떤 삶을 살아왔을까.

*

당신은 두 명의 딸과 한 명의 아들을 두었다. 당신의 첫째 딸이자 큰고모할머니로 불렸던 분을 떠올려 본다. 하얀 머리에 쪽을 지고 한쪽 무릎을 세우고 앉아 줄담배를 뻐끔뻐끔 피우던 모습이 기억난다. 가느다란 담배 연기를 내뿜는 그녀의 모습은 마치 하얀 살쾡이 같았다. 어른들과 나누는 대화 중에 종종 나지막한 욕설이 들리기도 했다. 어린 나는 그녀의 머리에 꽂힌 구릿빛의 뭉툭한 비녀와, 담배 끝에 끼워진 나무 곰방대를 한동안 신기하게 바라보곤 했다. 큰고모할머니는 세 명의 아들을 두었다. 첫째 아들은 6·25전쟁 중에 행방불명되었고, 둘째 아들은 사기죄로 감옥을 자주 들락거리다가 결국 지명수배자가 되어 도주 중이며, 지금도 어디 있는지 모른다고 들었다. 셋째 아들의 부인은 어느 날 집을 나가서 돌아오지 않는다고 했다. 내가 어릴 적 어느 늦은 밤이었다. 둘째 아들의 아내와 그녀의 딸이 사색이 된 채 맨발에 슬리퍼 차림으로 우리 집에 찾아온 적이 있었다. 남편이 술을 먹고 때리는 것을 피해 도망쳐 온 거라 했다. 그런 일이 여러 번 있었다.

그다음으로 당신의 둘째 딸이자 작은고모할머니에 대한 이야기. 작은고모할머니는 두 명의 아들과 세 명의 딸을 두었다. 작은고모할머니는 당신의 죽음이 당신을 제대로 모시지 못한 올케 부부가 죽인 것이나 마찬가지라고 흉을 본 것에서 그치지 않고, 조카며느리인 엄마에게도 그 사실을 적나라하게 말했다. 그녀가 쏟아 낸 악담의 업보라도 되는 듯이 그녀의 둘째 아들은 오랜 우울증을 앓다 자살로 생을 마감했다. 첫째 아들은 우울과 신경쇠약으로 일상생활에 지장을 줄 만큼 몸이 허약했고, 셋째 딸은 한 번의 이혼과 재혼, 넷째 딸은 남편과 사별하고 다섯째 딸은 이혼을 했다.

큰고모할머니는 모두가 가난한 시절, 스무 살 가까운 나이 차이가 나는 어린 남동생인 할아버지가 결혼한 그녀의 집에 들를 때마다 먹을 것들을 숨겼다. 하다못해 그녀의 남편인 큰고모할아버지가 어린 처남에게 간단히 요기할 개떡 같은 별 볼 일 없는 음식을 주는 것조차도 싫어했다. 작은고모할머니는 아직 걸음도 떼지 못한 자신의 어린 젖먹이 자식이 울고 보챈다는 이유로 몇 번이고 마당에 던져 버렸다는 이야기를 들었다. 마당에 던져진 아이는 놀란 개구리처럼 땅바닥에 납작하게 엎드려 울음을 멈추고 움츠러들었다. 그녀들의 남편은 그녀들보다 일찍 세상을 떠났다. 그리고 그녀들은 남편보다 오래 살았다. 큰고모할머니는

2002년 96세의 나이에, 작은고모할머니는 2022년 97세의 나이에 세상을 떠났다.

다음으로 당신의 아들이자 나의 친할아버지에 대한 이야기. 할아버지는 스무 살에 할머니와 결혼해 세 명의 딸과 한 명의 아들을 두었다. 얼굴도 본 적 없는 첫째 고모는 어느 날 교통사고로 약혼자와 함께 서른 살도 안 된 나이에 세상을 떠났다. 둘째 고모는 한 명의 딸과 한 명의 아들을 낳았는데 그 아들은 나와 나이가 같았다. 그녀의 아들은 어느 날 교통사고로 크게 머리를 다쳤다. 오랜 수술 끝에 몸은 겨우 회복되었지만 정신은 어린아이의 상태로 돌아가 버렸다. 그녀의 아들은 죽은 것도, 산 것도 아닌 상태로 몇 년을 재활원에서 지내다가 세상을 떠났다. 그때 내 나이는 중학생이었다. 소식을 듣고 온 가족이 병원으로 간 그날, 난 그때 태어나서 처음으로 시체라는 것을 보았다. 그날 이후 걸핏하면 "죽지 못해 산다.", "죽으려고 악쓴다."라는 말을 자주 내뱉던 할머니의 푸념은, 정작 죽지 못해 사는 사람이 누구인지 알게 되고 나서부터 사라졌다. 셋째 고모는 두 명의 딸을 낳았다. 그녀의 첫째 딸도 나와 나이가 같았다. 둘째 딸은 걸음마도 떼지 않은 어린 나이에 뇌수막염으로 급작스럽게 세상을 떠났다. 영아의 장례는 장례 같지 않기에 더 슬프다. 드문드문 기억나는 그날의 장면을 떠올려본다. 조문객이 많지 않았고, 흔한 영정사진마저 없었다. 셋째 고모가 쭈그리고 앉아 훌쩍이는 작은 울음소리가 다 들릴 만큼 그날의 장례식장은 너무나 적막했다.

다음으로 당신의 아들이 낳은 아들이자 우리 가족에 대한 이야기. 엄마와 아빠는 나를 포함해 네 명의 여동생을 낳았다. 이 집의 저주를 처음으로 감지한 사람은 엄마였다. 엄마는 지금까지 발생한 죽음을 보며 집안 대대로 이어져 내려오는 일련의 비극이 있음을 알아차렸지만, 이미 다섯 명의 딸을 낳고 난 후였다.

어느 하나 온전한 집안이 없었다. 누군가는 생을 스스로 마감하거나 사고나 병으로 목숨을 잃었다. 그들 중에서 내가 태어나 만난 가족이 불의의 사망자가 나오지 않은 유일한 집안이었다. 엄마는 우리 가족이 불의의 사망자가 나오지 않았던 이유가 다섯 명의 딸을 낳았기 때문이라고 본다. 3대 독자인 집인에서 아들 하나 나오지 않은 것 또한 저주라고도 볼 수 있을 것이다. 그때 그 시절의 표현을 빌리자면, 결국 이 집은 대代가 끊겨 버린 것이나 다를 바 없었다. 여느 사극에서나 들을 법한, "반드시 이 집안의 씨를 말릴 것이다."라고 외치며 죽임을 당하거나, 자결하는 원한에 찬 인물의 목소리가 들리는 것 같았다.

　내가 어릴 적 할아버지는 나와 동생들을 자주 때렸다. 고모들은 할아버지가 애초부터 폭력적인 성향을 지녔다는 것을 잘 알고 있었다. 가족이 아닌 사람들은 그가 이와 같은 난폭한 성정을 지니고 있다는 것을 전혀 알지 못했다. 고모들은 이미 예상한 일이겠지만, 할아버지가 나와 동생들을 때리는 것을 알게 된 후에도 그들은 방관했다. 고모들은 "우리 어렸을 때는 지금보다 더했다.", "우리도 맞고 자랐다.", "그래도 남들 앞에서는 저러지 않으니 다행으로 여겨라.", "어쩔 수 없으니 참고 살아라."라고 말하며 더 이상 관여하려 들지 않았다. 엄마는 고모들이 아무것도 모르는 자신을 사지死地로 몰아넣었다는 배신감과, 아무도 이 상황을 해결해 줄 수 없다는 무력감에 분노했다. 그럴 때마다 엄마는 내게 다음과 같은 말을 종종 쏟아냈다. "내가 이 집구석이 이상한 줄 알면서 못 나간 건 배 속에 네가 있어서야. 내가 너 대학 졸업하고 나머지 동생들 졸업할 때까지 참는 거야. 너네들 때문에 참는 거니까 잘 알아 둬." 어린 시절의 나는 엄마의 불안한 감정을 고스란히 받아 내야만 했다. 이 또한 나에게 가해지는 다른 방식의 폭력이었다. 저 소리를 계속 듣다간 나도 미쳐 버릴 것만 같았다. 폭력에 가까운 엄마의 울분은 어느 날 참다 못한 내가 엄마에게, "나도 내 몸에 흐르는 이 집안의 더러운 피

죽기보다 싫으니까 결혼해서 애새끼 낳을 일 절대 없을 것이며, 앞으로 그딴 소리 계속 내게 했다간 나도 자살해 버릴 거야."라고 고래고래 소리를 지르고 나서야 멈췄다.

아빠는 내가 만약 너희들에게 손찌검을 한다면 쥐도 새도 모르게 독살시키라고 말했다. 아빠의 사업은 아무리 노력해도 나아지지 않았고, 집안 형편은 풍족하지 못했다. 그들―아빠와 고모들―이 말하길, 할머니는 어린 자식들이 보는 앞에서 할아버지한테 머리채를 잡힌 적이 있다고 들었다. 할머니는 그 이야기를 들을 때마다 정색을 하며 절대 그런 적이 없다고 말했다. 할머니는 남편에게 당한 폭력을 철저하게 부인했다. 심지어 그가 자행하는 가정 내 폭정暴政에 이의를 제기하거나 불만을 토로하는 나와 동생들을 이상하게 보았다. 할머니는 저 아이들이 감히 이 집안의 어른인 그에게 불만을 품고 있으며 험담을 한다고 그에게 말하고 다녔다. 그런 일을 겪고 난 후 나와 동생들은 할머니를 두고 '걸핏하면 할아버지한테 일러바쳐서 기어코 우리를 처맞게 만드는 약아빠진 노인네'라고 불렀다. 가정 내에서 무소불위의 권력을 행사하며 군림하는 자의 곁에서 비위를 맞추며 살아가는 일. 그것이 오랜 시간 동안 이 집안의 폭력에 길들여진 할머니의 생존전략이었다.

'너 하나쯤 없어져도 이 집은 잘 굴러간다, 네가 이 집에 보태준 게 뭐가 있냐'는 말을 듣고, 머리채를 잡혀 싱크대에 쑤셔 박히고, 방구석에 몰린 채 발길질을 당하고, 자신의 분을 이기지 못해 괴성을 지르며 거실을 돌아다니는 할아버지를 볼 때마다 나는 외할머니와 외할아버지를 떠올렸다. 할아버지한테 심하게 발길질을 당한 어느 날엔, 돌아가신 외할아버지가 잠깐 내 꿈에 나오기도 했다. 평안도 사투리로 다정하게 말을 건네는 외할아버지의 목소리에는 온기가 담겨 있었다. 온몸을 부들부들 떨며 내가 겪은 끔찍한 폭언과 폭행을 말할 때마다 외할머니는 내 등을 토닥이며 다음과 같은 말을 하며 나를 달랬다. "손녀한테 어떻게 그렇게 할 수가 있니. 그 집 사람들이 너무 없이 살아서, 베풀지 못해서 그러는 거야. 조상들이 덕을 쌓지 못했구나. 그 죄를 나중에 어찌 받으려고 그럴까. 애야, 나처럼 베풀면서 살어. 그들과 똑같은 사람이 되지 마라. 네가 그들보다는 오래 살아갈 날이 많지 않겠니."

외할머니의 아버지는 수많은 땅을 가진 마을의 지주였다. 그는 여섯 명의 부인을 두었는데 외할머니는 그중 세 번째 부인의 딸로 태어났다. 흉년에도 끄떡없었던 외할머니의 집안은 언제부턴가 서서히 스러져갔다. 6명의 부인이 낳은 배다른 자식들의 상속 다툼과 가진 것에 비해 인심은 후하지 않았던 아버지. 그가 낳은 자식 중에서도 아들만 글을 가르치던 그 시절의 특혜가 이 집안을 서서히 몰락하게 만든 이유였음을, 어린 시절의 외할머니는 알게 되었다. 그때부터 외할머니는 집안의 흥망성쇠를 좌우하는 건 베풂이라는 것을 몸소 느꼈을 것이리라. 사람에게도 온기라는 게 있다면 난 그 온기를 외할머니께 배웠다. 살면서 알아야 할 세상의 이치나 지혜가 있다면, 난 그것을 글을 읽을 줄 모르는 외할머니께 배웠다. 볕 좋은 날 막걸리를 만드는 외할머니의 모습이 떠오른다. 외할머니는 큰 항아리에 막걸리를 직접 담아 이웃들에게 나눠주곤 했다. 난 외할머니의 집 안에 은은하게 퍼지던 그날의 누룩 냄새를 기억한다. 외할머니는 뭐든지 잘 키웠다. 비실거리는 병아리도 외할머니 손에 맡겨지면 우렁찬 울음소리를 내는 장닭으로 자라났다. 옥상에서 가꾸는 작은 텃밭도 어느 날 가 보면 무성하게 자라 있곤 했다.

반면 친할머니의 텃밭은 너무도 앙상했다. 같은 식물을 심어도 얼마 지나지 않아 말라 죽거나, 외할머니의 텃밭처럼 무성해지지 않았다. 난 그때 사람마다 지니고 있는 보이지 않는 기운이라는 게 있다는 것을 알았다. 내가 보기에도 외할머니가 지니고 있는 기운은 뜨거웠다. 어느 날 옥상에 길고양이가 여러 마리의 새끼를 낳은 적이 있다. 친할머니는 태어난 지 얼마 되지 않은 새끼고양이들을 품고 있는 고양이 가족을 매몰차게 쫓아냈고, 그 과정에서 새끼고양이 한 마리가 죽어 버렸다. 친할머니는 고양이의 죽음보다 저 고양이 시체를 어떻게 처리해야 할지를 고민했다. 만약 외할머니라면 어떻게 했을까. 친할머니의 손끝에서는 어떠한 생명도 정을 들일 수 없었을 것이다.

난 친할머니뿐만 아니라 생을 스스로 마감한 당신의 핏줄을 이어받은 이 집안사람들에겐 차갑고, 잔인하고, 매정하고, 인색하고, 우울하고, 어둡고, 난폭한 습성이 있다는 것을 알았다. 분을 이기지 못하여 혹은 오랜 우울과 신경증으로 자살한 누군가처럼. 가족들에게조차 베풀 줄 모르는 누군가처럼. 운다는 이유로 아직 걷지도 못하는 어린아이를 마당에 던져 버리는 엄마처럼. 자식들 앞에서 아내의 머리채를 잡아 벽에 던져 버리는 남편처럼. 손녀들 앞에서 아들의 뺨을 내리치는 엄마처럼. 가족들 앞에서 괴성을 지르며 온 집안을 미친 듯이 돌아다니는 누군가처럼. 만약 그런 포악한 습성이 내 몸의 일부를 이루고 있다면, 나도 모르게 내 안에서 튀어나와 누군가에게 행해진다면, 나 또한 기꺼이 목숨을 끊고 싶었다. 그럴 때마다 난 다짐했다. 내가 지닌 유전자를 사회가 허용하는 매우 바람직하고 생산적인 방식으로 사용할 것이라고. 조상들이 덕을 쌓지 못한 집안. 너무 없이 살아서 베풀지 못한 집안. 자살한 조상, 사고로 비명횡사한 조상이 있는 집안. 이 우울하고 어둡고 평탄하지 못한 집안의 그늘에 잠식되고 싶지 않다. 잠식되지 않을 것이다.

*

오랜 시간 동안 짙은 안개처럼 드리워져 있는 불행의 업보를 끊기 위해서는, 당신의 죽음에 대해 알아야만 했다. 당신은 왜 스스로 생을 마감했을까. 그렇다면 이 모든 불행의 시작이 되어버린 당신에 대한 이야기. 사망한 당신의 나이에서 가늠해 보자면 당신은 1886년에 태어났다. 당신은 여러 명의 하인을 거느린 유복한 집안에서 자라났다. 당신이 스무 살이 되었을 무렵, 혼기가 찬 당신을 둔 집안에서는 혼인 이야기가 오고 갔다. 그때 그 시절의 혼인이란 대부분 중매쟁이에 의해 이루어지는 것이었다. 결혼 첫날에야 서로의 얼굴을 볼 수 있었던 시절, 전해 들은 바에 의하면 당신의 정혼자는 어느 양반 가문의 후손이라 하였다. 그 시절 아직도 양반이라는 지위는 적지 않은 효력을 발휘했다. 혼인 전 남자는 당신에게 여러 편의 서신을 보냈다. 듣던 대로 그는 박학다식했으며 유려한 문장을 지니고 있었다. 당신은 얼굴 한 번 본 적 없는 그의 서신을 무척 마음에 들어 했다. 혼인식 날이 되자, 당신은 열두 명의 하인과 함께 남자가 사는 곳으로 향했다. 그러나 당신은 알지 못했다. 그는 소위 몰락한 양반 가문의 자제였고, 혼인을 축하하러 온 마을 사람들에게 국수 한 그릇도 대접할 수 없을 만큼 남자의 집안은 너무도 가난했다는 사실을. 난생 처음 겪어 보는 막막한 현실 앞에서 당신은 무척 당황했다. 시집간 여자는 남이나 다를 바 없다고 여기던 출가외인이라는 덕목이 암묵적으로 통용되던 시절이었다. 여자였기 때문에 어쩔 수 없이 그렇게 살 수밖에 없음을 그 시절의 당신은 받아들여야만 했다. 하루아침에 바뀌게 된 자신의 처지를 받아들이기에는 현실이 너무 가혹했다.

몰락한 양반 가문의 후손이었던 당신의 남편은 그가 살던 마을의 훈장이었다. 그는 자신이 살던 마을에서 글을 읽고 쓸 줄 아는 몇 안 되는 인물 중 하나였다. 마을 사람들은 관청에 읍소 泣訴할 일이 생기거나 탄원서를 쓸 일이 있을 때면 그를 찾아가곤 했다. 그는 남들보다 뛰어난 학식을 지니고 있었지만 세속적이지 못했다. 구한말이 지나고 과거제가 폐지되고 신분 계급이 사라지는 시기를 겪는 동안, 몰락한 양반 가문의 가난한 선비는 변화하는 세상을 읽지 못했다. 예전처럼 시詩·서書·화畵에 능하다고 해서 입신양명하는 시대는 지났음을 그는 일찌감치 알았어야 했다.

결국 당신은 무능한 남편을 대신해 살아갈 방도를 찾기 시작했다. 배 속의 아이를 위해서라도 당신은 닥치는 대로 일을 했다. 그러는 동안 당신이 사는 조선은 대한제국이 되었고, 고종이 서거하고, 3·1운동이 일어나고, 일제강점기를 겪는다. 그 시절 당신은 어느 부유한 일본인 집의 식모 일을 하며 가족들의 생계를 책임졌다. 당신 또한 여러 명의 식모들의 돌봄을 받으며 어린 시절을 보낸 적이 있다. 그때부터 당신은 남편과 자식들을 공격하기 시작했다. 당신의 분노와 울분과 수치와 폭력은 여기에서부터 시작되었을 것이다. 이쯤 되니 당신의 성정이 왜 그렇게까지 난폭해질 수밖에 없었는지를 어렴풋이 짐작해 본다.

언젠가 당신의 어린 아들은 당신 몰래 그토록 먹고 싶었던 사탕을 사 먹은 적이 있다. 어린 아들은 잠시나마 달콤했지만 그 사탕값이 어머니가 어떻게 일해서 벌게 된 귀한 돈이라는 것을 떠올린다. 어린 아들은 온종일 산을 돌아다니며 복숭아씨를 줍는다. 약재로 쓰이는 복숭아씨를 한약방에 가져다주면 소정의 돈을 받는다는 걸 안 어린 아들은 손이 부르트도록 복숭아씨를 찾았지만, 훔친 사탕값을 대신하기에는 턱없이 부족했다. 그 사실을 알게 된 당신은 어린 아들의 뺨을 가차 없이 내리쳤다. 당신에게 보고 자란 게 그것뿐이라, 할아버지의 폭력적인 성향도 여기에서 비롯했을 것이다.

어린 아들은 당신이 악에 가득 찬 표정으로 아버지의 두루마기를 찢어 버릴 것처럼 움켜잡고 고래고래 소리를 지르는 장면을 기억한다. 당신의 폭풍이 한차례 지나고 난 뒤, 구겨진 두루마기를 손으로 툭툭 털며 아무 일 없다는 듯이 밖을 나서는 아버지의 뒷모습을 어린 아들은 기억한다. 증조할아버지는 육십이 조금 넘은 나이에 세상과 작별했다. 그때가 아마 광복 전후 즈음의 시기였을 것이다. 그를 죽음으로 몰고 간 병은 지금 같았으면 고칠 수 있는 병이라 했다. 죽기 전 그는, 내가 죽으면 김삿갓 시집과 함께 묻어달라고 했다. 그는 평소에도 "모든 것이 내 마음대로 하는 것만 못하니/ 그러면 그렇지 그렇게 지나가네"라는 김삿갓의 시 구절을 종종 읊고 다녔다. 이것이 내가 전해 들은 증조할아버지에 대한 이야기다. 할아버지는 돌아가신 증조할아버지를 많이 그리워했다. 그리고 그를 닮아 할아버지도 글을 읽고 쓰는 사람이 되었다.

남편을 잃은 당신의 세상은 광복이 지나고, 전쟁이 일어나고,

분단이 되고, 군사 정변이 일어났다. 그동안 당신이 낳은 아이들은 결혼을 하고 각자의 가정을 이루었다. 당신은 여전히 가족들에게 무소불위의 권력을 행사하는 존재였다. 자식들은 일평생 가정의 생계를 책임지던 당신을 두려워했다. 당신은 총명했으나 수학修學하지 못했다. 지혜로운 어른이 되어 남은 삶을 관조하며 살아갈 방법을 알지 못했다. 삶을 누리기에는 현실은 풍족하지 못했고, 가족들은 당신에게 다정하지 못했다. 그들도 다정을 받아 본 적 없기에 다정할 수 없었다. 그들 중에서 누군가는 당신이 자행한 폭력을 그대로 답습했다. 사랑을 받아 본 적 없기에 주는 법을 알지 못했다. 받아 본 적 없기에 베푸는 법을 알지 못했고, 베푸는 것이 빼앗기는 것이 아니라 누군가와 마음을 나누고 도움을 주고받는 것을 알지 못했다. 시간이 흐를수록 당신은 포악하고 무정하고 근천스럽고 고집스럽고 괴망스러운 늙은이가 되어 갔다. 아무도 당신을 가까이하지 않았다. 지나온 삶을 돌이켜볼 때 당신은 억울하고 분하고 수치스러운 감정을 주체할 수 없었을 것이다. 당신이 느꼈을 분함이란 이런 것이 아니었을까. 7대 대선을 앞둔 혼란한 1971년의 어느 날, 지방의 작은 시골 마을에서는 허 씨氏 성을 지닌 85세의 여자가 스스로 생을 마감한다. 목을 맨 당신의 시체는 당신의 아들과 손자가 발견했다.

당신은 내가 없으면 남은 자들의 생이 더 나은 삶을 살 것이라고 여기며 죽음을 선택했을까. 그들이 나보다 나은 삶을 살기를 진심으로 바랐을까 아니면 나의 분함을 고스란히 겪으며 나보다도 못한 삶을 살길 바랐을까.

당신의 죽음은 개인적인 사건일까 사회적인 사건일까. 개인적인 사건이라 하기에는 당신이 겪어 온 한국의 역사가 있고, 사회적인 사건이라 하기에는 당신의 성정은 너무나 잔인했다. 그 시대를 살아온 자들이라고 해서 반드시 당신 같은 성정을 지니란 법은 없으니까. 당신의 죽음에 대해 말하는 일은 유교 전통이 남아 있는 한국에서 금기시될 수밖에 없었다. 자살이야말로 남아 있는 가족을 죄인으로 만들어 버리는 비극적인 사건이기 때문이다. 가족들은 당신의 죽음에 대해 말하는 것을 꺼렸고, 입에 올리는 것만으로도 부정한 일로 여겼다. 어느 누구도 당신의 죽음을 제대로 직시하지 못했다. 그렇게 당신의 죽음은 한동안 봉인된 채로 남게 된다. 이 집안에서 설명할 수 없는 불의의 죽음이 일어나는 것을 알게 된 엄마는 당신의 넋을 기리는 천도제를 지냈다. 당신이 죽은 지 30년이 지난 후였다. 당신의 넋을 달래기 위한 것뿐만 아니라 나의 자식들만큼은 불의의 망자가 발생하지 않기를 바라는 마음에서였을 것이다.

천도제를 지내고 난 후 당신의 제사를 준비하던 어느 날 밤이었다. 당신의 영(靈)이 방 안으로 성큼성큼 걸어 들어오는 것을 동생이 봤다. 당신의 걸음걸이, 옷차림, 생김새를 말하는 어린 동생의 얼굴은 새하얗게 질려 있었다. 어른들은 분명 당신이라 했다. 엄마는 당신의 혼이 가장 맑은 영을 지닌 어린아이의 눈에 비춰진 것이라 했다. 당신의 넋을 달래 준 것에 대한 보답이었을까. 결국 우리 집의 비극은 조금이나마 이해받기를 바라던 당신의 마음에서 비롯한 것일지도 모른다. 당신이 낳은 아들은 2017년 88세의 나이에 세상을 떠났다. 할아버지는 세상과 작별하기 10년 전부터 가족들의 얼굴을 기억하지 못할 정도로 정신이 온전하지 못했다. 할아버지의 49재를 보내는 날, 할아버지는 무인(巫人)의 목소리를 빌려 3년 후에 할머니를 데려갈 것이라 말했다. 그리고 정확히 3년 후 할머니는 92세의 나이에 세상과 작별했다. 그리고 그 다음 해에 외할머니도 세상을 떠났다. 그녀의 나이 91세였다. 어른들이 부재하는 집안은 조금씩 달라지기 시작했다. 짙은 안개처럼 드리워진 집안의 우울은 서서히 희석되어 갔다. 당신의 저주는 드디어 끝난 것일까.

*

　당신이 태어난 지 100년 후에 내가 태어났다. 당신의 죽음에 대해 말하기 위해 무려 100년의 시간이 소요되었다. 그동안 당신의 피와 뼈를 물려받은 자들은 태어남과 죽음을 거치며 4대를 이루었다. 당신의 죽음은 당신의 뼈와 피를 물려받은 자들에게 업보를 남겼다. 그들이 태어나 만나게 된 가족들 중 누군가는 죽음을 피해 가지 못했다. 당신처럼 목을 매 스스로 생을 마감한 자. 생사조차 알지 못하고 영영 행방불명이 되어 버린 자. 불의의 사고로 비명횡사한 자. 어린 나이에 병으로 일찍 죽어 버린 자. 너무 없이 살아서 베풀지 못한 집안. 베풀지 못해 덕을 쌓지 못한 집안. 그렇기에 매순간 정성을 들여 빌어먹고 살아야 할 집안. 오죽하면 빌어먹을 족속이란 말이 나왔을까. 당신이 죽고 지금의 내가 태어나 만난 가족의 업보는 더 이상 대代를 이를 아들이 없다는 것이다. 이것이 우리 가족이 감내해야 할 업보라고 할 수 있겠다.

　나를 낳은 여자는 자신이 낳은 아이 중 조상에게 빌어야 살 팔자를 지닌 아이에게 칠성줄을 내렸다. 그렇게 하지 않으면 그 아이는 죽음을 피해 갈 수 없다고 하였다. 칠성줄을 받은 자식은 길어진 명줄만큼이나 조상의 업보를 평생 풀어내며 살아야 한다 하였다. 빌어서 난 아이. 태어나자마자 명을 늘려 살아야 하는 아이. 죽음을 피해 오래오래 살기를 기원 받은 아이. 당신이 태어나고 100년이 지난 음력 정월 초사흘 늦은 밤에 태어난 호랑이띠 여자아이는, 사는 동안 이 집안의 업보를 평생 풀어내며 살아야 할 것이다. 오랜 시간 금기시되었던 당신의 죽음에 대해 이야기하는 것처럼. 언젠가는 반드시 말해져야 하는 이야기를 하는 것처럼. 내가 지금 이 글을 쓰는 것처럼.

이 글을 쓰는 동안 죽은 사람들이 나오는 꿈을 꾸었다. 하얀 저고리와 옥색 치마를 입고 있는 고모할머니. 무성한 텃밭 앞에서 유쾌하게 웃고 있는 외할머니. 여느 사극에서나 볼 법한 옷차림을 하고 나를 물끄러미 바라보던, 처음 보는 얼굴이지만 나와 어딘가 닮은 구석이 있어 보이는 어느 노인의 얼굴. 밤하늘에 날려 보낸 공줄을 타고 종종 내 꿈에 찾아오는 그들의 모습. 그들이 살았던 삶을 상상하는 일. 내가 평생 짊어져야 할 업보는 아무도 기억하지 못하는 그들의 죽음을 말하는 일이다. 당신이 왜 스스로 생을 마감했는가에 대한 나의 의문은, 나보다 먼저 그 시대를 살다 간 당신의 삶을 들여다보는 일로 이어졌다. 당신의 죽음 안에는, 당신이 살아온 삶 안에는 무수한 역사로 이루어진 나의 기원이 있다. 당신을 낳은 가족. 당신이 낳은 아이가 만나게 된 가족. 나를 낳은 여자가 만나게 된 가족. 내가 태어나서 만나게 된 가족. 그들은 모두 서로의 피와 뼈를 물려받았다. 내 몸에는 그들의 역사가 있다. 유복한 집안에서 태어나 열두 명의 하인을 거느리고 혼례를 치르던 어린 아가씨의 삶. 몰락한 양반 가문 집안에서 태어난 가난한 선비의 삶. 수많은 딸을 둔 지주 집안의 세 번째 첩의 딸로 태어난 자의 삶. 평안도에서 태어나 동란 중에 혈혈단신 남한으로 내려온 자의 삶. 태어남과 죽음을 무수히 거치며 이루어지는 '나'라는 인간의 역사. 지극히 평범해 보이는 인간의 삶일지라도, 그 안에는 서로의 피와 뼈를 나눈 자들의 유구한 역사가 있다. 이것이 당신의 죽음을 들여다보며 내가 알게 된 사실이다.

마지막으로, 나보다 먼저 그 시절을 살다 간 당신에게. 사랑받지 못한 가여운 분이여. 부디 편히 영면하시기를.

나는 당신들보다
더 오래오래 잘 살 것입니다

웹진 〈아는 사람〉 (2021. 12.) 수록

살면서 나도 몰랐던 내 안의 반골反骨 기질을 처음으로 실감한 적이 있습니다. 예를 들면 '이 구역의 미친년은 나야'가 튀어나오던 순간. 다락방에 갇혀 있던 미친 여자가 세상 밖으로 나오던 순간. 나도 한 번 물면 쉽사리 놓지 않는 사나운 핏불처럼 지랄맞은 성질머리라고 불리는 것이 있구나, 하는 순간들 말입니다.

곰곰이 생각해 보자면 서의 반골 기질은 스무 살이 되고 나서부터 차츰 조짐이 보이기 시작했습니다. 그러다 제가 대학 졸업 후 대학원 진학을 앞둔 어느 날, 그 조짐은 그날의 사건으로 인해 여과 없이 발현되어 버립니다. 우리집 늙은 남자가 또 나를 때렸거든요. 그는 아직도 나를 어린 시절의 나로 여기고 있었나 봅니다. 나에게 안경을 벗으라고 소리지르며 소매를 걷어붙이고 내 뺨을 때릴 시늉을 하던 늙은 남자의 잔인한 눈빛이 떠오릅니다. 그때 나는 중학생이었습니다. 당신은 나를 설거지를 제대로 하지 않았다는 이유로 나의 머리채를 잡고 싱크대에 쑤셔박아도 되는, 벽 구석에 몰아놓고 사정없이 발로 짓밟아도 되는 줄 아는, 당신 마음대로 함부로 다뤄도 되는 줄 아는, 아무것도 모르는 어린아이로 보고 있었나 봅니다. 그 아이가 무엇이 옳고 그른지 제대로 분별할 줄 아는, 스무 살을 훌쩍 넘긴 성인이 되었는데도 말이죠. 문제의 그날도 늙은 남자는 말도 안 되는 논리를 내세우며 내게 트집을 잡기 시작했습니다. 우리집에서는 흔히 있는 풍경이었습니다. 늙은 남자의 기분에 따라 우리집 분위기가 좌지우지되었고, 나머지 가족들은 당신의 기분을 맞추기 위해 최선을 다하며 쩔쩔매는 풍경이 당연시되었다는 거죠. 더는 이래선 안 된다고 본 나는, 당신의 '그 말도 안 되는 논리'를 지적했습니다. 그러자 당신은 어디서 감히 말대꾸냐며 저를 발로 찼습니다. 그날의 발길질이 늙은 남자가 내게 가했던 마지막 폭력이었습니다.

나는 한 번만 내 몸에 손을 대면 경찰에 신고해 버릴 거라는 경고와 함께, 지금까지 당신이 나와 가족들에게 저지른 만행에 대해 쏟아냈습니다. 내가 도대체 무슨 잘못을 했으며, 내가 당신의 손녀라고 해서 당신이 함부로 대해도 되는 건 아니며, 이딴 식으로 나를 개 패듯 때리는 건 있을 수 없는 일이라고 말입니다. 내 말을 듣고 적잖이 당황한 늙은 남자의 표정이 아직도 생생합니다. 그는 예상치 못한 상황에 한동안 말을 잇지 못하다가 곧 정신을 차리고는 내게 폭언을 가하기 시작했습니다. 방금 나를 때려놓고선 '*내가 언제 너를 개 패듯 때렸냐. 말대꾸하지 마라. 어디서 어른한테 말대답이냐. 세상 말세다. 네가 이집에 보태준 게 뭐가 있냐, 애새끼 키워봤자 소용없다. 너네 엄마가 그렇게 가르쳤냐. 싸가지 없는 년아, 어디서 어른을 빤히 쳐다봐. 너 같은 년은 애초부터 없어도 이 집은 잘 굴러간다. 세상이 미쳐 돌아가는구나. 저 건방진 년, 어디서 감히…….*'

당신의 권위에 정면으로 도전한 가족구성원은 없었거든요. 심지어 당신의 자식들인 아빠와 고모들조차요. 여기서 잠깐, 우리집의 경제 상황에 대해 말해보겠습니다. 과언 저 늙은 남자가 나한테 '네가 이집에 보태준 게 뭐가 있냐'고 할 만큼 경제적인 능력이 있었을까요? 전혀 아닙니다. 우리 집의 경제와 살림까지 책임지던 사람은 엄마였습니다. 늙은 남자는 엄마가 35년 동안 교사 생활로 번 돈을 모조리 가져갔습니다. 돈 관리는 이 집안의 어른이 해야 한다고 말하던 늙은 남자의 말을 당연하게 여길 만큼 엄마는 순진했습니다. 내가 성인이 될 때까지 엄마의 월급은 늙은 남자가 관리했습니다. 걸핏하면 엄마한테 돈 번다고 유세부리지 말라고 하던 늙은 남자의 말은 고도의 가스라이팅이었습니다. 늙은 남자야말로 이 집의 어른이라는 이유만으로 남이 번 돈을 움켜쥐고 유세를 누렸습니다.

내가 성인이 되고 난 후에도 월급날만 되면 돈을 모조리 가져가는 늙은 남자에게 엄마는 말했습니다. 내가 번 돈은 이제 내가 관리하겠다고, 지금까지 가져간 내 돈을 돌려달라고 몇 번이고 말했습니다. 그러자 늙은 남자는 화가 잔뜩 난 채 엄마한테 통장을 던지며 다음과 같이 말했습니다. "어디 그럼 잘난 네가 실컷 관리해 봐!" 늙은 남자가 던진 엄마의 월급 통장에 찍힌 금액은 거짓말 하나 안 보태고 0원이었습니다. 적금조차 없었습니다. 난 지금도 의문입니다. 거의 삼십 년에 가까운 기간 동안 평생 일해 모은 엄마의 월급은 과연 어디로 증발해 버렸을까요? 그날 이후 늙은 남자는 틈만 나면 온갖 세금 고지서를 엄마 앞에 들이밀었습니다. "난 돈 한 푼도 없으니까 너네 엄마한테 달라고 해." 저 말이 엄마에게 경제권을 넘기고 난 후 늙은 남자가 나와 가족들에게 자주 하던 말이었습니다. 돈 한 푼 없다는 분의 돈 씀씀이는 여전해서 한동안 의아했지요. 아무 잘못 없는 사람이 죄인

취급을 받는, 참으로 이상한 상황이었습니다. 이런 상황이 일상이 되자 나는 엄마의 감정 쓰레기통이 되어갔습니다. **"내가 세상에서 제일 불쌍한 여자야. 이 집안 어른들이 이상한 걸 알면서 못 나간 건 뱃속에 네가 생겨서 그런 거야. 선생이라는 체면 때문에 참고 산 거야. 내가 번 돈 한 푼도 못 받고 고스란히 뺏긴 내가 바보지, 너희들을 위해 난 모든 걸 희생했어. 난 너희들한테 모든 걸 걸었어. 너 엄마한테 잘해야 한다. 네가 졸업만 하면, 내가 막내 열 살만 되면 이 집에서 반드시……."** 엄마의 저런 이야기를 맨날 듣고 있을 때면, 이 집안 어른들을 죽이고 나도 콱 죽어버리고 싶었습니다.

아빠는 무능했습니다. 엄마의 퇴직 연금은 아빠의 카드빚 때문에 한 푼도 받지 못했습니다. 아빠는 요리 한 번 한 줄 모르는, 속옷 하나 빨 줄 모르는 사람입니다. 늙은 남자한테 반항 한 번 하지 못하고, 늙은 남자의 폭력에 시달리는 나를 지켜주지 못했습니다. 무능한 게 죄는 아니지만 무책임한 것은 용서할 수 없습니다. 아빠는 우리집 여자들이 어떤 곤경에 처해 있는지 알면서도 모르는 척했습니다. 나의 어린 시절은 늙은 남자의 폭력과, 엄마가 쏟아붓는 저 기구한 넋두리와, 이 모든 상황을 회피로 일관하는 무능한 아빠의 모습으로 이루어져 있습니다.

엄마는 나 말고도 4명의 여동생을 낳았습니다. 네, 그렇습니다. 내가 바로 3대 독자 집안에서 태어난 K장녀입니다. 조용히 미쳐있어서 잘못 건들면 큰일이 나기도 한다는 K장녀 말입니다. 어느 날 나는 엄마한테 물었습니다. 넉넉하지 못한 형편임에도 불구하고 왜 이렇게 아이를 많이 낳았냐고 묻자, 엄마는 대답했습니다. "내가 아들이라도 낳으면 이 집안에서 사람대접이라도 받을 줄 알았어." 난 한국 사회에서 결혼이라는 제도가 능력 있고 똑똑한 여자를 어떻게 망가뜨리는지, 나아가 그들의 사고방식마저 가부장제로 바꿔놓을 수 있다는 것을, 나를 낳은 여자의 삶을 통해 매우 절실히 실감합니다.

자, 그렇다면 다시 내 안의 미친년이 폭발했던 그날로 돌아가서. 그날 이후 늙은 남자는 매우 졸렬한 방식으로 저를 공격하기 시작했습니다. 그가 끝까지 내세운 (변명에 가까운) 논리란, 암만 생각해도 '난 너를 때린 기억이 없다' 였습니다. 그가 제일 먼저 했던 일은 나와 관련한 사람들을 괴롭히는 일이었습니다. 엄마와 동생들이 타겟이 되었죠. **너네 언니가 알고 보니 못되쳐먹은 년이다, 너네들 쟤랑 가까이하지 마라, 너네 쟤 편이라도 들면 어떻게 되는지 한 번 봐라.** 참으로 어른답지 못한 망언의 연속이었죠. 늙은 남자는 내가 동생들과 함께 있지 못하게 했습니다.

내가 동생들과 함께 본인을 음해하는 작당모의를 한다는, 웃기지도 않은 망상 때문이었죠. 그는 도대체 무엇을 두려워했을까요. 내가 자리에 없을 때면 늙은 남자는 동생들한테 물었습니다. 너네들한테 저년이 무슨 얘기를 했냐고 말입니다. 마음 아프게도 이미 내 동생들도 늙은 남자의 폭력을 겪으며 자라왔기에, 그의 말을 가볍게 무시하더군요. 더 이상 그의 권위가 예전처럼 먹히지 않고 있는 거죠. 어린 동생들도 이미 성인이 되어버린 사실을 늙은 남자만 모르고 있었습니다. 늙은 남자는 내가 다니는 대학원 총장한테 편지를 쓴다고 협박까지 했습니다. 저런 아이는 학교를 다닐 자격이 없으니, 하루속히 학교에서 내쫓아야 한다는 내용이 담긴 편지를 보내겠다고 했습니다. 결국엔 보내지도 않았지만요. 저 아이가 저런 반항을 할 수 있는 건 분명 저 아이의 엄마와, 외할머니의 개입이 있었을 것이다, 그러니 난 그녀들을 명예훼손으로 고발할 것이나, 와 같은 말도 안 되는 이야기끼지 했습니다. 인간의 상식으로는 절대 이해할 수 없는 사고방식이었죠.

얼마나 악독한지 나중에는 '내가 정말 잘못한 건가'라는 혼란이 올 뻔했습니다. 바로 여기서 조심해야 합니다. 나는 그 무엇도 잘못하지 않았습니다. 아무 잘못 없는 사람이 죄인이 되어버리는 말도 안 되는 상황에서 절대 지면 안 됩니다. 내가 어떤 수단을 써도 굴복하지 않자 늙은 남자는 서서히 힘을 잃어가기 시작했습니다. 우리집의 분위기도 점점 바뀌어갔고요. 저는 늙은 남자가 세상과 작별하는 10년 남짓의 시간 동안, 가장 편안해야 할 집이라는 공간에서 불편한 수난을 겪어야 했습니다. 돌이켜보면 내가 그 시기를 죽지 않고 어떻게 견뎠는지 곰곰이 떠올려봅니다. 무슨 이유인지는 몰라도 난 늙은 남자가 이루어놓은 왕국이 머지않아 붕괴될 거라는 예감이 있었습니다. 그리고 그 예감은 그로부터 10년 후 확신이 되어서 돌아왔지요.

난 늙은 남자에게서 한 인간이 행할 수 있는 모든 발악과 처참한 말로를 보았습니다. 그 과정에서 나는 몇 가지의 인간 유형을 발견할 수 있었습니다. 첫 번째, "그냥 네가 참아라. 분란 일으켜봤자 너만 손해고 우리도 힘들다. 원래 저런 분이지 않냐. 네가 이해하고 사과해라."고 나를 부추기는 자. 두 번째, 알면서도 끝까지 모르는 척 방관하는 자. 세 번째, 불편함을 감수하더라도 나와 함께 분란을 일으키는 자. 네 번째, '네가 옳고 그가 나쁘다'고 내게 따뜻한 말이라도 해주는 자. 내가 발견한 이 네 가지의 인간 유형은 훗날 제가 세상을 살아감에 있어서 매우 요긴하게 쓰이게 됩니다. 늙은 남자와 같은 부류에 해당하는 자들이 지닌 공통된 속성에 대해서도 알게 되었습니다. 그들의 습성은 절대 바뀌지 않습니다. 모든 인간이 다 저러지는 않을 것입니다. 그들도 한낱 인간일 뿐입니다. 약강강약(약한 자에게는 강하고 강한 자에게는 약한)에 최적화된 그들의 습성은 과연 어떻게 만들어지게 된 것일까요.

문득 나의 기원에 대해 들여다봅니다. 늙은 남자가 없었으면 난 세상에 태어나지 않았을 것입니다. 늙은 남자가 낳은 아들 때문에 지금의 내가 세상에 존재하는 중이거든요. 나라는 존재의 소중함이나, 당신들 덕분에 세상을 살게 된 감사함이나, 그럼에도 불구하고 당신들의 삶을 이해하고 용서한다느니 하는 고리타분한 이야기는 하고 싶지 않습니다. 부정denial과 승화sublimation는 종이 한 장 차이입니다. 늙은 남자가 지닌 포악한 습성이 내 몸의 일부를 이루고 있음을 알게 되자 난 다짐했습니다. 내가 지닌 유전자를 사회가 허용하는 매우 바람직하고 생산적인 방식으로 사용할 것이라고요. 난 가끔 이런 생각을 합니다. 내가 만약 폭력과 비이성적인 논리가 난무하던 집안 풍경을 이상하게 여기지 않았다면 어떻게 되었을까요. 옳고 그름마저도 구분할 수 없을 만큼 옳지 못한 자들에게 길들여져 있었더라면 말입니다. 나도 몰랐던 내 안의 반골 기질은 옳지 못한 자들로 이루어진 세계에 쉽게 순응하지 않았기 때문에 발생한 것입니다. 나는 앞으로도 그들이 요구하는 불합리한 세상에 길들여지지 않는 이 구역의 미친년으로 남고 싶습니다.

가부장적 사고방식이 만연해 있는 한국 사회에서 사연 없는 가족사는 없을 것입니다. 대부분 여성이 감당하기에는 너무나 잔혹한 가족사인 경우가 많은 편이고요. 제가 지금까지 들려준 가족잔혹사도 마찬가지입니다. 저는 제 경험이 유일하다고는 보지 않습니다. 나의 경험이 "다른 많은 여성의 경험과 다르고, 나의 경험이 유일하지 않으며, 경험이 유일하다는 환상을 걷어낼 때야 비로소 여성으로서 진정한 삶을 살아갈 희망"[1]을 얻게 된다는 어떤 이의 말처럼, 저도 나만의 고유한 삶을 살고 싶습니다. 과거에 겪었던 폭력의 피해와 자기연민에 잠식당하지 않는, 옳지 않는 자들로 이루어진 세계에 길들여지지 않고 용기 있게 살아가고 싶습니다.

세상은 넓고 또라이는 많듯이 세상에는 늙은 남자와도 같은 부류들이 너무도 많습니다. 그들은 약하고 어린 자들을 공략합니다.

---

1 에이드리언 리치, 이주혜 옮김, 『우리 죽은 자들이 깨어날 때』, 바다출판사, 2020, 164쪽.

그런데 그들이 착각하고 있는 게 있습니다. 그 약하고 어린 자들이 영영 자라지 않을 것이라는 착각 말이죠. 난 그들이 지닌 졸렬하고 비겁한 습성을 아주 잘 알고 있습니다. 이제 난 그들이 두렵지 않습니다. 난 그들이 어떤 방식으로 권력을 잃어가고 처참한 말로를 맞이하는지 똑똑히 봐 왔습니다. 인간으로 태어났으면 부디 인간답게 사세요. 난 끝까지 살아남아 당신들의 마지막을 지켜볼 것입니다. "죽을 힘은 없어도 죽일 힘은 있다"고 하던 어느 여성 시인의 시 구절이 떠오릅니다.[2] 저도 죽을 힘은 없어도 당신들을 죽일 힘은 남아있습니다. 못다 한 이야기는 더 많은 용기로 남는 법이지요. 난 당신 같은 부류들의 만행에 대해 할 말이 많은 여자입니다. 난 당신들보다 많은 것들을 기억하고 있습니다.

나는 당신들보다 더 오래오래 잘 살 것입니다.

2　에이드리언 리치, 앞의 책, 에밀리 디킨슨의 시 구절 재인용, 101쪽.

소실성消失星

　지금부터 하는 이야기는 나를 낳은 여자를 낳은 여자에 대한 이야기다. 여자는 기억을 잃기 시작하면서 남들이 버린 많은 것들을 주워 왔다. 한쪽 끈이 떨어져나간 가방. 누가 입고 버렸는지도 모르는 무수한 옷가지들. 고장 난 장난감과 시계. 찢어진 튜브. 부서진 귀걸이 한 쪽. 이 빠진 유리컵이나 그릇. 철 지난 달력. 짝이 다른 젓가락. 짝 없는 운동화. 빈 락스통. 빈 플라스틱 용기. 누렇게 바랜 책과 찢어진 노트. 늘어난 철제 옷걸이. 언제부턴가 이런 것들이 차곡차곡 쌓여 여자의 방을 가득 메우기 시작했다. 여자의 방에서는 버려진 것들의 냄새가 났다. 여자의 방에 들어갈 때면 난 숨을 참곤 했다. 병원에 오기 전 여자가 살았던 집은 이런 풍경이었다. 그곳에서 난 여자와 함께 산 적이 있다.

마스크를 쓰고 독한 락스를 뿌려가며 화장실 청소를 하는 여성청소부들을 볼 때마다 여자가 생각난다. 부처님 오신 날, 여자는 시청 마당을 청소하고 받은 얼마 안 되는 일당을 모아 세 개의 연등을 달았다. 여자는 건강을 위한 두 개의 생명등生命燈에는 나와, 나를 낳은 여자의 이름을 적고, 극락왕생을 위한 영가등靈駕燈에는 당신의 이름을 적었다고 했다. 여자가 머지않아 당도할, 생의 저편을 밝혀 줄 영가등을 당신의 손으로 직접 단 그날 밤, 나는 소리 없이 울었다. 여자가 온몸이 부서질 것 같은 심한 기침을 할 때마다, 독한 락스를 뿌려가며 청소를 하는 청소부들이 생각났다. 여자의 폐에 락스의 일부가 차곡차곡 쌓여 가는 게 아닐까 하고.

*

오랜 시간이 흐른 뒤 여자는 나와, 나를 낳은 여자의 이름을 종종 기억하지 못했다. 심지어 본인의 이름까지도. 여자는 병실 침대에 누워 물을 마신다. 여자가 머무는 병실에는 여자를 닮은, 자신의 이름마저 기억하지 못하는 또 다른 여자들이 누워 있다. 나를 낳은 여자가 여자에게 물었다. 엄마, 내가 누군지 알아?

여자는 모른다고 대답했다. 나를 낳은 여자는 여자의 손을 잡고 소리 없이 울었다. 내가 건넨 물을 마신 여자가 문득 생각났다는 듯, 나와, 나를 낳은 여자의 이름을 부르며 우리를 알아보았다. 여자가 마신 물 때문이었을까. 과거의 기억이 여자에게 아주 잠깐 스치는 순간이었다. 난 나를 알아보는 여자의 두 눈을 오래도록 바라본다. 난 바란다. 머지않아 당신이 당도할 생의 저편을 향해 나와, 나를 낳은 여자에 대한 기억을 두 눈 가득 담아 그곳에 남겨두길. 당신이 우리에게 남긴 생生처럼 우리도 당신이 남긴 모든 것들을 기억할 것이다.

*

잃어버린 말들이 당도해 있는 곳. 죽은 자들이 못다 한 말들이나, 누군가로부터 잊혀졌던 이야기, 덧없이 사라지는 말들과 함께 지구의 모든 소리들이 음성을 잃고 당도해 있는 무수한 바다가 있는 곳. 누군가는 그곳을 달로, 라고 불렀지만[3] 난 여자가 머물던 그곳을 소실성消失星이라 부르고 싶다. 남들이 쓰다 버린

3 한유주,『달로』, 문학과지성사, 2006.

것들이 차곡차곡 쌓여 있던 당신의 방. 버려진 것과 남겨진 것, 잃어버리거나 잊고 지냈던 여자의 기억들이 모여 있는 곳. 완전히 산화되지 못한 몸속 분비물들이 거뭇한 검버섯의 흔적들로 남아 있는 여자의 피부에서 그곳의 냄새가 난다. 나와, 나를 낳은 여자의 눈물과, 당신의 체취가 증발되어 공기 중에 퍼지고, 작은 입자가 되어 떠돌다 비가 되고, 강물이나 바다로 흘러들기를 반복하며 그곳에 닿겠지. 나와, 나를 낳은 여자와, 나를 낳은 여자를 낳은 여자가 머지않아 당도할 그곳. 당신이 미리 보낸 영가등이 환하게 빛을 밝히고 있는 그곳. 당신의 기억 속 어딘가에 버려진 망각의 별이자, 살아 있는 모든 자들이 언젠가 당도할 생의 저편을 향해.

— 이 글을 2021년 2월 8일 세상과 작별한, 나를 낳은 여자의 여자인 연계화 님께 드립니다. 당신의 따뜻한 품을 영원히 기억하겠습니다.

내가 만약 돈이 많았더라면

그때 그 시절 당신에게 어울리는 일을 찾는다면 아마 하숙집 주인이었을 것이다. 머물 곳이 필요한 자들에게 작은 공간을 내어주고, 그곳에 머무는 자들이 배곯지 않게 따뜻한 밥을 짓는 분. 비실거리는 병아리를 우렁차게 울어대는 장닭으로 길러냈던 분. 기껏해야 1평도 안 되는 척박한 마당을 푸성귀가 무성한 비옥한 텃밭으로 일궈내던 분. 별거 아닌 음식도 맛있게 먹어서 보는 사람의 입맛도 돌게 만드는 분. 큰일이라도 나게 되면 누가 시키지 않아도 제일 먼저 앞장서서 결국엔 그 일을 해결해 내는 분. "애, 걱정 마라. 사람 죽으라는 법은 없다고 결국엔 다 해결된다."고 유쾌하게 웃으시던 분. 당신은 내가 태어난 날 엄마에게 다음과 같이 말했다고 한다. "음력 정월 늦은 밤에

태어난 호랑이띠 여자아이로구나. 앞으로 머슴아들보다 공부 많
이 하겠구나."

*

　어릴 적 내가 기억하는 당신의 모습을 떠올려 본다. 엄마는 나
말고도 네 명의 여동생을 낳았다. 우리들이 태어난 날, 딸 낳았
다고 울음을 쏙 빼던 친할머니와는 달리 당신은 그렇지 않았다.
동생이 태어난 날 당신은 갓 태어난 동생을 바라보며 엄마에게
말했다.

　"얘, 예쁘기만 하다. 손이 귀한 집에 손주가 많으면 좋은 거지
뭐가 걱정이냐. 이제 옛날과 달라서 애네들 클 때쯤이면 여자들
도 비행기 타고 외국 오가는 시대가 될 거다."

　이런 말을 하며 당신은 삭은 금반지가 담긴 주머니를 엄마에
게 건넸다. 당신이 살았던 그때 그 시절은 여자는 학교는커녕
글도 못 배우는 일이 다반사였다. 그런 당신은 엄마와 아직 걸
음도 떼지 못한 내 동생들에게 저런 말을 자주 했다.

　언젠가 엄마는 당신과 관련한 이야기 하나를 들려주었다. 엄
마가 이십대 초반 무렵 때의 일이다. 갑자기 이직 문제로 타지

역으로 근무지를 옮겨야 할 상황이 생겼다. 엄마는 타지에 있는 당신에게 연락을 하게 된다. 교통수단이라고는 기차밖에 없던 시절, 그들은 직접 짐을 날랐다. 당신은 엄마의 짐을 나눠 든 채 기차를 타고 이동했다. 늦은 밤 기차역 근처 여인숙에 도착한 그들은 하룻밤을 묵게 된다. 그들이 묵게 된 여인숙의 환경은 열악했다. 방음도 잘 되지 않았고, 술 취한 자들이 지나가며 문을 쾅쾅 두드리기도 했다. 겁에 질린 엄마에게 당신이 말했다.

"지금은 내가 같이 있으니까 다행이지 앞으로 너 혼자 낯선 곳에 묵게 될 상황이 생기면 반드시 비싼 값을 치르는 한이 있더라도 너를 보호해 줄 수 있는 방에서 머물러야 한다. 특히 이런 공간을 빌리는 문제에 있어서는 절대 돈 아끼지 마라."

지금 생각해 보면 그 시절을 살았던 당신이 위와 같은 세련된 사고방식을 지닐 수 있었던 건 애초부터 당신이 지닌 천성과 관련되어 있었던 것이라 생각한다. 그 시절에 태어났다는 이유로 정식으로 글을 배우지 못했음에도 당신이 남들이 보지 못하는 혜안을 가질 수 있던 것도, 나와 내 여동생들에게 "그래봤자 계집애들이라서……"와 같은 말을 한 번도 하지 않았던 것도 당신이 지닌 고유한 천성에서 비롯했을 것이다. 그리고 그 천성은 타인을 향한 베풂에 바탕을 두고 있었다. 당신의 베풂은 그 시절의 여성이 생각하기에는 매우 대담한 방식으로 이루어지곤 했다.

당신은 넉넉지 않은 형편임에도 당신과 조금이라도 인연이 닿은 자들에게 어떤 방식으로든 간에 보답을 했다. 도정이 오래되었거나 묵은쌀을 모아 막걸리를 만들어 주변 사람들에게 나눠 주기도 했다. 누가 봐도 비실한 병아리들을 성인 팔뚝만 한 장닭으로 키워 내 삼계탕을 만들어 사람들에게 대접하기도 했다. 어린 시절 당신의 집에 갈 때면 늘 누룩 냄새와 비료 냄새가 났다. 마당 한 켠에는 어느새 큼지막하게 자란 장닭이 있었다. 난 당신의 무성한 마당에 자라나는 빨간 방울토마토와 초록색 풋고추를 신기하게 바라보곤 했다.

당신이 머물던 공간을 떠올려본다. 가파른 계단을 올라가 이층집에 들어가면 거울이 달린 괘종시계가 걸려 있는 마루가 보인다. 괘종시계는 정각만 되면 냉, 하고 울렸다. 괘종시계를 중심으로 오른쪽 방이 당신의 방이고 왼쪽 방은 비워져 있다. 난 대학 시절 왼쪽 방에서 몇 년 동안 머물렀던 적이 있다. 당시 내가 다니던 대학교는 내가 사는 집과 다른 지역에 있었다. 마침 당신의 집은 내가 다니던 대학교가 있는 지역이었다. 난 그런 이유로 자연스럽게 당신의 집에 머물게 되었다.

난 그곳에서 대학 시절의 절반을 보냈다. 그곳의 여름과 겨울은 유난히 덥고 추웠다. 복충 구조로 되어 있는 이층집이라 여름엔 더웠고, 겨울엔 우풍이 들어서 춥기까지 했다. 여름날의 당신은 선풍기 하나를 앞에 두고 연신 부채질을 하다가 잠이 들곤 했다. 당신의 방에서는 달달달 돌아가는 선풍기 소리와 TV 소리와 함께 정각이 되면 댕, 하고 울리는 괘종시계 소리가 고요한 방 안에 울려 퍼졌다. 특히 여름만 되면 마당의 비료 냄새가 심하게 나서 창문을 닫고 잘 때도 있었다.

그날도 창문을 닫고 자다가 문득 나도 모르게 눈이 떠진 여름밤이었다. 모든 것이 멈춰버린 기분이 들었다. 여름의 더위마저 느껴지지 않는 고요한 진공의 세계 속에 내가 있었다. 지금도 난 왜 그 순간이 잊혀지지 않는 것인지 알 수 없다. 난 그날 이후로 당신의 마당을 가득 채웠던 비료 냄새와 누룩 냄새가 더 이상 불쾌하지 않았다. 그리고 여름만 되면 어김없이 당신이 떠올랐다. 누군가 당신을 닮은 계절을 말해보라고 한다면, 난 주저하지 않고 당신의 뜨거운 심장을 닮은 여름이라고 말할 것이다.

당신이 수첩에 적힌 글자들을 더듬더듬 읽는 모습이 기억난다. 글자를 배우지 못했기 때문인 것도 있지만 어깨 너머로 익힌 글자들이었으리라 짐작한다. 당신은 그 사실을 전혀 부끄러워하지 않았다. 당신은 집에 있는 시간보다 밖에 있는 시간이 더 많았다. 요즘 말로 하자면 당신은 동네 사람들 사이에서 소위 '인싸' 같은 존재였다. 당신은 그들을 주도적으로 이끄는 일에 탁월한 소질이 있었다. 당신은 그들과 함께 적극적으로 무언가를 도모했다. 그들이 어려운 상황에 놓이게 되는 경우에도 그들을 끝까지 품었다. 당신은 무슨 일이 생기면 누가 시키지 않아도 앞장서서 그 일을 해결했다. 그들은 당신을 잘 따랐고, 당신은 그들을 끝까지 품을 줄 알았다.

당신의 집 근처에는 재래시장이 있었다. 난 지금도 시장을 지나갈 때면 당신이 떠오른다. 시장에는 당신을 닮은 무수한 당신들이 있다. 당신들의 손에서 자란 온갖 식물들은 모두 당신들을 닮았다. 언젠가 당신은 집 앞에서 당신이 다듬은 도라지 한 봉지를 내놓고 앉아 있던 적이 있었다. 엄마는 그 모습을 보고 당신에게 성질을 냈다.

"뭐하는 거야? 시장도 아니고 누가 이런 길바닥에서 이런 걸 사. 이거 누가 사는 사람은 있어? 주책이야 정말. 에휴!"

엄마의 역정을 들은 당신은 말없이 미소를 지었다.

그날 엄마의 역정은 당신이 아무도 사지 않는 나물을 팔려고 해서 낸 게 아니라는 걸 어린 나도 알았다. 시장도 아닌 곳에서,

아무도 사지 않는 무언가를 팔기 위해 내놓는 당신의 행동은 아무나 못한다. 그러나 당신은 아무나 못하는 일을 아무렇지도 않게 했다.

당신은 종종 술에 취하면 내 방에 들어와 울면서 말했다.

"애, 네 엄마가 왜 그렇게 사는 줄 아니? 다 나 때문이여. 내가 결혼 안 하고 살겠다는 애를 내가 결혼 안 하면 죽는다고 바득바득 애를 써서 그렇게 살게 된 거여. 개가 결혼만 안 했으면 그렇게 안 살았어. 그때는 여자가 결혼 안 하면 큰일 나는 줄 알았다. 훨훨 날아다닐 애를 내가 그렇게 꼼짝 못하게 만들었어."

그럴 때마다 난 당신과 함께 울었다. 난 그때마다 생각했다. 내가 만약 돈을 벌어 당신이 풍족한 삶을 살게 된다면 당신의 한이 사라질까. 만약 엄마가 당신의 말을 듣지 않았다면, 결혼을 해서 나를 낳는 일이 없었다면 당신이 이렇게까지 아프지 않을 수 있었을 텐데. 내가 만약 돈이 많았더라면. 내가 만약 돈이 많았더라면.

언젠가 나는 당신에게 용돈을 드린 적이 있다. 졸업을 하고 보습학원에서 일하며 번 돈이었다. 당신은 얼마 되지 않은 돈을 받고 기뻐했다. 그러면서 "나도 너한테 보답을 해야 할텐데. 너한테 무엇을 해줄까?"라는 말을 몇 번이고 하셨다. 당신이 나를 위해 준비한 건 새 이불이었다. 돌이켜보면 당신은 내가 언젠가 당신의 공간을 떠나 타지에 머물 날을 위해 준비한 게 아닌가 라는 생각이 들었다. 난 지금도 당신이 준 황금색 이불을 덮고 사계절의 절반을 보낸다.

*

이후 당신은 엄마가 잠시 근무했던 요양원에 머무른다. 그곳에서 당신은 세상과 작별할 때까지 4년 남짓의 시간을 보냈다. 돌이켜보면 그 시간은 당신을 지켜주는 신이 우리에게 준 작은 선물 같은 시간이 아닐까 싶다. 그 시간이 없었다면 당신의 마지막을 엄마와 함께하지 못했을 것이다. 엄마는 정년 퇴임을 한 이후 요양 보호사 자격증을 취득해 집 근처 요양원에서 몇 년 동안 근무하게 되었다.

엄마는 당신과 보내는 시간이 이번이 마지막일 수도 있겠다 싶어 타지에 있는 당신을 자신이 근무하는 곳으로 데려왔다. 이렇게 할 수 있었던 이유는 퇴임을 한 이후에도 집에서 가만히 쉬지 못하고 요양 보호사 자격증을 취득해 요양원 근무를 자처한 엄마의 성향 때문일 것이다. 생산적인 일을 끊임없이 추진하는 엄마의 성향은 당신을 닮아 있었다.

당신의 몸을 염하기 전 엄마는 당신의 얼굴을 쓰다듬으며 말했다.

"엄마, 나 애들 잘 키울 테니까 걱정 마. 나 세상에 태어나게 해줘서 고마워. 엄마 말대로 우리 애들 앞으로 크게 될 거야."

그러자 우는 엄마의 등을 쓰다듬으며 당신이 이렇게 말하는 소리가 들리는 듯했다.

"얘, 쓸데없는 걱정 마라. 아무렴. 누가 낳은 딸인데!"

당신의 화장이 끝난 자리엔 뼛가루와 함께 당신의 무릎에 박혀 있던 작은 인공관절이 남아 있었다. 당신의 유골함은 오래전 돌아가신 외할아버지의 유골함 옆에 놓였다. 당신의 위패는 당신이 자주 들르던 절에 두게 되었다. 당신의 장례식 날 위패를 담당하시는 분이 찾아오셨다. 그분은 생전의 당신을 기억했다. 생전의 당신은 이미 자신의 죽음을 준비하고 있었다.

*

당신은 그 이후에도 가끔씩 내 꿈에 찾아오시곤 했다.

어느 날 갑자기 까무룩 쏟아진 잠깐의 낮잠이나, 초여름이 시작되는 어느 이른 새벽에 당신을 볼 수 있었다. 꿈에서 당신을 본 날은 머지않아 좋은 일이 생겼다. 꿈 속에서의 공간은 대부분 내가 머물던 당신의 집 근처였다. 꿈 속에서 당신은 집 근처 시장에 들러 당신을 닮은 자들과 가격을 흥정하며 유쾌하게 웃고 있었다.

어느 날의 꿈에는 당신이 나와서 집안 곳곳을 돌아다녔다. 당신의 모습은 이전보다 풍채가 좋아져 있었다. 당신의 옷자락이 내 팔이 스치는 촉감이 생생했다. 집 안 이곳저곳을 둘러보던 당신은 유쾌하게 웃으며 다음과 같이 말했다.

"이곳이 자꾸 우리 애들을 힘들게 만들고 있구나!"

그 꿈을 꾸고 난 후 얼마 지나지 않아 당신의 집은 리모델링이 되어 월세를 놓았고 세입자도 구하게 되었다. 당신의 집은 당신이 엄마에게 물려준 유일한 재산이었다. 덕분에 우리 집의 가계는 작게나마 숨통이 트였나. 당신은 죽고 니서도 당신의 피와 뼈를 물려받은 우리를 위한 작은 공간을 내어주었다.

내 기억 속 당신은 치아가 좋지 않아서 언제부턴가 음식을 물에 말아 대충 삼켜먹는 날이 많았다. 어느 날 당신은 가파른 계단을 오르내리다 넘어져 다친 적이 있었다. 당신은 아픈 것보다 당장 병원비가 아까워 치료를 받지 않았다. 내가 만약 돈이 많았더라면, 당신의 치아를 온전하게 대신할 튼튼한 틀니를 마련해 드렸다면 당신이 좋아하는 음식을 마음껏 드셨을텐데. 당신과 함께 병원에 들려 다친 곳을 치료받게 해드렸을텐데. 숨막힐 듯한 여름날 당신의 방에 에어컨이라도 설치했을텐데. 겨울이 되면 이따금씩 고장나 차가운 물이 나오던 낡은 보일러를 튼튼한 것으로 바꿨을텐데. 내가 만약 돈이 많았더라면 생전의 당신이 이렇게 고군분투하지 않아도 되는 삶을 살지 않았을까 생각해 본다.

부자는 아니더라도 적어도 내가 사랑하는 사람을 지킬 수 있을 만큼의 돈을 벌고 싶었다. 그때부터 나는 내가 사랑하고 나를 사랑해주는 자들을 지킬 수 있을 만큼의 돈을 버는 일을, 적어도 그들이 배곯지 않을 만큼의 돈이 주어지기를 간절히 바랐다. 난 내가 지금 하고 있는 일이 그들을 지킬 수 있을 만큼의 경제적 교환 가치를 지니려면 어떻게 해야 하는지를 끊임없이 자문해본다. 그들을 지키기 위해서는 난 어떠한 마음가짐으로 살아야 하는지도 생각한다.

난 종종 나조차도 감당할 수 없을 만큼의 무기력이나 끝이 보이지 않는 우울에 잠식당할 때면 당신을 떠올린다. 난 당신을 떠올리며 간절한 마음으로 기도한다. 내 안의 사나운 짐승을 잠재워주세요. 그럼에도 불구하고 사랑하는 마음을 잃거나 잊지 않게 해주세요. 내가 사랑하고 나를 사랑하는 자들을 지킬 수 있는 힘을 주세요. 저를 지켜주시고 돌봐주시고 살려주세요.

당신이 내게 베푼 것들을 생각하면 정말 잘 살고 싶어진다. 당신은 항상 내 곁에 있었다. 그리고 보이지 않는 곳에서 당신이 나를 항상 지켜주고 있다는 것을 안다. 당신의 피와 뼈를 물려받았기에 나도 당신처럼 뜨거운 심장을 지닌 사람이 될 수 있다는 것을 믿는다. 난 당신에게 더할 나위 없는 사랑을 받았고, 그 사랑을 나를 사랑하고 내가 사랑하는 자들에게 베푸는 일이 살아가는 동안 내가 해야 하는 일이라는 걸 안다. 이 모든 건 당신에게서 배운 것이다.

난 아직도 당신의 집 열쇠를 가지고 있다. 열쇠로 문을 열고 들어가면 나는 그날의 여름밤으로 돌아가 있다. 거울이 달린 괘종시계가 걸려 있는 마루에 들어서면 오른쪽엔 당신의 방이, 왼쪽엔 내가 잠시 머물렀던 방이 있다. 방의 정적을 깨고 정각을 알리는 괘종시계가 댕, 하고 울린다. 그날의 여름밤은 생전의 당신이 이뤄놓은 작은 세계였다. 당신이 내게 내어 준 작은 공간이기도 하고. 당신과 나는 종종 그곳에서 볼 수 있을 것이다. 그러니 당신도 언제든 내 꿈에 머물다 가시길.

2부

그들은 왜 그런 말을 했을까

실미도의 추억

그들은 왜 그런 말을 했을까

이 글은 주어가 없습니다

사랑하는 선생님께
─스승의 날을 기억하며

실미도의 추억

영화 〈실미도〉(2003)를 보면 대학 시절의 추억이 떠오른다. 대학 동기들과 수업이 끝나고 영화를 보러 갔다. 내가 대학교에 입학한 지 얼마 안 된 시기였다. 당시 영화관에서는 〈실미도〉를 상영하고 있었다. 영화는 작년 겨울에 개봉한 이후로 흥행가도를 달리고 있었다. 그날 나는 영화를 다 보지 못하고 중간에 영화관을 나와야 했다. 통학버스 시긴 때문이었다. 내가 영화관을 나올 때 본 건 하얀 눈이 덮인 실미도에서 군인들이 혹독한 훈련을 받는 장면이었다. 통학버스를 타고 집에 가는 길이었다. 남자 동기 한 명에게서 전화가 걸려 왔다. 그는 집에 잘 가고 있냐는 말과 함께 내게 이렇게 말했다.

"혹시…… 영화에서 그 장면 봤나?"

난 그게 무엇이냐고 물었다. 그는 말하며 몇 초간 뜸을 들였다. 경상도 사투리를 썼던 그는 특유의 사투리 억양으로 약간의 웃음이 담긴 말투로 속삭이듯 말했다.

"왜 그 장면 있잖아."

난 그게 무슨 장면이냐고 한 번 더 물었다. 그러자 그는 아쉽다는 듯 이렇게 말하며 웃었다.

"그 장면을 못 보고 나왔나보네. 아쉽네."

난 그가 굳이 나한테 전화까지 해가며 영화에 대한 얘기를 하는 걸 보고, 저 영화를 참 좋아하는구나, 라고 대수롭지 않게 생각했다. 시간은 흘러 영화 〈실미도〉가 명절 특집으로 TV에 방영된 적이 있었다. 난 우연히 TV에서 그 영화를 보고 그제야 그날 그가 말했던 그 장면이 뭔지 알게 되었다.

실미도에서 탈영한 두 명의 군인이 민간인 여성을 성폭행하는 장면이었다. 그걸 알게 되자 난 그가 몹시 불쾌해졌다. 그는 왜 내게 전화까지 해가며 저 장면을 봤냐고 물어보려 했을까. 입학한 지 얼마 되지 않았던 시기라 아직 친하지 않았던 사이임에도 불구하고 나한테 문제의 저 장면을 물어본 그의 의도는 무엇이었을까. 내가 만약 그 장면을 봤다고 했다면 그는 어떤 반응이 나왔을까.

"그 장면 진짜 죽인다, 최고다, 그 장면이 제일 좋았다." 따위의 말을 하며 공감을 얻고 싶었던 것일까. 도대체 내가 어떤 반응이 나오기를 기대하고 있었던 걸까. 혹시 이런 말을 나한테만 물어본 건지, 만약 나한테만 물어봤다면 평소에 나를 어떻게 생각하고 있는 건지 궁금했다. 정말 별의별 생각이 꼬리를 물고 이어졌다. 그러고 보니 그는 이 영화를 좋아해서 몇 번이고 봤다는 얘기를 했던 게 기억난다.

"와 그 장면 기억나나? 영화에서 허준호가 부하들 주려고 사탕 봉지 들고 가던 거. 사탕 봉지 떨어뜨렸을 때 나 눈물 났다. 나 그거 몇 번 봐도 슬프다. 그들이 탄 버스 폭파될 때 진짜 슬펐다 아이가. 안성기가 날 쏘고 가라 얘기할 때 멋졌다. 그리고 그거 실화라 카더라."

그는 한동안 〈실미도〉에서 본 감명깊은 장면을 말하고 다녔다. 그러면서 그는 그 상면을 본 남자 동기들과 "영숙이와 숙자에게 쑤시고 어쩌고" 같은 저급한 농담을 주고받으며 키득거렸다.

〈실미도〉는 남학생들 사이에서 유난히 인기가 많았다. 등장인물들이 다 남성이고 군대를 소재로 한 이야기였기 때문일 것이다. 〈실미도〉는 한국영화 중 처음으로 1,000만 관객을 넘겼다. 〈실미도〉를 포함해 〈투캅스〉 시리즈, 〈공공의 적〉과 〈강철중〉

시리즈, 복싱 챔피언의 일대기를 담은 〈전설의 주먹〉만 보더라도 강우석 감독의 영화는 대부분 남성을 주인공으로 하고 있으며 남성 서사가 반복된다. 영화에 등장하는 인물들도 강우석 사단이라고 할 만큼 전작에 나온 대다수의 배우들이 그의 영화에 등장한다.

그러나 아무리 남성 서사가 중심이 되는 영화라 하더라도, 〈실미도〉의 그 장면은 아무리 봐도 이해되지 않았다. 이야기 전개상 그 장면이 없어도 아무런 지장이 없었다. 남성 서사라는 이유로 그 장면이 필요했다면 그건 정말 잘못된 것이다. 나중에 감독은 이 장면을 군대 문화가 지닌 가혹함을 보여주기 위한 것이었다고 해명하기도 했다.

영화에서 탈영한 군인들이 몰래 숨어 들어간 곳은 학교 보건실이였다. 그들은 그곳에서 보건 선생님을 성폭행하면서 이렇게 말한다.

"우리가 원래부터 이런 놈은 아니고 꼭 이러고 싶었던 건 아닌데 이해해주세요."

그들 중 한 명은 다른 군인들에게 발각되자 "나 여자랑 했어!"라고 외치기도 한다.

그들의 대사에서 감지되는 불쾌함은 남성 군인들이 민간인 여성을 향한 강간 문화를 정당화하는 방식에서 비롯한다. 그들이 탈영할 수밖에 없었던 이유가 성욕을 해결할 수 없는 특정 상황에 놓여 있었기 때문이라는 것. 그리고 그 상황이 개인의 문제가 아니라 고립된 장소에서의 가혹한 훈련 때문이라고 합리화하고 있는 것처럼 보였다. 따라서 무고한 여성을 성폭행한 그들의 행위는 비도덕적이라는 사실은 분명하지만 동시에 그럴 만할 이유도 있었다는 식으로 이해되기를 요구하는 듯했다. 난 그 점이 불쾌했다.

실제 684부대는 영화와는 많이 달랐다. 영화에 나오는 훈련병들은 사형수와 무기수들로 설정되어 있지만 희생자 유가족들은 그들이 범법자가 아니라 여느 평범한 시민이었다고 말한다. 정부가 그들에게 나라를 위해 짧으면 3개월, 길면 6개월 동안의 훈련을 받은 뒤 임무를 완수하면 일자리와 그에 상응하는 경제적 보상을 준다고 했다. 대신 국가와 관련한 중요한 임무이기에 이 사실을 아무에게도 알려서는 안 된다고 했다.

31명의 가난한 청년들은 생계를 위해 가족들에게조차 알리지 못한 채 그 제안을 받아들였다. 그들은 무인도에 고립된 채 무려 3년 4개월 동안 '김일성 암살'이라는 명목 하에 가혹한 훈련을 받는다. 그들은 후에 정부로부터 북파공작원이라는 오명을 받고 대다수가 죽거나, 살아남은 자들마저 사형당한다. 그들의 억울한 죽음은 35년이 지나서야 세상에 알려졌다. 지금도 유가족들은 〈실미도〉를 보며 분노한다.

〈실미도〉를 예찬하던 그는 ROTC를 지원할 예정이라고 했다. 대학교 수업을 받으면서 군대를 준비하고 싶다고 했다. 그러나 성적이 되지 않았다. 하긴 그도 그럴 것이 그는 학교 생활을 성실하게 임하는 편이 아니었다. 그는 남자가 군대를 가야 한다는 사실을 억울해했다. "남자는 군대 가지만 여자는 애 낳지."라는 참으로 한심한 말을 한 것도 기억난다. 난 그가 〈실미도〉를 좋아해서 해병대라도 갈 줄 알았다. 그는 결국 정식 군대를 가지 않고 사회복무요원으로 군복무를 대신했다고 들었다. 그러고 보면 ROTC를 갈 것이라는 그의 말은 허세가 아니었나 싶다.

난 지금도 궁금하다. 왜 그는 그날 내게 그 장면을 물어봤을까.

그들은 왜 그런 말을 했을까

영화 〈범죄와의 전쟁:나쁜 놈들 전성시대〉(2012)는 제목에서 짐작할 수 있듯이 정부가 '범죄와의 전쟁'을 선포하던 1990년대 전후의 부산을 배경으로 하고 있다. 당시 조직범죄와 사회적 부패가 만연하던 시기를 바탕으로 한 이 영화는 일종의 범죄 드라마 장르에 속하며, 유독 인상 깊은 대사들이 많은 편이다. 그중 비리 세관 공무원 최익현(최민식)의 대사가 기억에 남는다. 어느 날 그가 마약 거래 장소로 운영하던 나이트클럽이 경찰의 급습을 당한다. 졸지에 경찰서에 연행된 그는 다음과 같이 외친다.

"느그 서장 어딨어? 강서장 데꼬온나. 니 내 누군 줄 아나? 느그 서장 남천동 살제? 내가 임마 느그 서장이랑 어저께도 같이 밥 묵고, 사우나도 같이 가고, 으이! 야 이 개새끼야, 임마 다 했어!"

그가 잔뜩 흥분한 채 "니 내 누군 줄 아나?"라고 외치는 대사는 영화 〈범죄도시〉(2017)에서도 등장한다. 조선족 출신 범죄 조직 보스 장첸(윤계상)이 상대방 조직 세력을 향해 "니 내 누군지 아니? 나 하얼빈에서 온 장첸이야!"라고 외치는 장면이 그것이다. 이후 그들의 대사는 수많은 개그 프로그램에서 패러디된다.

"감히 내가 누군 줄 알고 나를 건드려?"라는 의미나 다를 것 없는 저 자의식 과잉의 발화가 가능하다고 여기는 자들의 심리는 권력과 관련한다. 그들이 보기에 자신의 존재감은 곧 권력이다. 그러나 문제는 아무리 봐도 그들이 지닌 존재감이 그런 말을 할 수 있을 만큼 우월하다고 여기기엔 너무나 하찮다는 데에 있다. 남들이 보기에 참으로 하찮은 존재에 지나지 않는 자들이 외치는 저 대사는 듣는 이로 하여금 어이없는 실소를 터뜨리게 만든다.

일종의 허세에 가까운 그들의 말은 예상과는 달리 듣는 이로 하여금 '내가 감히 건드려서는 안 될 사람을 건드렸구나.'라는 공포를 불러일으키기보다는 오히려 말하는 자의 하찮은 자의식 만을 드러낼 뿐이기 때문이다. "니 내 누군 줄 아니?"라는 말이 개그 소재로 패러디되는 이유는 바로 그런 이유에서다.

그런데 말이다. 난 저 대사를 영화가 아니라 현실에서, 그것도 내 앞에서 직접 들어본 적 있다. 그때는 내가 석사 과정에 입학한 지 얼마 안 되었을 시기였고 A선배는 박사 과정에 재학 중이었다. A는 당시 신입생이었던 나에게 모르는 것을 알려주기도 했고 수업 시간에 발표한 내 작품에 대한 감상평을 해주기도 했다. A는 이미 등단을 한 작가였고 아직 등단하기 전이었던 나는 A가 그저 좋은 말씀 해주시는 좋은 선배 정도로만 여겼다.

어느 날 술자리에서 A는 내 가슴을 한참 동안 뚫어지게 바라보더니 내게 말했다.

"너 그 가슴 뽕이지?"

난 성희롱이나 다를 바 없는 A의 무례한 발언 앞에서 어떻게 해야 할지 몰랐다. 난 당황스러웠지만 A가 술을 많이 먹어서 저런 헛소리를 하나보다 하고 웃어넘겼다. A의 헛소리는 술이 들어갈수록 심해졌다. "너 얼굴을 가만히 보니 눈이 짝짝이네. 나 여자 얼굴 잘 보는 편이거든. 졸린 눈처럼 보이는 눈매야. 졸린 눈이 남자에게 인기있어. 너 은근 색기있네."와 같이 성희롱에 가까운 발언을 계속 늘어놓기 시작했다. 난 자꾸 선을 넘는 발언을 하는 A에게 정색하고 대답했다.

"그렇게 여자 얼굴이나 가슴 볼 시간에 글이나 잘 쓰세요."

A는 내 말을 듣고 갑자기 분노했다. A에겐 저 말이 급발진을

할 만큼 본인의 자존심을 제대로 긁어버린 모양이었다. '나는 너에게 성희롱에 가까운 발언을 해도 괜찮지만, 감히 너 따위가 등단한 내게 글이나 잘 쓰라는 건방진 말을 할 수 있지?'라는 사고방식을 가진 A는 얼굴이 시뻘개진 채 소리쳤다.

"어리다고 잘해주니까 고마운 줄도 모르고 기어오르네. 너 내가 누군지 알아? 나 문단깡패야!"

난 A의 말을 듣고 정치깡패도 아닌 문단깡패라는 범죄 조직이 있다는 것을 살면서 처음으로 알게 되었다. A의 급발진 분노를 보니 한 한국 여성 유학생의 얘기가 떠오른다. 외국 유학 시절 한 남자 외국인이 자신을 집요하게 따라다니며 '캣콜링'을 했다고 한다. 오랜 유학 생활을 해온 그녀에게 이런 일은 한두 번이 아니었다. 그녀는 동양 여성을 비하하는 발언과 행동까지 해가며 추근대는 남성에게 눈 하나 깜빡하지 않고 다음과 같이 말했다. "성기도 작은 주제에 그만 좀 하지." 그러자 그 남성은 얼굴이 시뻘개질 정도로 씩씩대며 노려보다가 이 말을 남기고 사라졌다.

"내 성기 작지 않아!"

그에겐 처음 보는 동양 여성에게 가하는 자신의 캣콜링보다, 처음 보는 자신에게 성기 크기가 작다고 말하는 그녀의 발언이 참을 수 없이 무례했던 모양이다.

그 사건 이후 난 A에 대한 다음과 같은 사실을 알게 되었다. A를 아는 여자 선배들은 나에게 A가 자신보다 낮은 학년의 어린 여학생들만 골라 추근대는 편이고, 술버릇이 좋지 않으며, 혹시 A가 단둘이 술자리를 갖자고 연락하거나 만약 그런 자리가 생기면 오래 있지 말고 그 자리를 피하거나 반드시 다른 사람과 동행하라는 조언도 덧붙였다. 나 말고도 A에게 이런 봉변을 당한 여자 선배들이 꽤 있었던 모양이다. 난 그날 그 자리에 A와 단둘이 있지 않았던 점, A가 내 말에 급발진하여 그 자리가 일찍 끝나버린 사실이 참 다행이라고 생각했다.

난 앞으로 A가 한국 문단계의 문단깡패로서 여자 몸이나 훑어보며 삥이나 뜯고 사는 양아치로 남았으면 좋겠다.

*

그러나 여기서 끝이 아니다. 자의식 과잉자들의 세계에서 "너 내가 누군지 알아?"는 지극히 평범한 축에 속한다. "감히 나를 모르느냐?"라는 오만함이 담긴 저들의 발화는 어느덧 다짜고짜 밑도 끝도 없이 자신의 이름 석 자를 외치며 싸우는 단계에 이른다. 이를테면 "나 하얼빈에서 온 장쳰이야!"처럼 "나 ○○○(이)

야!"라고 외치며 싸우는 자들이 그렇다. 영화 속 장첸은 그나마 잘 싸우기라도 했지, 현실 속 그들은 본인의 이름만 외칠 뿐, 어떠한 액션도 취하지 않는다. 기껏해야 상의를 벗어던지거나, 턱을 치켜올리거나 삿대질을 해 가며 자신을 무시한다고 여기는 자들 앞에서 저 말만 반복한다. 그들은 아무도 궁금해하지 않고 물어보지도 않은 본인의 이름을 고래고래 외친다.

술에 취하면 "나 ○○○(이)야!"라고 외치며 허세를 부리는 것으로 유명한 B 작가가 있다. 언제부턴가 B는 술을 먹지 않은 맨정신인 상태에서도 저 말을 하는 지경에 이르게 된다. B와 같은 부류에 속하는 자들은 등단 년차도 자신의 존재감을 과시하는 중요한 요소로 작용한다. 영화 속 최익현이 남천동 사는 경찰서장과 밥도 먹고 사우나도 함께 한 사이라면, B는 다음과 같은 대사를 할 것이다.

"야, 너 내가 누군지 알아? 나 ○○○(이)야! 너네들 나처럼 작가 되어 봤어? 내가 올해 등단 ○○년차야! 내가 원로작가들이랑 어저께도 밥도 먹고 악수도 하고, 노벨문학상 후보에 오른 원로작가 멱살도 잡아 봤어. 야, 개새끼야, 임마 내가 다했어!"

한때 B는 음주 문제와 관련해 경찰서에 연행된 적이 있다. 경찰서에서 B는 본인의 인생에서는 장원급제나 마찬가지인 '작가'

라는 영광스런 등단기를 장시간 늘어놓았다고 한다. 난 그 자리
에 있던 경찰 관계자 분들에게 다음과 같은 말을 건네고 싶다.
모든 작가들이 다 B와 같은 자들은 아니라는 것을.

　재미있는 건 B는 본인이 누군지 소개하지 않아도 모두가 아는
대작가들 앞에서는 매우 공손해진다는 것이다. 그때만큼은 본
인의 이름을 외치는 B의 자의식 과잉 증상이 씻은 듯이 사라진
다. 그분들을 대하는 B의 태도는 자의식 과잉과는 거리가 먼 과
잉 충성에 가깝다. 등단이 곧 벼슬이자 본인의 이름만 대면 모
든 것이 다 해결되리라고 믿는 B의 사고방식은 급기야 다음과
같은 발언을 하기에 이른다. 그날도 어김없이 술에 취한 B는 자
신보다 어린 여성작가의 어깨를 툭툭 치며 이렇게 말한다.

　"문학판은 화류계나 다름없는 곳이야. 너 살 좀 빼."

　난 B가 여성 작가에게 왜 그런 말을 했을까보다, 과연 자신이
과잉 충성하다시피 하는 원로작가들 앞에서도 저런 말을 할 수
있을까, 란 의문이 들었다.

　난 앞으로 B가 문학판보다는 화류계에서 이름만 들어도 알만
한 존재가 되어 단란한 나이트 부킹 문화를 이끌어가길 기원한다.

*

여기서 끝이 아니다. 자의식 과잉자들의 세계는 우리가 생각하는 것보다 더 넓은 범위에 놓여 있다. 내가 등단을 한 지 얼마 안 된 시기였다. 내가 처음으로 작품 해설을 맡게 된 출판사 관계자분들과 식사 자리를 갖게 되었다. 그 자리에 해당 출판사에서 작품집이 나온 작가 C가 있었다. 그 자리엔 나만 여자였다. C는 술이 들어가자 내게 집요하게 추근댔다. 출판사 관계자들 중 한 분이 내게 나중에 C 작가의 작품론을 맡았으면 어떻겠냐고 물어보았다. 그 말을 들은 C가 거만한 표정으로 내게 말했다.

"내 작품 감당할 수 있겠어요?"

"내가 누군지 알아?"에서 시작된 그들의 자의식 과잉은 본인의 이름을 외치는 방식으로 진화되다가 "누구보다 월등한 글을 쓰는 나의 작품 세계를 감히 너 따위가 감당할 수 있는가?"로 변주 되어 가고 있었다. 그날 이후 내게 자꾸 개인적인 문자를 보내는 C에게, 난 다음과 같은 내용이 담긴 답문을 보냈다.

난 C에게, 그날의 식사 자리에서 당신이 내게 보인 행동은 매우 불쾌했고, 앞으로 해당 출판사 관련한 일 이외에는 당신이 있는 자리엔 절대 참석하지 않을 것이며 더이상 내게 개인적인 연락을 하지 말라고 답문했다. 그러자 C는 진심으로 사과드린다는 말과 함께 내게 스타벅스 커피 쿠폰을 보냈다.

난 앞으로 C가 내게 보낸 스타벅스 아메리카노 작은 사이즈 한 잔 쿠폰 가격을 감당할 수 있을 만큼의 작품을 쓰는 작가가 되었으면 좋겠다.

*

그런 말을 하는 자들은 하나같이 무례했다. 그리고 그들이 지닌 성별도 한결같았다. 그들의 발화는 그 말을 하면 안 된다는 것을 모르는 무지에서 나온 게 아니다. 그들은 그런 말을 해도 자신에게 위협을 가할 것 같지 않아 보이는 자들 앞에서만 위와 같은 발언을 했다.

여성작가가 되려면 낙태 경험이 있어야지 좋은 글을 쓸 수 있다는 말을 하던 D 작가가 있었다. D는 수업 시간에 한 작가 지망생이 쓴 글을 읽고 인격모독에 가까운 혹평을 쏟아내며 그 학생에게 결혼 유무와 사는 곳을 물었다. D는 그가 기혼인 것과 사는 곳을 듣고, 결혼해서 그런 곳에 사는 형편이라면 굳이 등단 안 해도 사는 데 지장 없을 텐데 왜 굳이 자신이 강의하는 문학 강좌를 들으러 왔냐는 말을 하며 비아냥거렸다. 학생들 사이에서 D는 합평 수업 때 인격모독에 가까운 혹평을 쏟아내는 것으로 잘 알려져 있었다. D의 비아냥을 들었던 그분은 머지않아 등단을 하고 작품집도 나왔다. 어느 날 D는 한 장례식장에서 이름만 들어도 알만한 출판 관계자들을 보고 허리를 90도로 숙여 공손히 인사를 했다.

난 앞으로 D가 본인이 누군지 소개하지 않아도 모두가 다 아는 출판 관계자들을 만나게 된다면 장소를 불문하고 큰절을 올리기를 바란다.

학부 시절 어느 문학 소모임 합평 시간이 떠오른다. 그들 중 일부는 작품 감상이나 의견을 주고받기보다는 근거 없는 비난에 가까운 말들을 쏟아냈다.

"너는 저번에 쓴 글에서 하나도 변한 것이 없어. 발전이 없네."

"시어에 대해서 전혀 고민하지 않고 쓴 글이에요."

"내가 보기에 저 작가의 작품은 오래가지 못해."

"너 이렇게 쓸 바에야 차라리 안 쓰는 게 낫겠다."

그들은 문학을 하는 자들이라면 인격모독에 가까운 독설을 하는 행위를 마치 당연한 것처럼 여겼다. 나아가 이러한 독설을 감당해내는 자만이 비로소 진정한 문학을 할 수 있다고 여기는 듯했다. 그 시절의 나 또한 내가 읽고 쓰는 모든 것들을 이해해주고, 좀 더 나은 글을 쓸 수 있게 지지해주는 작은 공동체를 간절히 원했다. 그러나 그들이 사는 세계에 소속되고 싶지 않았던 이유는 그들에게서 문학적 허영이 느껴졌기 때문이다. 아무리 외롭더라도 문학을 하는 나의 모습에 도취된 자의식 과잉자가 되기는 싫었다.

문학보다는 '문학을 하는 나'의 모습에 도취 되어 있는 자들만이 모여있는 세계가 존재하고 있었다. 그들은 '시는 온몸으로 쓰는 것이다'라는 김수영의 문학론을 육체의 욕망으로 훼손했다. 김수영의 온몸 문학론을 성기 중심주의로 훼손해버린 그들이, '문학은 금기를 깨는 것' 혹은 '문학적 자유로움'이라는 명목으로 특정 성별에게 가하던 무례함을 떠올려본다. 김수영의 말처럼 그들의 얼굴에 침이라도 뱉고 싶다.

영화 속 최익현의 후예들은 21세기에두 존재하고 있었다. 그들이 그런 말을 하는 이유는 그런 말로 자신을 무장해야지만이 겨우 존재할 수 있는 허접한 자아를 지니고 있기 때문이다. 그러니 그들의 말처럼 '그들의 존재를 알지 못하는 내가 이상한 건가?'라는 의문은 가지지 않아도 된다.

그들의 어이없는 급발진 외침에 놀랄 필요도 없다. '그냥 어디서 개가 짖나' 정도로만 여기면 된다. 저렇게라도 외쳐야지만이 겨우 존재감을 확인할 수 있는 참으로 한심한 인간이구나, 라고 생각하며 가여운 마음으로 바라보면 그만이다. 그들의 이름을 알지 못해도 아무 일도 일어나지 않으니 안심해도 된다. 그들에게 위와 같은 무례한 말을 들어본 경험이 있거나 목격한 자들이 한번쯤은 있을 것이다. 이 글을 읽으며 내가 아는 무수한 A, B, C, D들을 떠올리길 바란다. 참을 수 없이 허접하고 보잘것없고 하찮은 그들의 존재를 마음껏 비웃으며 깔깔 웃어버리길.

이 글은 주어가 없습니다[1]

지금부터 불편하고 지겨운 이야기를 해보겠습니다. 모두가 알고는 있지만, 정확하게는 알 만한 사람들은 다 알고 있는 사실에 대한 이야기. 알 만한 사람들이라면 다 알고 있는 사실이지만 말하지 않는 이야기. 아무리 말을 해도 바뀌지 않기에 언제부턴가 더 이상 말하지 않는 이야기. 아무리 말을 해도 바뀌지 않는 것도 모자라 이제는 그만할 때도 되지 않느냐는 말이 나올 만큼 지겨워진 이야기.

---

[1] 이 글은 졸고, 〈명예훼손 같은 소리 하고 자빠졌네〉, 뉴스페이퍼, 2023년 11월 9일자 칼럼을 수정 보완한 것임을 알립니다.

그 사건에 대한 이야기부터 해볼까요? 말도 안 되는 수준의 설문조사로 모든 이들을 경악하게 만든 어느 출판사에 대한 이야기. 평생 시만 쓰던 자가 추문에 휩싸여 5년간을 자택 감금하고 살았고, 모든 명예를 잃은 상태에서 다시 시를 써 신간을 낸 어느 원로 시인(90세). 그러자 그의 신간 출간과 사실에 가까운 '추문'을 비판하는 자들에게, 국민의 기본권인 표현·출판의 자유권을 억압하는 일이 대한민국에서 일어나고 있다고 여기며 항의하는 (원로 시인의 신간 작품을 출간할 만큼 원로 시인과 밀접한 관련이 있는) A 출판사. 나아가 신간 출간을 비판하는 신문사를 상대로 명예훼손 고소까지 한 사건.

두 번째. 위계 폭력, 성추행 및 성폭행 가해자로 지목된 자들이 문예지를 창간하거나 문예지의 편집위원이 되는 문단 구조를 지적하는 글을 쓰자, 가해자인가 피해자인가의 판단은 잠시 유보하고, 문학잡지를 만드는 일이 정작 신성한 제의에 참여하듯 엄격한 도덕성을 요구하는 일이냐며 반론을 제기한 자. 나아가 성추행 가해자 관련 사건은 공중파에 방송되고 각종 종합 일간지에서도 다루어졌던 사건의 재료인 만큼 이를 알리는 일은 명예훼손은 물론 업무방해이자 범죄행위의 의도라고 하며 협박에 가까운 비난을 한 일.

세 번째. 300쪽에 달하는 교정교열 편집 작업에 대한 고료를 받지 못해 이의를 제기하며 1인 시위에 나선 자에게, 고작 세 차례의 편집 업무를 거든 것으로 그것이 마치 노동착취라도 되는 듯 해당 문예지를 폄훼하려는 이가 있으니, 더 이상의 불미스러운 사태를 빚거나 진정성어린 사과가 없을시, 그 모든 행위를 명예훼손과 업무방해로 간주해 후속 조치를 취할 수 있음을 공표한 해당 문예지 편집 일동.

네 번째. 신인문학상 당선자를 비롯한 여성수상후보자들에게 따로 연락해, 나이, 학과, 대학, 사는 곳을 묻고 등단하면 자신이 운영하는 출판사에서 시집을 계약해야 한다고 말한 어느 문예지 발행인. 이후 이 사태가 알려지자, 자신의 행위가 등단과 작품집 출간이 간절한 문학 지망생과 신인 작가들에게 가하는 '권력에 의한 위계 및 위력'이 아닌, 발행인으로서 오랜 관행이자 관례였다고 말한 일. 그와 함께 자신에 대해 폭로된 사안들이 심각한 명예훼손으로 판단되어 법적 조치를 취하기 전에, 위와 같은 사실을 말한 자들에게 공개사과를 요청한 일.

위의 사건들에서 공통적으로 발견되는 건 명예훼손입니다. 왜 그들은 자신에게 벌어지고 있는 일련의 사건을 명예훼손이라고 여기는 것일까요. 그들이 지키고 싶은 명예란 무엇인가요.

무엇이 훼손되거나 모욕당하거나 폄훼받고 있다고 여기는 것일까요. 그들의 입장에서 자신의 행동은 누구에게도 비난받을 수 없다고 여기나 봅니다. 자신의 행동을 비난하는 자들에게 범죄 행위이자 업무 방해라는 명목하에 명예훼손이라는 법적 조치를 가하는 것을 본다면 말입니다. 흥미롭게도 옳지 못한 일을 하는 자들에 해당하는 대부분이, 문제를 지적하는 자들에게 명예훼손이라는 법적 조치를 이미 취했거나, 취할 것이라는 협박에 가까운 경고를 하고 있다는 점입니다. 소위 '명예훼손 같은 소리'를 하는 자들에게 명예훼손이란 그들의 문제를 지적하는 자들에게 그들이 가하는 더없이 좋은 가해입니다.

2016년부터 문화계를 중심으로 'ㅇㅇ_내_위계·성추행·성폭력 해시태그' 미투 운동이 시작되었습니다. 문단_내_위계·성추행·성폭력 미투 운동도 마찬가지였고요. 문단 내 부조리, 출판 권력, 문단 내부에서 공공연하게 이어져 내려오던 불공정한 관행이나 악습과 관련해 피해 당사자 혹은 목격자에 해당하는 '나'의 경험을 고백하는 목소리가 시작되었습니다. 이 목소리'들'은 2016년의 어느 날 갑자기 벌어진 일이 아닙니다. 살기 위해, 마침내, 참다못해, 끝끝내 견디다 못해, 말하지 않고서는 도저히 버틸 수 없기에, 이렇게라도 말하지 않으면 개선의 여지조차도 주어지지 않기에 나오게 된 것입니다. 그제야 수면 위로 드러나게 된 이 목소리들은 지금까지도 이어지고 있고요.

본인이 유명한 시인/작가가 아니라서 미투에 걸리지 않았다며 다행이라고 말하던 사람이 떠오릅니다. 본인이 보기에도 '미투에 걸릴 법한' 자신의 행위는 무엇을 의미하는 걸까요. 그를 포함해 유명한 시인/작가가 아닌 사람들은 옳지 못한 행동을 해도 공론화가 되지 않으니 정말 다행이라고 여기는 걸까요. 그들에게는 '미투'가 유명한 시인/작가라면 한 번쯤 '당하게 되는 일방적인 추문'에 지나지 않는 것일까요. 그들이 말하는 '미투에 걸리다' 혹은 '미투를 당하다'라는 표현 안에 숨겨진 불편한 의미를 들여다봅니다.

문학 강습을 목적으로 온라인상에서 여성 미성년자 문학 지망생에게 지속적으로 언어폭력, 인격모독, 성희롱, 성폭력, 명예훼손을 가한 한 남성 시인의 재판이 5년째 이어지고 있습니다. 자신의 피해 사실을 고발한 피해자에게 해당 시인은 역시나 허위사실에 의한 명예훼손을 주장하며 소송을 걸었습니다. 결국 이 재판은 피해자의 피해사실이 사실임이 입증되었고, 피해자 측의 항소로 해당 시인은 징역형의 집행유예가 선고되었으며, 미성년자 성희롱과 관련한 두 번째 항소심 형사 재판에서 1년 8개

월의 징역형이 선고되었습니다. 그 과정에서 피해자와의 합의
를 시도하기도 했던 해당 시인은 1심 재판 중 자신의 치아가 여
덟 개나 빠졌지만 피해자의 회복을 위해 손해배상금을 먼저 해
결했다고 자랑스럽게 말한 바 있습니다.

저는 여기서 가해자들이 지닌 공통된 습성을 발견할 수 있었
습니다. 왜 그들은 반성하는 자신의 모습을, 마치 타인에게 선
의를 베푸는 대단한 행위처럼 여기고 있는 것일까요. 기억나지
도 않고 그럴 의도는 아니었지만 피해자에게 가한 나의 가해가
가해인지 몰랐다는 것. 그래서 나는 피해자로 불리는 자들에게
고발당하며 미투에 걸렸고, 어쨌든 나는 피해자가 주장하는 피
해 사실 여부와는 상관없이 피해자가 원하는 사과를 기꺼이 '해
줬다'는 것. 이후 나는 가해자라는 추문에 휩싸이며 명예를 잃고
한동안 칩거하며 나름 자숙의 시간을 보냈다는 것. 본의 아니게
일하던 문학관을 그만두거나 문예지의 편집위원 자리에서 물러
나야 했으며, 문학관련 행사활동이 제한되는 것은 물론 자신의
작품집이 절판되거나 급기야는 자신에게 작품 청탁이 오지 않
는 상황에 처했다는 것.

나아가 자신의 가해 사실이 공중파에 방송되고 각종 종합 일
간지에서도 다뤄지고야 말았다는 것. 피해자들이 주장하는 나의

가해로 인해 나의 명예가 실추되어 버린 것도 참아줬는데, 알 만한 사람은 다 알게 되어 버린 나의 가해 사실을 또 알리는 일은, 자신이 피해자에게 가했던 가해보다 더 심각한 가해라고 여긴다는 것. 이미 나에게는 과거에 다를 바 없는 지난날의 잘못을 감히 거론하는 자들에게 명예훼손이라는 법적 조치를 취하겠다는 것. 이것이 바로 명예훼손 같은 소리를 하고 있는 자들이 지닌 나쁜 습성입니다. 내로남불을 연상하게 하는 가해자들의 죄의식 결여와 이기심, 과잉된 에고. 걸핏하면 '내가 누군지 알아?'를 외치는 허세는 어디서부터 비롯된 것일까요?

문제는 그 이후입니다. 목소리 이후, 가해자와 피해자의 삶은 어떻게 되었을까요. 추문에 휩싸여 5년간을 자택 감금당하듯 살던 원로 시인은 추문과 업적은 별개라고 여기며 그를 개인적으로 존경하는 마음을 가진 205명의 저명한 문화예술인 덕분에 헌정문집발간기념회 자리를 갖게 되었습니다. 고작 세 차례의 편집 업무를 거둔 것으로 그것이 마치 노동착취라도 되는 듯이 우리의 문예지를 폄훼하려는 자에게 명예훼손과 업무방해로 간주해 후속 조치를 취할 것이라고 피해자에게 협박에 가까운 공표를 한 해당 문예지는, 이후로도 더할 나위 없이 잘 운영되고 있습니다. 위계 폭력, 성추행 및 성폭력 가해자로 지목된 자들 역시 문예지를 창간하거나 편집위원, 신인 문학상의 심사위원으로 활동하고 있습니다.

반면 자신의 피해사실을 고발한 피해자들은 또 다시 문예지의 발행인, 편집위원, 문학 신인상을 뽑는 심사위원의 자리에 가해자들의 이름이 올라와 있는 걸 보게 됩니다. 가해자가 도서관이나 문화센터와 같은 공공기관이나 사업단체에서 문학 관련 강의나 행사를 하고 있다는 사실을 알게 됩니다. 절판된 가해자의 작품집이 가해자가 운영하는 출판사에서 개정판으로 출간된 것을 목격하게 됩니다.

이렇게 될 경우, 오히려 목소리를 낸 피해자들이 가해자와 마주치지 않기 위해 조심해야 하는 상황에 놓이게 됩니다. 가해자가 계속 활동하는 한 적어도 가해자와 관련된 공공기관, 강의, 행사, 문예지, 출판사의 범위 내에서는 피해자들의 창작 활동이 불가피하게 제외되거나 제한될 수밖에 없습니다. 이 이야기가 불편하고 지겹다고 하는 이유는 이것 때문입니다. 이 이야기가 불편해지거나 지겨워지지 않으려면, 적어도 목소리를 내는 자들이 지치거나 무력한 마음이 들지 않으려면 어떻게 해야 할까요.

이 문제가 쉽게 개선되지 않는 이유는 피해자들의 공론화 이후 위와 같은 제도상의 후속조치가 제대로 이루어지지 않고 있기 때문입니다. 그런데 말입니다. 가해 사실의 공론화 이후, 해당 작품집의 절판이나 창작 활동 제한을 포함해 가해자가 문단 내에서 작게나마 위력을 행사할 수 있는 모든 활동을 제외하는 것만이 피해자가 처한 문제를 해결할 수 있는 방법일까요. 제도상의 후속조치가 이루어진 후에도, 끝끝내 없어지지 않는 이 불편한 마음은 어디에서 오는 것일까요.

앞서 말한, 징역 1년 8개월을 구형받은 문단 사람들이라면 다 알고 있는 바로 그 시인은 판결 후에도 '이러한 일련의 일들이 과연 형평과 사법정의에 맞는 일인지' 진지하게 묻고 싶다는 말을 자신의 블로그에 남겼습니다. 아마도 '끝끝내 없어지지 않는 이 불편한 마음'은, 목소리를 내는 자들이 지치거나 무력한 마음이 드는 이유는 끝까지 반성하지 않고 억울함을 주장하는 가해자의 사고방식에서 오는 게 아닌가 짐작해봅니다. 가해자는 끝까지 반성하지 않습니다. 아직도 자신의 잘못이 무엇인지, 왜 피해자들에게 사과를 해야 하는지, 왜 반성을 해야 하는지 모르겠다면, 이는 지능의 문제로 간주하겠습니다.

어느 글에서 그들은 피해 사실을 고발하는 자들에게 "소위 피해자로 불리는 일군의 짝패들"이라 부른 바 있습니다. 그렇다면 저는 그들을 걸핏하면 "명예훼손 같은 소리나 하고 앉아 있는 일군의 가해자들"이라 지칭하겠습니다. 그들의 말처럼 가해자인가 피해자인가의 판단을 잠시 유보하고, 인간이 지녀야 할 가장 기본적인 도덕성마저 결여하는 한이 있더라도, 글을 쓰는 일을 업으로 삼는 문학/예술/작가 공동체로서 한국문학이라는 거룩한 대의를 이루는 일에 중점을 두어야 할까요. 누가 봐도 옳지 못한 자신의 행위를 문학적인 사유의 방식으로 정당화하는 논리를, 그러니까 저 말도 안 되는 개소리를 언제까지 들어야 할까요. 그들의 비상식적이고 비도덕적이고 유해하고 범법적인 행위를 뒤로 한 채 그들과 함께 문학공동체를 이루고 싶지 않습니다. 그들의 존재는 그들이 지키고 싶은 명예만큼이나 보잘것없습니다. 그들이 바뀌지 않는 한 이 불편하고 지겨운 이야기는 계속될 듯싶습니다.

최근에 저는, 나에게 "강의를 하려면 교수와 탁. 탁. 탁을 해야 하는 여자 대학원생, 좆도 아닌 년, 레밍도 모르는 병신 같은 년, 술도 못 따르는 씨발년"이라 했던 어느 남성 시인에 대한 이야기를 썼다는 이유로 해당 시인에게 허위사실에 의한 명예훼손과 모욕죄라는 법적 제재를 받았습니다. 저 또한 피해 사실을 고발했다는 이유로, 가해자에게 2차 가해를 받은 셈이지요. 결국 그 사건도 '혐의 없음'이라는 결과가 나왔습니다. 경찰조사에서 해당 시인이 보낸 명예훼손 증거 자료를 보던 경찰이 고개를 갸웃거리며 내게 이런 말을 했습니다.

"이건 주어가 없네요. 무슨 생각으로 이런 자료로 고소를 했는지 이해가 되지 않네요."

그 자료를 바라보는 경찰분의 얼굴은 참으로 한심하다는 표정을 짓고 있었습니다. 마찬가지로 이 글도 주어가 없습니다. 그러니 굳이 고소 같은 것은 하지 않으셔도 됩니다. 저는 도대체 무엇을 잘못한 것일까요. 마지막으로, 걸핏하면 명예훼손 같은 소리나 하고 앉아있는 당신들에게 묻겠습니다.

당신들이 지키고 싶은 명예란 무엇입니까.

사랑하는 선생님께
― 스승의 날을 기억하며

나는 우리나라에서 2011년 학교 체벌이 법적으로 금지되기 이전의 학교를 다닌 세대다. 그 시절을 돌이켜보면 지금 같아서는 쇠고랑을 몇 번이고 차고도 남을 선생같지 않은 선생들이 있었다. 학생들에게 무지막지한 구타를 가하는 그분들은 대부분 '미친개'로 불렸다. 대부분 그분들의 모습은 영화 〈여고괴담〉(1998)에 나오는 '미친개' 선생님과 매우 닮아 있었다. 〈여고괴담〉은 내가 중학생 때 학교에서 시험이 끝나고 반 아이들과 교실에서 비디오로 빌려 본 적이 있다. 반 아이들은 〈여고괴담〉에서 극 중 재이(최강희)가 어두운 복도에서 순간 이동하는 장면을 보며 소리를 꺄악 질렀다.

나는 〈여고괴담〉에서 순간이동 귀신보다도 '늙은 여우'라 불리던 교장이 여학생들을 회초리로 때리는 장면이 더 무서웠다. 늙은 여우는 회초리로 학생의 손바닥이 아닌 손등을 때렸다. 그 장면을 보며 나는 학생들의 손등을 때리던 수학 선생님이 떠올랐다. 학생들 사이에서 그의 별명은 해골이었다. 피골이 상접할 만큼 말라서 그렇게 불렸다.

해골에게 손등을 맞는 일부 학생들은 해골의 마음에 들지 않는 애들이었다. 학생이 손바닥을 내밀면 그는 "넌 뒤집어."라고 말했다. 그 서늘한 목소리가 아직도 귀에 남아 있다. 손바닥의 상처는 숨길 수 있어도 손등의 상처는 숨길 수 없다. 손등은 손바닥보다 더 아프다. 무엇보다 손등에 난 상처는 한동안 일상을 불편하게 만든다. 난 그걸 알면서 학생들의 손등을 때리는 해골이 잔인하다고 느껴졌다. 2000년에 발생한 상문고 입시 비리 사건을 모티브로 한 영화 〈두사부일체〉(2001)에서는 다음과 같은 장면이 나온다. 극 중 학교의 미친개라 불리는 선생이 학교의 입시 비리를 교육청에 고발한 여학생을 찾아내 무지막지한 구타를 가하는 장면이 있다. 책상과 의자가 부서질 정도로 여학생을 때리는 미친개의 모습은 영화 속에서만 있는 게 아니었다. 난 그 광경을 바로 내 눈앞에서 본 적 있다.

＊

내가 중학교 2학년 때였다. 미친개로 불렸던 선생님의 수업 시간이었다. 사건의 발단은 인사 때문이었다. 수업 시작 전 반장의 '선생님께 차렷, 경례' 구호에 맞춰 반 아이들이 인사를 하는 시간이 있었다. 그런데 그 순간, 미친개가 보기에 그 학생이 제대로 하지 않고 딴짓을 했다는 것이 그 이유였다. 그러고보니 그 미친개는 유독 인사에 집착했다. 미친개는 여학생의 뺨을 사정없이 내리쳤다.

그는 분이 풀리지 않았는지 씩씩대며 학생의 머리채를 잡고 교단 앞으로 끌고 왔다. 미친개는 그 여학생을 구석으로 몰고 미친 듯이 팼다. 나중에 여학생은 살려달라고 두 손 모아 빌었다. 미친개한테 맞은 여학생의 얼굴은 퉁퉁 부어올랐다. 여학생이 미친개에게 맞는 동안 교실은 찬물을 끼얹은 듯 조용해졌다. 그날의 우리에게 이 상황을 말려야 한다는 것을 아무도 가르쳐 주지 않았다.

초등학교가 국민학교로 불리던 그 시절 당시 3학년이었던 나는 동네에 있는 작은 보습학원을 다녔다. 집에서 불과 5분도 안 되는 가까운 거리에 있던 그 학원은 원장을 포함해 3명의 선생님이 계셨다. 그들은 특정 과목을 전문적으로 담당하기보다는 모든 학년의 전과목을 가르쳤다. 지금 생각하면 그 학원은 선행 교육이 목적이라기보단, 어린아이들을 맡아주는 돌봄의 공간에 가까웠다. 내가 학원에 들어간 지 얼마 되지 않았을 때 원장은 나를 맡을 여선생님을 소개시켜주며 다음과 같이 말했다.

"지금부터 너를 맡게 될 선생님이야. 이분 무서워. 말 잘 들어야 해. 말 안 들으면 맞을 수도 있어." 지금 생각해 보면 새로 들어온 학생을 향한 기선 제압이 목적이었던 것 같다. 내가 산수 문제를 풀지 못하자 그녀는 내 머리를 때리며 내 배를 발로 찼다. 난 무서워서 울음을 터트렸고 그들은 내가 우는 모습을 보며 뿌듯한 듯 웃었다. 다음날 '무서운 여선생'은 내게 다정한 목소리로 물었다. "어제 나한테 맞은 거 혹시 엄마한테 얘기했어?" 난 고개를 저었다. 나를 보며 그녀는 안심한 표정을 지었다.

어떤 기억은 너무도 고통스럽기에 그런 기억이 있었는지조차 의심할 만큼 사라짐을 택한다. 나를 때린 무서운 선생이 있던 학원의 이름은 초록학원이었다. 초록학원은 내가 초등학교를 졸업하기 전까지 운영했다. 영원히 사라져버린 줄 알았던 그 기억은 그날의 미친개로 인해 생생하게 되살아났다. 난 〈여고괴담〉에서 늙은 여우와 미친개가 귀신에 의해 무차별 공격을 받고 죽임을 당하는 장면을 보며 뭔지 모를 시원함을 느꼈다. 언젠가 중학교 국어시간에 '카타르시스란 무엇인가'를 배운 적이 있다. 난 카타르시스를 배우며 늙은 여우와 미친개가 죽는 장면이 떠올랐다.

*

내가 국민학교 2학년 때 담임 선생님은 학부모들 사이에서 촌지를 요구하던 분으로 유명했다. 통통한 체형을 지닌 그분은 당시 TV에서 방영하던 만화 〈달려라 하니〉에서 나오는 고은애를 닮아 있었다. 고은애는 우리 엄마에게도 촌지를 요구했다. 엄마도 교사였다. 엄마는 고등학교에서 교련 과목을 맡고 있었다. 고은애는 우리집뿐만 아니라 엄마가 근무하는 학교까지 몇 번이고 전화했다고 한다. 고은애는 새학기를 맞이해 학생 상담을 해야 한다는 명목으로 엄마에게 학교 방문을 필히 요구했다. 엄마는 같은 직종에 몸담고 있는 교사의 입장에서 당연히 학교에 방문할 시간이 나지 않는 상황임을 잘 알고 있음에도 왜 저렇게까지 집요하게 연락을 할까, 라고 생각했다고 한다.

그런데 말이다. 그들이 몸담고 있는 교직 세계는 생각보다 좁았다. 고은애를 잘 알고 있던 선생이 엄마의 학교에서 근무하고 있었다. 그는 자신의 아이가 고은애의 반이었던 적이 있다고 했다. 동료 교사는 엄마에게 고은애의 집요한 연락은 우리가 교편을 잡는 일을 하는 사람이라는 것을 잘 알고 있기 때문이라고 했다. 이어서 그분은 상담이 목적이 아니기 때문에 반드시 고은애가 원하는 좋은 것을 준비해가라고 조언했다.

같은 교사 입장에서 고은애에게 현금 봉투를 건네는 일만큼은 죽어도 하기 싫었던 엄마는 고심 끝에 다음과 같은 방법을 선택한다. 엄마는 백화점에서 너무 고가도, 그렇다고 너무 저가도 아닌 적당히 고급진 스웨터를 교환 가능한 영수증과 함께 고은애에게 건넸다. 고은애는 백화점 쇼핑백에 담긴 스웨터를 보고 "난 벽돌색은 잘 어울리는 편이 아닌데……"라고 말하며 흥분된 얼굴로 환하게 웃었다. 그날 엄마는 보았다. 고은애가 굳이 전화를 해도 충분할 말을 주절거리며 자신의 책상 서랍을 보란 듯이 열어놓고 있었다는 것을. 저 서랍 안에 얼마나 많은 촌지가 들어갔을까. 늙은 여우는 영화 속에서만 존재하는 게 아니었다.

초록학원의 잔인한 추억과 늙은 여우 고은애가 있었던 초딩 시절, 미친개같은 선생들이 있었던 중딩 시절을 무사히 지나 나는 고등학생이 되었다. 고등학교 선생들 중에서도 여전히 늙은 여우와 미친개들이 존재했지만 예전만큼은 아니었다. 그들보다 매달마다 보는 모의고사 성적표를 등수로 매겨 교실 게시판에 붙여놓는 일이 더 무서웠다. 고등학교 2학년부터 학생들은 문과 반과 이과 반으로 나뉘어졌다. 학생들은 1학년이 끝나갈 무렵 문/이과 적성검사와 희망 조사가 필수로 이루어졌다. 난 80% 이상이 문과 성향으로 나타났고 나 또한 문과를 희망했다.

*

고등학교 시절의 난 편식 공부를 했다. 숫자보단 글자들로 이루어진 세계를 사랑했다. 원인과 결과가 분명히 드러나는 세계보다는, 원인과 결과만으로 설명할 수 없는 자유로운 상상으로 이루어진 세계가 더 좋았다. 나의 편식 성향으로 인해 내 이름은 국어 선생님과 수학 선생님이 기억할 정도였다. 수학 선생님은 수학 문제 1번부터 틀린 나에게 다음과 같은 핀잔을 주시기도 했다. "네가 평소에 책 읽고 글 쓰는 것만큼 수학에도 공을 들여봐. 수학도 기본 공식이 있어야지 풀 수 있는 것처럼 글도 잘 쓰려면 체계적인 논리가 필요한 거야." 난 아무리 애정을 가지고자 노력해도 숫자나라에는 소질이 없었다.

그 시절의 나는 학교 교과서보단 한국문학전집, 에밀리 브론테, 헤르만 헤세의 책을 읽는 일이 많았다. 비디오 키드 세대답게 EBS 강의보단 동네 비디오 가게에서 신작비디오를 빌려보는 일이 더 재미있었다. 수능기출문제집을 풀기보다 〈씨네21〉 영화잡지를 닳도록 읽었다. 내가 고3 때였다. 학교 게시판에 고3을 대상으로 다음과 같은 공지 사항을 보게 되었다. K 대학교에서 고3을 대상으로 논술 백일장을 주최한다고 했다. ○월 ○일 ○시, 다목적실에서 약 90분 가량 진행될 예정이오니 희망하는 학생은 자유롭게 신청하길 바란다는 내용이 적혀 있었다. 대학 입학시 논술 가산점도 어느 정도 부여된다고 했다. 난 한번 참가해 보고 싶었다. 우리 반에서 그날의 백일장에 응시한 사람은 나를 포함해 두 명 뿐이었다.

백일장이 있던 날, 다목적실에 들어가자 학생들의 수는 열 명도 채 되지 않았다. 난 논술 문제와 원고지를 받아 들고 칸막이가 있는 책상 앞에 앉았다. 난 지금도 그날의 논술문제가 생생하게 기억난다. 루신의 『아Q정전』의 한 대목을 예문으로 보여주며 아Q의 죽음에 대한 자신의 생각을 몇 자 이내로 논술하라는 내용이었다.

순간 내 머릿속에서 다음과 같은 장면이 떠올랐다. 〈씨네21〉

의 특집으로 나왔던 근대 중국의 격동기를 다룬 영화로 〈마지막 황제〉와 『아Q정전』을 비교 분석한 내용과 함께 콧수염을 기른 루쉰의 흑백사진이 떠올랐다. 난 가슴이 뛸 정도로 신났다. 글의 시작을 어떻게 해야 할까 잠시 고민하고 있을 무렵 실장이 시험에 응시한 나와 친구를 불렀다. 우린 글도 미처 적지 못한 채 다목적실을 나왔다. 실장은 우리에게 담임한테 가보라고 했다. 실장은 담임이 화가 났다고 했다. 우리는 영문도 모른채 교무실로 향했다. 담임은 잔뜩 화가 난 채 다음과 같이 말했다.

"그런 논술은 서울대, 연대, 고대 갈 애들이나 하는거야. 왜 너희가 그런 걸 해. 내신 성적도 안 되는 것들이 주제 파악을 해. 차라리 시간 낭비하지 말고 국영수나 열심히 해. 예쁘게 봤는데 실망이네. 정신 차리고 교실로 들어가."

그는 다른 친구에게는 네가 그 대학을 들어간다면 내 손에 장을 지진다는 말까지 덧붙였다. 우리는 울면서 교실로 들어갔다. 그날 나는 보았다. 담임의 책상에 반 아이들의 이름 옆에 적어 놓은 '예쁜 애', '덜 예쁜 애', '보통 애', '못생긴 애', 심지어 어떤 경우는 빈칸인 채로 남겨져 있는 수상한 명단을. 예쁜 애로 적혀 있는 학생들의 이름을 보니 성적도 우수하고 성격도 고분고분하고 예쁜 외모를 지니고 있는 애들이었다. 당신은 이딴 방식으로 반 학생들의 이름을 외웠구나. 이 사건 이후로 당신의 기준에서 나는 더 이상 '예쁜 애'가 아니었다.

그런데 말이다. 난 그 사실이 전혀 서운하지 않았다. 돌이켜보면 그날의 백일장이 없었더라면 이 글을 쓰지도 못했을 것이다. 담임이 저런 인성을 가지고 있는 사실도 알지 못했을 것이다. 우리 반 학생들 사이에서 고3 담임의 별명은 변태였다. 실제 그분 이름의 마지막 글자가 '태'라고 끝나기도 했거니와, 틈만 나면 자신의 컴퓨터로 밸리 댄스를 추는 외국 여성들의 동영상을 뚫어지게 보고 있는 모습을 목격한 학생들이 많았기 때문이다. 그분의 변태적인 기색은 교생실습을 하러 온 젊은 여선생님들을 대하는 태도에서 더욱 두드러졌다. 변태는 젊은 여자 교생들에게 은근한 추파를 던지곤 했다. 그녀들이 "왜 이렇게 오빠 소리를 좋아하세요?"라고 묻자 변태는 얼굴을 붉히며 변태처럼 웃었다.

그로부터 적지 않은 시간이 흐르고 난 등단을 했다. 그리고 그날 나와 함께 변태에게 혼났던 나머지 친구도 등단해 소설가가 되었다. 어느날 우리는 우연히 서로를 알아보았다. 한때 넷플릭스 드라마 〈더 글로리〉(2022)가 방영되던 때였다. 그곳에 등장하는 미친개 선생을 보자 학창시절이 떠올랐고, 난 고3담임이었던 변태 이야기를 인스타에 올린 적 있다. 그 글을 보고 그 친구가 내게 메시지를 보내왔다.

"그럼에도 우리 정말 잘 컸어."

그 친구도 한때 나와 같은 학과를 희망했다. 당시 그 학과에 지원한 사람은 나와 그 친구뿐이었다. 난 그날 이후 변태에게 굴하지 않고 멋진 소설가가 된 친구의 앞날이 꽃길만 있기를 진심으로 기원한다.

나중에 안 사실이지만 변태가 나한테 가했던 그날의 사건은 나보다 엄마가 더 분노해했다. 엄마는 내가 등단을 한 날 해당 지역 교사 연락망을 통해 변태가 근무하는 학교를 찾아냈다. 엄마가 해당 학교 관계자와의 통화에서 변태의 존재 여부와 근황을 묻자 다음과 같은 답변이 돌아왔다.

"아 그분 잘 알죠. 학교 그만두셨어요."

엄마는 수화기 너머에서 들리는 교직원의 어감에서 묘한 기운이 감지되었다고 한다. 엄마는 그분이 왜 그만뒀는지에 대한 이유를 더이상 묻지 않았다고 한다. 나는 엄마에게, 어차피 선생 같지도 않은 선생이었는데 정작 당사자도 아니면서 무슨 말을 하려고 했느냐고 물었다. 엄마는 부모의 입장이 아니라 교사의 입장에서 조언하고 싶어서였다고 말했다.

*

　난 김영란법이 공식적으로 시행되기 이전에 대학원 석사과정을 졸업했다. 그 시절은 논문 심사가 끝나고 학생들이 교수님들과의 식사 자리를 마련하는 것은 물론 식사 비용까지 부담하는 일이 일종의 관행처럼 남아 있었다. 그날 심사를 받은 학생들은 나를 포함해 6명이었고, 다섯 분의 교수님들이 그 자리를 함께했다. 우리는 심사가 끝나고 미리 예약해놓은 학교 근처 중식당에서 식사를 했다. 그때까지만 해도 화기애애한 분위기가 이어졌다.

　A 교수가 2차 장소로 '단란한 곳'을 제안하기 전까지는. 그는 식사가 끝나갈 무렵 다음 장소로 자기가 잘 아는 곳을 가자고 하였다. 그는 나만 믿고 따라오라는 말을 하며 앞장섰다. 그를 따라 이동한 곳은 한가운데에 노래방 기계가 놓인 노래 주점이었다. 주변을 보니 몸에 달라붙는 원피스를 입은 젊은 여성들이 돌아다니고 있었다. 그들은 가게의 직원으로 보였다. 그 자리엔 그를 포함해 두 분의 교수님이 남아 있었고, 다른 한 분은 얼마 지나지 않아 바로 그 자리를 떠났다. 그는 주점 사장에게 "이제 막 석사 졸업하신 분들이야."라고 우리를 소개했다.

A 교수는 양주를 시키고 신나게 노래를 불렀다. 나를 포함한 6명의 학생들은 흥에 겨운 채 음주가무를 즐기는 A의 곁에 남아 자리를 지켰다. '석사를 졸업하신 우리들'보다 더 신나 보였던 그는 술자리가 끝나고 주점 사장에게 호기롭게 "외상!"이라고 외쳤다. 그 말을 들은 주점 사장은 이런 일에 익숙하다는 듯 "네, 교수님!"이라고 대답했다.

다음날 우리는 A 교수로부터 그날의 외상값을 우리가 내야 한다는 말을 전해들었다. 졸업 논문을 심사해주신 교수님들을 위해 학생들이 준비한 작은 보답은 첫 번째 식사자리까지였다. 지금도 난 이런 생각을 한다. 만약 A 교수가 내가 잘 아는 단란한 곳에 가자고 했을 때, 다음과 같은 말을 했으면 어땠을까, 라고.

"죄송하지만 그건 안 될 것 같습니다. 우리가 나름 준비한 식사 자리가 성에 차지 않으셨나 보네요. 교수님이 좋아하시는 단란한 곳을 모시는 비용마저 부담스러워하는 학생이라서 죄송합니다. 그리고 참으로 외람된 말씀이오나 우리들의 석사 졸업 논문과 단란한 주점과는 무슨 연관이 있는지 여쭙고 싶습니다."

내가 만약 이렇게 얘기했다면 그날의 분위기는 어땠을까. 나는 그날 그가 다음 장소로 이동하자고 했을 때 거부하지 못한 것을 한동안 자책했다. 그날 6명의 졸업생 중 직장인 두 분이 계셨는데 고맙게도 그분들이 그날의 외상 비용을 해결해 주셨다. 우리보다 나이가 많았던 그분들은 너무 걱정하지 말라는 말과 함께 비용 때문에 전전긍긍하던 우리를 다독여주셨다. 적지 않은 나이에 가정이 있고 직장을 다니며 자식 또래의 학생들 사이에서 공부하는 일은 결코 쉬운 일이 아니다. 난 그날 우리를 도와준 그분들이 더 어른 같았다.

시간은 흘러 내가 박사과정을 마치고 등단을 한 어느 날이었다. 우연히 학교 선배들과 학교 근처에서 식사를 하는 자리에서 건너편 테이블에 앉아 있는 A 교수를 보았다. 그는 나를 알아보지 못했다. 나는 그분께 저를 기억하시냐고 묻자 그는 "날 알아요? 혹시 나를 어디서 봤어요?"라고 대답했다. 난 '단란한 곳'에서 보았다고 했다. 내 말을 듣고 그 자리에 있던 분들이 웃었다. 내 말을 이해하지 못한 A 교수가 내게 물었다. "기억나지는 않지만 혹시 그때 내가 그쪽한테 실례되는 행동을 한 건 아니죠?"

난 그를 보며 대답 대신 조용히 미소를 지었다.

그때 난 생각했다. 난 언젠가 반드시 당신들에 대한 이야기를 쓰리라. 촌지를 좋아하던 고은애, 학생들의 손등을 때리던 해골, 학생을 미친 듯이 패던 미친개, 반 학생들을 '안 예쁜 애'와 '예쁜 애'로 구분하던 변태, 단란한 곳을 좋아하던 그들에 대한 이야기를.

*

왜 그들은 늙은 여우와 미친개가 되었을까. 누가 그들을 늙은 여우와 미친개로 만들었을까. 늙은 여우와 미친개가 군림하던 시대는 그들에게 맞고 자란 세대가 어른이 되면서 비로소 사라졌다. 최근 한 초등학교 교사가 학부모의 괴롭힘을 견디다 못해 스스로 목숨을 끊는 일이 있었다. 전국교사협회와 대다수의 시민들은 이 사건에 분노했고 한동안 숨진 교사를 향한 추모물결이 이어졌다.

이와 관련해 언론에서는 최근 부쩍 많아지고 있는 교사를 향한 학부모의 갑질과 교권 침해 문제에 대해 보도하기 시작했다. 난 이러한 사태가 늙은 여우와 미친개에게 맞으며 자란 세대들이 부모가 되어서일지도 모른다는 생각을 잠시 했다. 그 세대들 중 누군가는 선생이 되었고, 다른 누군가는 "왜 감히 우리 자식 기를 죽이고 그래요. 선생밖에 안 되는 주제에."라고 외치는 부모가 되었다.

한편 그들의 존재가 무색해질 만큼 좋은 선생님들도 계셨다. 초등학교 4학년 담임 선생님은 학년이 끝날 무렵 네 일기가 너무 재밌어서 난 일기 검사 하는 날만 기다렸다고 했다. 고등학교

2학년 담임 선생님은 학교 문집에 실린 내 글을 반 학생들 앞에서 읽어주며 칭찬해 주셨다. 그분은 다른 학교로 전근 가신 뒤에도 내가 문예창작학과에 입학했다는 소식을 듣고 직접 연락해 진심으로 축하해주셨다. 대학교 1학년 때 교수님은 내가 과제로 제출한 필사 노트를 한동안 가지고 다니며 학생들에게 보여주셨다. 교수님은 국어사전까지 찾아가며 필사를 한 학생은 너밖에 없다며, 앞으로 네가 어떤 글을 쓸지 너무 기대된다고 하셨다. 난 아직도 천운영의 소설을 필사한 그날의 노트를 가지고 있다. 그분들의 애정 어린 말씀이 없었다면 난 내가 지닌 자질을 마음껏 발휘하지 못했을 것이다. 그분들 덕분에 늙은 여우와 미친개가 난무하던 야만의 시대를 무사히 보낼 수 있었다.

사랑하는 선생님께

지금부터 반말은 하지 않겠습니다.

고은애 선생님께. 그날 엄마가 건넨 벽돌색 스웨터는 잘 입어보셨나요. 본인에게 어울리지 않는 색이라고 하셨다면서요. 그래도 괜찮습니다. 그럴 줄 알고 영수증을 동봉했으니 환불이 가능합니다. 반드시 환불하여 당신이 그토록 좋아하는 현금으로 바꾸어 유용하게 사용하길 바랍니다.

인사 하나 제대로 하지 않았다는 이유로 여학생을 미친 듯 패던 미친개 선생님께. 학생들 인사 꼬박꼬박 받아드셔서 오래오래 사실 겁니다. 부디 만수무강하셔요.

변태 선생님께. 당신이 '인 서울' 대학 갈 실력도 안 되는 주제에 글이나 끄적거리고 앉아 있다며 못마땅해하셨던, 당신이 보기에 참으로 안 예뻐 보였던 학생들은 인서울권 대학교에 진학해 등단도 했습니다. "네가 그 대학 가면 내 손에 장을 지진다"라고 하셨으니 우리는 당신이 손에 장 지질 날만 기다리고 있습니다. 학교도 그만두셨다면서요. 왜 그만두게 되었는지에 대한 이유는 묻지 않겠습니다. 아마 당신의 별명과 관련한 불미스러운 일이 있었던 것은 아닌지 짐작해봅니다.

단란한 곳을 좋아하던 교수님께.

앞으로 단란한 곳에 모시고 갈 좋은 제자분들 많이 만나시길 바랍니다. 그리고 단란한 곳에서 음주가무에 대한 강의를 마음껏 하기 바랍니다.

당신들 덕분에 많은 것들을 배웠습니다. 적어도 나보다 오래 살아갈 아이들이 "우리 어릴 때는 학교에서 맞고 자랐어. 늙은 여우와 미친개 같은 선생들이 어딜 가나 있었다니까!"라는 말을 하지 않는 세상을 만들고자 노력해보도록 하겠습니다. 난 당신들을 영원히 기억할 것입니다. 언제 지나가다 우연히 마주치는 날이 있겠지요. 그때까지 부디 평안하시길 바랍니다. 그럼 안녕히 계세요.

—스승의 날을 기억하며

3부

8N년생들의 사랑법

8N년생들의 사랑법

누드셀카를 요구하던 N발기의 씨발스런 심리에 대한 고찰

우리가 키스하게 놔둬요

소개팅 자리에서 상대방이
자신보다 학벌이 높다는 사실을 뒤늦게 알고
화들짝 놀라는 남자의 병맛스런 심리에 대한 고찰

8N년생들의 사랑법

어느 날 헤어진 연인에게서 문자가 왔다. "오래간만이야. 잘 지내?"라는 그의 문자에 나는 "오랜만이네. 무슨 일이야?"라고 답문했다. 얼마 지나지 않아 그에게서 다음과 같은 장문의 문자가 돌아왔다. "너는 나와 만날 동안 좋은 추억이 별로 없나 보구나. 내가 너에게 그런 존재였나 보네. 난 그렇지 않았는데. 아무튼 네가 이루고자 하는 모든 일이 잘 되었으면 좋겠어. 아무튼 그냥 니는 단지……"와 같은, 도대체 내게 무슨 말을 하고 싶은 건지 알 수 없는 구구절절한 내용이 담겨 있었다. 난 마치 봉변을 당한 것 같았다. 난 사실 그의 문자가 왔을 때 결혼 소식이라도 전하려는 줄 알았다. 난 5년이라는 적지 않은 시간을 만났던 적이 있던 연인이 보낸 오랜만의 안부 문자에 예의를 갖춘 답문을 보냈다고 생각하는데 말이다.

그가 보낸 장문의 문자는 나를 한동안 불쾌한 기분에 휩싸이게 했다. 참다못한 나는 간만에 연락한 이유가 나를 당황하게 만들려고 한 것이냐고 답문했다. 그러자 그에게서 '네가 너무 차갑게 변해서 나는 아무 말도 할 수 없었어.'라는 답문이 돌아왔다. 아무 말도 할 수 없었다는 것 치고는 내게 장문의 문자를 보낸 것도 앞뒤가 맞지 않았다. 그의 문자를 끝으로 난 그에게 더 이상의 답문을 하지 않았다.

그는 단순히 헤어진 연인의 안부가 궁금해서 연락을 한 것이 아니었다. 헤어졌음에도 언제든 연락하면 자신과 함께한 좋은 추억을 아련하게 떠올리며 이야기해줄 다정한 옛 연인을 떠올린 것이었다. 그는 내가 자신이 원하는 반응이 나오지 않자 사뭇 실망했나 보다. 그는 내가 오랜 시간이 지났음에도 자신을 잊지 못했으면 하는 건지, 재회를 원한 건지, 아니면 다른 불손한 의도가 있던 건지는 모르겠으나, 나는 그가 예상치 못한 나의 반응을 일종의 실망스런 태도로 치부했다는 사실이 매우 불쾌했다. 차라리 손발이 오그라드는 민망함을 무릅쓰고라도 새벽감성이라는 분위기의 힘을 빌려 너에게 나는 어떤 의미였냐고 직접 물어보는 편이 나았을지도 모른다. 내가 무슨 독심술사도 아니고 그의 말이 지닌 숨은 의도까지 파악하여 그가 원하는 반응을 보여줘야 하다니. 그것도 헤어진 지 오랜 시간이 지났음에도 불구하고 말이다. 그의 말 덕분에 난 한동안 잊고 지냈던 그와 함께한 좋지 않은 기억을 떠올려보기 시작했다.

*

내가 이십대 시절의 연애였다. 당시 난 이십 대 초반의 대학생이었고, 그는 이십 대 후반의 직장인이었다. 당시 그와 나는 나이 차이가 있는 편이었다. 그는 내게 나이에 비해 어른스럽고 무던해서 좋다는 말을 했다. 그의 어머니도 마찬가지로 내게 저 말을 했다. 그는 나와 만난 지 얼마 되지 않는 시기에 나를 자신의 가족들에게 소개시켰다. 이후 그는 가족 모임이 있을 때면 나를 자주 데리고 가곤 했다. 내 입장에서는 부담스러운 자리였음에도 동행할 수밖에 없던 이유는 이런 식의 만남을 아무렇지도 않아하는 그의 사고방식 때문이었다.

"이런 자리가 뭐가 어려워? 우리 엄마도 너를 나보다도 좋아하시는데. 우리 집에서 너 맘에 든다고 엄청 칭찬해. 어디서 저런 참하고 예쁜 애를 데려왔냐고 하더라고."

그렇게 말하는 그의 모습은 자신이 고른 연인이 최상품임을 가족들에게 인정받은 것에 대한 자부심으로 가득 차 있었다. 난 "그래도 난 그 자리가 불편해. 당신 입장에서는 쉬울 수 있어도 내 입장에서는 아니야. 여자 입장에서는 만난 지 얼마 안 된 남자를 자신의 부모님에게 소개한다는 건 단순한 연애를 목적으로 만나는 것이 아님을 선포하는 것이나 마찬가지야. 만약 우리가 헤어졌다고 해봐. 난 그들이 나의 존재를 '한때 우리 아들이 우리집에 데려와 소개시켰던 그 참하고 예쁜 여자애'로 남는 게 싫어."라고 똑부러지게 대답하지 못할 만큼 어린 대학생이었다.

그래도 나는 그를 이해했다. 그는 적어도 나보다는 사회생활을 오래 한 어른에 속했으며 연인이라면 당연히 그래야 하는 줄 알았다. 그래도 나는 좋은 게 좋은 것이라고, 결혼할 상대가 아니더라도 언제든 초대해 상대방의 부모님과 식사를 함께 하며 하하호호 즐거워하는 '아메리칸 스타일' 가족도 있는데 그렇게 쿨하게 생각하지 뭐, 라고 여기며 그 자리를 버티었던 것 같다.

그러나 나를 이미 자신의 가족 구성원 중 하나로 여기는 그의 사고방식은 이후 다음과 같은 후폭풍으로 돌아왔다. 무슨 일인지는 기억나지 않지만 그와 약간의 말다툼이 있던 어느 날이었다. 그는 내게 화를 내며 다음과 같이 말했다.

"여지껏 나를 봐왔으면서 나를 몰라? 우리 집에서 너를 얼마나 아끼는지 알기나 해?"

지금 생각해 보면 참으로 이기적인 말이 아닐 수가 없었다. 그의 말에는 내가 굳이 말을 하지 않아도 당연히 너는 나를 이해해 줘야 하는 이해심 많은 어른스러운 여자여야 한다는 것. 우리 가족들은 너를 아껴주고 있는데 감히 너는 그 고마움을 저버리는 행동을 하고 있냐는 의미가 담겨 있었다. 역시나 나는 그때도 그에게 그런 말을 듣고도 그에게 대꾸하지 못했다. 어쩌겠는가. 나는 그들의 말처럼 나이에 비해 어른스럽고 무던한 존재여야만 하는데 말이다.

그는 내가 대학교 졸업이 가까워질 무렵 다음과 같은 말을 한 적이 있다.

"내가 능력만 된다면 네가 졸업하고 난 이후에 네가 일 안하고 살림했으면 좋겠어. 네가 좋아하는 공부도 애 키우면서 할 수 있잖아?"

얼핏 들으면 참으로 낭만적인 말로 들릴 것이다. 그러나 난 그의 말을 듣는 순간 숨이 막혔다. 나는 그에게 육아와 공부는 병행할 수 없다고 단호히 말했다. 그는 끝내 나의 말을 이해하지 못했다. 그의 어머니는 내가 대학교를 졸업하면 둘이 빨리 결혼

했으면 좋겠다고 말하곤 했다. 시간이 흘러 내가 대학교 졸업을 할 무렵 그와 그의 가족들은 내게 과분할 만큼의 졸업 축하 인사를 건넸다. 스물네 살의 나에게 졸업이란 끝이 아니라 이제 시작에 지나지 않았다. 당시 나는 그들이 왜 나의 졸업에 그토록 큰 의미를 부여하고 있었는지를 이해하지 못했다.

내가 대학교를 졸업한 시기는 2008년도였다. 일부 여자 동기나 선배들은 빠르면 2학년, 보통은 3학년서부터 복수전공이나 부전공으로 유아교육과를 지원하기 시작했다. 그들은 졸업과 동시에 자신의 전공과는 무관한 유치원 보육 교사라는 직업을 가지게 되었다. 싸이월드 홈페이지에는 유치원 교사로 열일하는 그들의 모습이 업로드되곤 했다. 신기한 건 졸업과 동시에 유치원 보육 교사가 된 그들은 얼마 지나지 않아 웨딩드레스 입은 사진과 함께 결혼 소식을 알렸다는 점이다. 당시 여자 대학생들 사이에서 유아교육과는 인기 있는 학과 중 하나였다. 요즘처럼 취업이 쉽지 않은 시기에 안정적인 직종에 속해 있었고 무엇보다 이 직종을 지닌 여성들의 경우 결혼과 육아의 병행이 가능했다는 점에서 각광받았다.

유아교육과와 유치원 보육교사 붐이 일던 시기에 나는 학부 졸업 작품을 쓰고 있었다. 그때 나는 졸업 작품으로 정이현과

김애란의 소설을 다룬 두 편의 평론을 썼다. 정이현의 『달콤한 나의 도시』(문학과지성사, 2006)을 읽으며 포장마차에서 떡볶이로 끼니를 대충 때우고 스타벅스에서 방금 먹은 떡볶이값과 비슷한 가격의 커피를 마시는 자신이 된장녀는 아닐까라고 의심하는 서른한 살의 미혼 여성 은수의 매력에 푹 빠졌다. 김애란의 『달려라, 아비』(창비, 2004)를 읽으며 왜 그놈의 아버지는 만삭의 아내를 버려둔 채 집을 나간 건지, 그 뱃속의 아이는 과연 어떻게 성장해 나갈지 궁금했다.

여자 나이 스물다섯을 넘으면 크리스마스 생일 케이크나 다를 바 없다고 하던 그때 그 시절, 대학 졸업을 앞둔 대다수의 스물넷 여학생들은 전공마저 바꿔가며 결혼을 염두에 둔 취업을 준비하느라 바빴다. 나도 저들처럼 전공을 바꿔야 하나? 라고 생각하던 시기에 그들을 읽고 쓰는 일은 내게 작은 구원이나 다름없었다. 난 유치원 교사가 되기보다는 그들을 읽고 쓰는 작은 구원의 세계에 좀 더 가까이 다가가기로 마음먹었다.

난 졸업을 하고 1년 정도 보습 학원에서 초·중등부 국어 논술 강의를 하며 대학원 준비를 했다. 그는 내가 아이들을 가르치는 일을 한다는 것에 대해 흡족해했다. 적어도 내가 대학원에 입학하기 전까지는 말이다. 대학교 졸업을 한 내게 그의 어머니는 앞으로 무엇을 할 거냐고 물어보셨다. 나는 수도권 내 대학원에 진학할 것이라고 했다. 그 말을 하는 나를 바라보는 그분의 표정을 잊을 수가 없다. 분명한 건 내가 학부를 졸업했을 때 보았던 표정과는 확연히 달랐다.

크리스마스 생일 케이크라 불리는 스물다섯의 나이에 나는 대학원에 입학했다. 그들에게 과분할 정도의 축하를 받았던 학부 졸업식과는 달리, 대학원 합격 소식을 통보받은 그날, 그들은 나를 축하해주지 않았다. 나중에야 알게 된 사실인데 내가 대학원에 입학하던 날 할머니는 엄마에게 다음과 같은 말을 했다고 한다. "여자애가 공부 너무 많이 하다보면 어디다 쓰냐. 대학 졸업했으면 어서 빨리 시집이나 보내는 게 속편하지. 여자가 대학 간 것도 공부 많이 한 거여."

*

어릴 적 기억의 한 장면이 떠오른다. 내가 국민학교 4학년 때였다. 그때 그 시절 우리집에 오셔서 나에게 사칙연산을 가르쳐주셨던 '참하고 예쁜' 구몬선생님들이 기억난다. 어느 날 선생님은 오늘이 마지막 수업이라며 작별 인사를 하셨다. 다음 달에 결혼을 한다는 것이다. 그 이후에도 이런 이유로 나를 가르치던 여자 구몬 선생님들이 몇 번 바뀌었다.

그때 그 시절, 나를 가르쳤던 그분들의 나이가 대학을 졸업한 지 얼마 되지 않은 이십 대 초중반이었다고 한다면, 그분들은 대략 70년대 초반에 태어난 세대라고 볼 수 있다. 당시 그 나이대에 속하는 대부분의 여성들에게 '어린이 학습지 방문교사'는 전문 직종이라기보다는 결혼을 염두에 둔 안정적인 직종에 가까웠다. 일종의 돌봄 노동에 속하던 어린이 학습지 방문교사 역시 결혼과 육아의 병행이 가능한 직종 중 하나였다. 만약 병행하지 못하더라도 그녀들처럼 결혼을 이유로 일을 그만두는 것은 지극히 자연스러웠다.

내가 학교를 졸업할 무렵, 국민학교는 초등학교라는 이름으로 바뀌고 있었다. IMF가 일어나던 해 나는 중학교에 입학했다. 중학교 시절 내가 다니던 학교에는 아직 결혼을 하지 않은 젊은 여자 선생님이 한 분 계셨다. 국사 과목을 담당하고 있었고 이제 막 서른이 되었다고 들었다. 내가 그분을 기억하는 이유는 학생들이 묻지도 않았는데 다른 선생님들이 그렇게 말하고 다녔기 때문이다.

"그 선생님 아직 결혼 안하셨어."

수업 도중 그들은 학생들에게 굳이 말 안해도 되는 그 사실을 흥미로운 소식처럼 학생들에게 전했다. 학생들 사이에서 국사 선생님은 재밌고 유쾌한 분이었다. 다른 선생님들만 그녀를 결혼을 하지 않았다는 이유로 이상한 사람 취급을 했다. 어린 나의 눈에도 그녀를 대하는 그들의 '은근한 거리두기'가 느껴졌다.

어느 날 수업에 국사 선생님은 학생들에게 다음과 같은 말을 했다.

"나 아직 결혼 안 한 거 다들 알지? 나 그것 때문에 교무실에서 은근 왕따야. 웃기지?"

여학생들 사이에서 작게 놀라는 기색이 퍼졌다. 그날의 수업은 자연스럽게 여성과 결혼에 대한 내용으로 이어졌다. 내가 보기에 그녀는 전혀 이상하지 않았다. 나는 단지 미혼인 이유로 그녀를 문제 있는 사람으로 취급하며 은근 따돌리는 그들이 유치하고 우스워보였다. 내가 고등학교 3학년이 되었을 때 주 5일제가 도입되었다. 나는 수능 400점 만점 마지막 세대였다.

"너희들은 재수를 하고 싶어도 못해. 교과과정이 전면 바뀌거든. 그러니까 나 죽었다 생각하고 1년 동안 공부 열심히 해."

우린 고3 선생님들의 걱정 가득한 말씀을 들으며 고등학교의 마지막 시절을 보냈다. 내가 다니던 고등학교에도 아직 결혼을 하지 않은 미혼의 여자 선생님이 두 분 계셨다. 한 분은 가정, 다른 한 분은 국어 과목이었다. 내가 그분들을 기억하는 이유는 역시나 학생들이 묻지 않아도 다른 선생님들이 먼저 그 사실을 말하고 다녔기 때문이다. 두 분 모두 서른 초중반의 나이대에 속했다.

기혼인 선생님들 중 한 분은 우스갯소리처럼 "가정 선생님인데 가정이 없네."라고 말하곤 했다. 그때도 나는 느꼈다. 어린 나의 눈에도 그녀들을 대하는 그들의 은근한 거리두기가 보였다는 것을. 어느 날 국어 선생님이 결혼을 했다. 그녀는 결혼을 한지 얼마 되지 않아 허니문 베이비가 생겼다. 그녀는 만삭이 될 때까지 수업을 이어갔다. 그 이후 다른 선생님들은 그녀에게 더 이상 은근한 거리두기를 하지 않았다. 고등학교 선생님들이라면 다를 줄 알았는데 여전히 미혼이라는 이유로 그녀들을 무시하고 있었다. 난 중학교 시절 미혼인 국사 선생님을 무시했던 대다수의 그들이 떠올랐다.

그때 그 시절 결혼을 하지 못하거나 안했다는 이유로 기혼인 선생들 사이에서 무시를 당했던 그녀들의 나이를 가늠해보았다. 그녀들은 대략 70년대 출생자들이었다. 그들을 보고 자란 8N년대생 세대들에게 결혼이란 쉽게 선택할 수 있는 것이 아니였다. 대학교 졸업을 기점으로 여성이 서른 전에 결혼을 하지 않거나 못하면 이상한 취급을 받던 세대들을 보며 자란 우리들이었다. 동시에 그 시기에 결혼을 하여 가정을 이루는 일이 반드시 잘못된 것만은 아니라는 것도 알고 있었다.

8N년대생들에게는 이 두 가지 모순을 감지하는 감각이 강하게 작용하고 있었다. 난 이 감각이 처음으로 보편화되기 시작한 세대가 8N년생이라고 본다. 내가 대학교 졸업을 한 학기 앞둔 어느 날 그의 어머니는 나에게 다음과 같은 말을 했다.

"남자는 A급, 여자는 B급이어야지 결혼해서 잘 살아."

난 그분이 어떤 의도로 나에게 그런 말씀을 하셨는지 모르겠다. 그분이 말하는 'B급 여자'란 무엇일까. 내가 대학원에 진학하고 얼마 지나지 않아 우린 헤어졌다. 난 그가 반드시 A급의 능력을 가진 남자가 되길 바란다. 그리고 그가 벌어다 주는 돈으로 좋아하는 공부를 하면서 육아와 살림까지 병행할 수 있는 참하고 예쁘고 어른스럽고 무던한 B급 여자를 만나기를 기원한다.

내가 박사과정 진학을 앞둔 시기에 짧게 만났던 연인이 있었다. 내 나이보다 두 살이 많은, 나와 비슷한 또래의 8N년생 남자였다. 그는 나의 출생지가 지방이라는 것을 알게 되자 다음과 같이 말했다.

"개천에서 용났네?"

그는 내가 학부를 졸업한 대학교가 지방이라는 것을 알게 된 뒤에도 저 말을 다시 한번 반복했다. 내게 저 말을 하며 그는 해맑은 표정으로 웃고 있었다. 나는 같은 8N년생이더라도 출생 지역과 성별, 그리고 살아온 환경에 따라 사고방식이 얼마나 달라질 수 있는지를 알게 되었다. 난 그를 보며 "개천에서 용났네?"라는 말이 왜 무례한 말인지조차 인식하지 못하는 감각의 층위를 지닌 인간이 존재한다는 것을 알게 되었다.

이런 생각이 들었다. 8N년생들이 감각하는 시대의 모순은 그중에서도 "개천 출신자들이 인식하는 감각"에서 비롯한다는 것. 본의 아니게 서울이 아닌 지역에서 태어나버린 자. 자신이 태어난 곳을 벗어나면 마치 큰일이라도 날 것 같은 분위기 속에서 유년을 보낸 자. 그럼에도 결국 그곳을 벗어나는 선택을 해야만 했던 자. 소위 '인 서울In Seoul'이라 불리는 구역으로 진입해야만 자신이 바라는 삶이 주어진다는 것을 알게 된 자. 그러나 그마저도 '개천 출신'이라는 이유만으로 쉽게 허락되지 않는다는 것 역시 잘 알고 있는 자. 대학교 기숙사, 고시원, 반지하를 전전하던 시절, 난 김미월의 『8번째 방』(민음사, 2010)을 몇 번이고 읽었다. 소설 속 인물 '지영'이 남기고 간 노트에 쓰여있는 구절처럼 난 "옥탑에서 지하로, 꼭대기에서 밑바닥으로, 내게 끄트머리만을 허락하는 서울"에서 타지인도 서울인도 아닌 채 이곳저곳을 옮겨다녔다. '영대'가 반지하 단칸방에서 발견한 지영의 노트처럼, 서울 이곳저곳을 옮겨다니는 동안 나에게도 무수한 노트들이 쌓여갔다.

그는 내가 자취를 한다는 말을 듣자 손가락을 딱, 튕기며 다음과 같이 말했다.

"딱 좋네!"

언젠가 인터넷 커뮤니티에서 "이런 여자, 결혼할 때 무조건 걸러라!"라는 제목이 담긴 글을 본 적 있다. 그중 하나가 '대학생 때 자취 경험이 있는 여자' 였다. 자취 경험과 워홀 경험이 있는 여자는 문란하다는 인식이 자리잡고 있었다. 그런 이유로 해당 경험이 있는 여자는 연애 말고 결혼 상대로는 적합하지 않다는 내용이 적혀 있었다. 손가락을 딱, 튕기며 "딱 좋네!"라는 말을 하는 그의 표정에서 난 그 글을 떠올렸다. 그때 만약 내가 뭐가 딱 좋냐고 물어봤다면 그는 뭐라고 대답했을까. 나를 '개천에서 태어난 용'이라고 말하던 그는, 이별을 통보하는 내 앞에서 도대체 나와 왜 헤어지는지, 그것만이라도 알려달라고 사정했다. 난 끝내 그 이유를 알려주지 않았다.

*

삐삐와 핸드폰, 2G폰과 스마트폰, 마이마이와 MP3, 도스DOS
와 윈도우가 공존하던 시기를 살아온 세대였다. 80년대에 태어
나 70년대의 그늘에서 완전히 벗어나지 못한 90년대를 보낸 자.
80년대에 가까운 90년대의 감성으로 2000년대를 성인으로 보낸
자. 70년대 감성이라고 하기엔 너무 앞서 있고, 2000년대 감성
이라고 하기에는 아직까진 90년대 감성이 남아 있는 어중간한
위치에 끼어 있는 자. 겉으로는 어른스럽고 무던해 보이지만, 마
냥 어른스럽거나 무던하지만은 않은 세대. 낭만이 무엇인지는
알지만 그 낭만이 삶의 전부는 아니라는 사실을 이전 세대를 통
해 이미 배워버린 세대.

버스 토큰과 한때 유행하던 주판 학원, IMF와 밀레니엄의 분
위기, 2002년 월드컵 축구 4강 신화, 다모임과 싸이월드, 인문계
진학과 지금은 '특성화고'라 불리는 실업계 진학을 위한 학력고
사를 치른 경험이 있고, 5만원 권이 처음으로 발행된 시기를 소
환할 수 있는 세대가 바로 내가 속한 80년대생들이다. 우린 한
때 X세대, 88만원 세대, N포 세대, 밀레니얼 세대, 번아웃 세대,
욜로족이라 불리기도 했다. 90년대 감성과 2000년대 감성 사이,

X세대와 Z세대, Z세대와 MZ세대의 혼종된 사고방식을 목격하거나 경험하기도 했다. 난 이 어중간한 시기를 살아온, 나와 같은 세대에 속하는 자들이 잘 살았으면 좋겠다. 특히 나처럼 본의 아니게 '빠른 년생'으로 태어나 실제로는 또래보다 1살 어린 나이로 살아온 사람이라면 더욱 그렇다.

그때 그 시절을 떠올릴 때면 문득 낯설고 새삼스러워질 때가 있다. 나를 사랑했고 내가 사랑하던 그들이, 나를 알던 혹은 내가 알던 타인이 되는 순간. 그 시절의 나와, 이후의 삶을 살아갈 내가 지금 여기에 있다. 난 그 시절을 후회 없이 그리워하고, 앞으로 다가올 삶을 두려움 없는 마음으로 맞이하고 싶다. 그 마음이 있는 한 내게 다가올 삶은 나아졌으면 나아졌지 나빠지지 않을 것이다. 내게 주어진 세상과 나와 같은 세대를 살아온 자들을 향한 애정이 사라지지 않는 한.

누드셀카를 요구하던 N발기의
씨발스런 심리에 대한 고찰

웹진 〈아는 사람〉(2021. 10.) 수록

> ※ 주의: 이 글은 노씨 성을 가진 전국의 모든 남성들을 폄하하려는 의도가 있는 것이 아니며, 노씨 성을 가진 남성과 발기부전은 무관하다는 것을 알립니다.

N번방 사건을 볼 때면 발기가 안 되던 구질한 예전 애인이 떠오른다. 그는 언제부턴가 내가 무슨 옷을 입고 있는지에 대해 자주 묻곤 했다. 난 그때마다 당시 나의 복장상태, 이를테면 수면바지와 면 티셔츠, 츄리닝이나 헐렁한 후드티를 입고 있다고 아무렇지 않게 대답해 주곤 했다. 주로 내가 집에서 편히 쉬고 있을 때의 평범한 옷차림이었다. 그런데 말이다. 시간이 지날수록 그가 내게 묻는 물음의 강도가 점점 세지기 시작했다.

‘수면바지 입고 있어? 그러면 그 안에 뭐 입고 있어? 당연히 속옷 입고 있겠지? 속옷 색깔은 무슨 색깔이야? 어떤 속옷 입고 있는지 궁금해. 속옷 사진 찍어 보내줘. 사실은 속옷 안에 있는 게 더 궁금해. 사진 찍어 보내줘.’

본인 딴에는 연인이니까 할 수 있는 귀여운 섹드립이라고 여겼나보다. 나도 처음엔 농담인가보다 하고 웃어넘겼다. 나도 장난처럼, 아무것도 안 입은 채 벌렁 드러누워 있는 적나라한 강아지 사진을 보내주곤 했다. 그럴 때마다 그는 ‘진심으로’ 아쉬워했다. 특히 그가 술이 취했을 때 내게 저런 요구를 많이 하는 편이었다. 내 입장에서는 썩 유쾌하지는 않았다. 어쨌든 간에, 난 그가 요구하는 인증 사진을 절대 보내주지 않았다. 아무리 연인 사이라고 해도 선을 넘는 섹드립 쌉소리를 계속 들어주는 건 한계가 있다. 어느 날의 늦은 밤, 술을 먹고 메시지로 속옷 셀카 인증샷을 집요하게 요구하는 그에게 난 정색을 하고 물었다.

‘왜 자꾸 사진을 찍어 보내달라고 하는 거예요?’ / ‘그냥 궁금해서. 내가 지금 당장 못 보니까.’ / ‘나 같으면 궁금하지도 않을 것이며, 하나도 안 웃겨요.’ / ‘알겠어. 미안해. 다음부턴 그런 말 안 할게.’

난 그가 자신의 행동이 잘못된 것을 알았기 때문에 미안하다고 한 게 아니라는 느낌을 받았다. 그는 사랑하는 애인이 어떤 옷을 입고 있는지 묻는 일이라든지, 속옷 사진뿐만 아니라 알몸 사진을 요구하는 자신의 행동을 애정의 연장선상으로만 보는 것 같았다. 그런 요구를 하는 자신의 사고방식을 이상하게 여기지 않았다. 이후 그는 내게 다시는 누드 셀카를 요구하지는 않았다. 그러나 여전히 내게 **'뭐 입고 있어?'를 집요하게 묻는 일**만은 멈추지 않았다. 그는 가끔 이런 행동을 하기도 했다. 섹스가 끝나고 누워 있는 나의 모습을 내려다보며 **"우리 자기 몸 예쁘다. 내 맘 속에 찰칵!"**이라는 말과 함께, 엄지와 검지 손가락으로 사각형을 만들어 손으로 사진을 찍는 시늉까지 했다.

돌이켜보면, '누드셀카'를 요구하던 강도가 심해지는 지점에서부터 그의 발기도 잘 되지 않기 시작했다. 성격도 이상해졌다. 덩치에 비해 성기 크기도 작았고, 내게 그토록 누드 셀카를 요구하는 열정에 비해 섹스도 썩 잘하는 편도 아니었다. 이런 상황이 한두 번이면 그러려니 하겠는데, 자주 그랬다. 예상치 못한 그의 모습을 보고 있자니 나도 난감했다. 아무리 애를 써도, 그것도 엄지손톱 미더덕 맥 립스틱 크기만큼의 작디작은 그의 성기가 도통 고개를 들지 않는 상황에서, 나도 섣불리 말을 잇지 못했다. 남자의 가장 큰 자존심과도 결부되는 문제였기에, 그에게 함부로 심심한 위로의 말을 건네기도 어려웠다. 당시 그의 나이는 30대 중반, 나는 30대 초반에 접어들고 있었다. 적은 나이는 아니더라도, 발기부전을 고민할 만큼 많은 나이도 아니었다. 발기가 마음대로 잘 되지 않을 때마다 그는 젊은 시절보다 무려 2배나 살이 찐 자신의 저주받은 몸매와, 운동할 시간조차 내지 못하는 바쁜 직장인의 비애에 처한 자신을 자주 한탄했다. 나중엔 듣는 사람마저 질릴 정도였다. 결국 그는 자신이 아는 의사친구라는 사람으로부터 얻은 정력영양제까지 챙겨 먹었다. 효과는 과연 약을 먹은 게 맞나 싶을 정도로 **완전아주전혀절대** 없었지만. 설상가상으로 그는 내게 약을 먹고 난 후의 소감을 묻기까지 했다. 그에게 "어땠어? 좋았어?"라는 말을 들었을 때, 난 옅은 미소를 지은 채 조용히 고개를 끄덕였다. '적어도 노오력이라고 하는 건 참으로 가상하나, 꼭 저렇게까지 확인받고 싶을까. 애쓴다. 엄지손톱 미더덕 좆만한 새끼. 애초부터 섹스도 잘 한 적이 없어서 잘 모르겠다. 약의 효과는 무슨 개뿔 뜯어먹는 소리 하고 앉아있네.'라는 잔인한 마음의 소리를 숨겼다는 게 함정이지만.

만약 그 자리에서 마음의 소리가 필터링 없이 나오기라도 한다면, 진심으로 별로였다는 솔직한 대답을 한다면, 위험한 일이라도 벌어질 수 있을 것 같았다. 늦은 밤, 아무리 연인 사이라 하더라도 남녀가 단둘이 있는 은밀한 공간에서 예상치 못한 일이 벌어지지 않는다고 장담할 수 없는 것처럼. 특히 발기불능과 같은 남자의 자존심과 직결되는 문제에 관련했을 땐 조심할 수밖에 없었다. 섹스를 함에 있어서도 최악의 상황을 생각하는 나라는 여자를 보고 있자니, 씁쓸했다. 발기부전한 밤이 지지부진하게 이어지는 나날들이 계속되는 어느 날이었다. 사랑을 나누기 전, 그가 갑자기 일어나 가방을 뒤적거리며 마법의 정력영양제를 꺼내 입안에 털어 넣는 참으로 안쓰러운 뒷모습을 보았다. 난 그때부터 그에 대한 정나미가 서서히 떨어지기 시작했다. 그리고 얼마 지나지 않아 그와 헤어졌다.

'난 그냥 네가 뭐 입고 있는지 궁금해서.'

난 그가 내게 했던 저 말이 종종 떠오른다. 도대체 왜 궁금한 걸까. 뭐가 궁금해서 애인의 속옷 셀카 인증샷 요구까지 하는 걸까. N번방 그들도 뭐가 궁금해서 어린 여자아이들에게 말도 안 되는 사진과 동영상 인증요구까지 하는 걸까. 그들에게 묻는다면 그들도 아마 그와 비슷한 대답을 했을 것이다. **'그냥 처음**

에는 궁금해서, 호기심에서, 재미로 시작한 거였어요.'와 같은 말도 안 되고, 무책임하고, 어이 상실한 대답을. 많게는 몇 백만 원어치의 가입비를 지불하고, 몇 단계 수준의 까다로운 인증절차를 거쳐 N번방 사이트의 회원이 되는 수고로움을 겪는 일을 단지 실수였다고 말하는 그들처럼. 그들이 지닌 소름끼치는 호기심의 근원은 어디에서 비롯하는 것일까. 아마 그건 발기가 마음대로 되지 않고 나서부터 누드 인증샷을 요구하던 그처럼, 그들의 말 못 할 열등감이나 욕구불만이 일정부분 작용하지 않았을까.

몇 년 전 중학생들과 논술 수업을 하면서 들은 이야기다. 어느 날 한 여학생이 모르는 남자로부터 SNS 메시지를 받았다. 남자는 여학생에게 나이와 성별, 사는 곳, 학교를 묻더니, 갑자기 5만 원짜리 문화상품권 쿠폰을 보내줬다. 얼굴도 모르는 사이인데 예상치도 못한 액수의 문화상품권을 선뜻 선물로 건네준 상황에 여학생은 얼떨떨했다. 익명의 남성은 여학생에게 다음과 같은 제안을 한다. 이것보다 더 비싼 문화상품권 쿠폰도 줄 수 있으니, 내 부탁을 들어주면 안되겠느냐고. 여학생은 그 부탁이 뭐냐고 묻자, 너의 특정 신체부위 중 한 곳을 찍어보내달라는 답문이 왔다. 어차피 너의 얼굴만 나오지 않으면 괜찮지 않냐는 안심의 말과 함께. 여학생이 어이없어하며 농담 반 진담 반으로,

"그럼 당신 것 먼저 보여주세요!"라고 하자, 얼마 지나지 않아 성인 남성이 성기 사진이 전송되었다. "너무 놀라고 징그러워서 그 남자 SNS 계정 차단하고, 메시지도 지웠어요!"라고 말하는 여학생의 표정이 아직도 생생하다. 이 모든 게 중학교 쉬는 시간에 벌어진 일이며, 2020년 N번방 사건이 뉴스에 보도가 나기 한참 전의 일이다.

알몸 사진을 보내달라는 그의 집요함에, 나도 농담 반 진담 반으로 그럼 당신 몸 사진부터 먼저 보내달라고 말한 적이 있다. 그러자 그는 다음과 같은 답문을 보냈다. **'그럼 뭐를 보여줘야 하지?ㅋㅋㅋ'** 계속되는 인증샷 요구에 난 젖꼭지가 훤히 보인 채 발라당 드러누워 있는 귀여운 강아지 사진과 함께, 웃음 이모티콘을 보냈다. 내게 보낸 메시지를 보고 그는 다음과 같은 답문을 보냈다. **'웃지 말고 진짜로 보여줘야지.'** 기본 상식을 지닌 여성이라면, 그가 내게 보낸 저 짧은 문장을 보더라도 기분 나쁜 쎄함을 감지했을 것이다. 만약 그런 사람이 연인이라면, '적어도 저딴 사고방식을 가진 사람과는 미래를 함께하면 안되겠구나.'라는 매우 분명한 확신도 들 것이다.

"뭐 하고 있어?"를 묻는 일과, **"뭐 입고 있어?"**를 묻는 일. 연인 사이에서 "뭐 하고 있어?"를 묻는 일은, 그날의 안부와 함께, 평소에 연인이 어떤 일상을 보내고 있는지에 대한 관심에서 오는 애정이 담겨져 있다. 그러나 연인에게 "뭐 입고 있어?"를 묻는 일은 다르다. 연인이 평소에 어떤 일상을 보내고 있는지에 대한 관심에서 오는 애정보다는, 성적 상상력을 불러일으키고 싶은 의도가 다분하다. 나를 성적대상화한다는 점. 나의 안부를 묻는 일보다는, 나를 자신의 성적판타지를 충족하는 용도로 여기는 것을 우선으로 한다는 점에서 매우 불쾌했다. 그와 헤어지고 난 후 N번방 사건이 뉴스에 보도가 되었는데, N번방 사건을 볼 때마다 그가 떠올랐다. 아무리 사랑했던 연인이라 하더라도, N번방 회원 가해자들과 그가 지닌 호기심은 비슷한 점이 많았다. 건강하지 못한 호기심, 올바르지 못한 성인지 감수성, 원인 모를 자격지심 (이라고는 하지만 발기 문제에서 오는 게 거의 99.9%라고 짐작해 본다). 이 세 가지 요소의 적절한 조합이 30대 중반의 구질한 한 남변태의 전형을 만들어내고 있었다.

문득 기억나는 그와의 구질한 추억과, 심상치 않았던 그의 언행을 떠올려본다. 우연히 '귓청소방', '키스방', '전화방'이라는 간판이 걸려진 건물들을 보게 되었다. 그는 내게 **귓청소방은 정말 귓청소만 해주는 곳일까? 전화방은 정말 전화만 하고, 키스방은 정말 키스만 하는 곳일까? 정말 궁금하다. 저런 데 가는 남자들도**

있겠지? 분명 찌질한 사람일 거야. 넌 호빠 같은 데 가본 적 있어? 진짜 한 번도 안 가본 거야?"라고 말했다. 근데 그는 모른다. 저 말을 내게 '1번만' 하지는 않았다는 것을. 그런 곳을 궁금해할 수는 있어도, 저런 말을 그것도 연인 앞에서 꺼내는 것 자체가 정상은 아니라는 것. 일반인들의 상식에서, 그런 곳을 궁금해하는 것 또한 정상은 아니라는 것. 똑똑한 여자에 대한 이상한 자격지심도 있었다. **"문단모임 나가면 너 노리는 남자들 없어? 너한테 작업 거는 사람들 정말 없어? 내가 남자라면 너 가만 안 둘 것 같은데. 우리 전교수님, 전박사님, 미녀작가님, 전작가님 최고다! 어린 나이에 벌써 박사까지 하고 작가도 되고 대단하다! 미녀박사도 모자라 미녀교수까지 되었네. 급이 달라서 보통 남자들은 처다보기도 힘들겠어.**" 칭찬도, 비아냥도 아닌 애매한 발언이었고, 들으면 들을수록 기분이 좋아지는 게 아니라 이상하게 불쾌했다. 나아가 저 말을 하는 그가 진심으로 못나보였다.

'만약 저런 발언을 여자가 하게 된다면, 여자에게 저런 말을 듣는 남자는 어떤 기분이 들까'라는 생각을 잠깐 해본 적이 있다. 그런데 그런 일은 절대 없을 거란 확신이 들었던 게, 여자는 남자에게 절대 저런 말을 하지 않는다. 여자가 미남작가, 미남교수, 미남박사라는 용어를 사용하는 경우는 거의 없거니와, 남자라면

'문단모임 나가면 너 노리는 여자들 없어? 내가 여자라면 가만 안 뉘둘 것 같은데'라는 말을 들을 정도로 곤란한 상황을 겪지 않는다는 것을. 무심코 던지는 일상의 대화나 행동에서, 그 사람의 가치관이 드러나기도 한다. '여자는 다정한 맛이 있어야지.' '결혼하면 애는 당연히 낳아야지.'라고 말하던 그의 발언이나, N년째 숏컷 스타일을 유지하는 나를 보며 왜 자꾸 머리를 짧게 자르냐며 아쉬워하는 점에서 느껴지는, 그조차도 인식하지 못한 가부장적인 가치관 같은 것들 말이다. 그는 언젠가 TV에 나온 샤를리즈 테론이라는 배우를 보며, "저 여자도 이제 많이 늙었네."라고 작게 탄식한 적이 있다. 난 그의 저 발언이, 나의 숏컷 스타일을 지적하는 것보다도 더 어이없었다. 본인은 걸핏하면 늙었다고 골골대며 많지도 않은 나이에 발기도 안 되는 주제에, 감히 우리의 영원한 퓨리오사이자, 불멸의 삶을 살며 악당들을 무찌르는 앤디, M16 최고요원 로레인이기도 한 샤를리즈 테론을 욕보이다니.

그는 헤어지고 난 후에도 찌질함의 끝판왕을 보여줬다. 잊을 만하면 꾸준히, 늦은 시간에 내게 전화를 걸거나, 새벽감성 충만한 메시지를 보냈다. **'전작가님(혹은 미녀작가님) 뭐하십니까?/ 미안해. 내가 말해놓고도 찌질하네ㅋㅋㅋ/ 자니?/안녕/딸꾹/ 혹시 내가 잘못한 게 있으면 너그럽게 이해해주거나 내가 뭐를**

잘못한 건지 말해줘.' 참으로 우스꽝스런 가관의 연속이었다. 그러던 중, 나의 인내심이 한계에 다다른 날이 다가왔다. 어느 늦은 밤, 그는 내게 '전작가님 뭐하십니까'라는 메시지와 함께 우스꽝스러운 이모티콘을 보냈다. '작가님'이라는 극존칭도 맘에 들지 않았거니와, 살인적인 마감으로 정신을 최고조로 가다듬으며 글쓰기에 몰두하고 있는 고요한 시간에 보낸 저딴 문자는 도저히 참을 수가 없었다. 나는 '씨발 지금 뭐하자는 거예요'라는 깊은 빡침의 문자를 보냈다. 그러자 그는 내가 너한테 '씨발'이라는 말을 들을 만큼 하찮은 존재냐고 화를 냈다. 여태까지 내게 했던 자신의 무례한 언행을 전혀 생각하지 않기에 나올 수 있는 말이었다.

그 순간, 내 안의 미친년이 고개를 들었다. 민간인들 앞에서는 절대 꺼내지 않았던, 어디서 뭘 보고 저렇게 배워먹은 씨발새끼들 앞에서만 꺼내던, 지랄맞은 성질머리가 고개를 들었다. 난 그에게, 그가 그토록 듣고 싶어하던, 자신이 무엇을 잘못한 것인지에 대해 설명해주기 시작했다. 분명한 언어로, 조근조근 즈려밟으며, 당신의 모든 행동이 얼마나 비정상적이고 변태적인지, 역겹고, 더럽고, 소름끼친다는 말을 직접 해가며 매우 잔인한 팩트 폭격을 가했다. 그나마 남아있는 자존심은 지켜줘야겠기에 발기 얘기는 차마 꺼내지 못했다. 지금은 후회하고 있지만. 혹시 그가 내 집으로 쫓아와 보복하지 않을까라는 걱정이 들었지만, 마침 이사를 하고 난 후라서 안심했다. 그는 내 말에 어느 정도 충격을 먹은 것 같았다. 이후 그는 더 이상 내게 장난스런 문자는 보내지는 않았지만, 미안하다는 말만 계속 되풀이했다. **'영규야 화이팅. 그냥 난 널 응원한다.'** 저 문자를 마지막으로 그에게는 더 이상 연락이 오지 않는다. 그는 마지막까지도 몸서리쳐질 만큼 찌질했다. 연인에 대한 추억을 드디어 정리했고, 나아가 연인을 향한 응원의 마음까지 보내는 자신의 진심을 알아달라는 의도가 담겨 있는, 참으로 아련 돋는 그의 문장이었다. 찌질한 이의 뒷모습은 역시나 찌질했다.

내 핸드폰 연락처 목록에서 그의 이름은 '노발기'로 저장되어 있다. 그의 성이 '노' 씨이기도 하거니와, '발기'도 안 되기에 만든 별명이다. 노발기와의 연애 이후 나는 '노 씨는 정말 노 씨라서 발기도 안 될까?'라는, 말도 안 되는 일반화의 오류에서 한동안 벗어나지 못했다. 그리고 언젠가는 내가 겪은 누드 셀카에 환장한 노발기 애인에 대한 경험담을 '누드 셀카를 요구하던 전 애인의 씨발스런 심리에 대한 고찰'이라는 제목으로 글을 쓰리라 다짐했다.

P.S. 이제 다시는 보고 싶지 않은 N에게

당신이 이 글을 볼지 안 볼지는 모르겠지만, 난 아직도 '그냥 궁금해서 내 속옷 인증 셀카를 요구하던 당신의 호기심이 이해가 되지 않습니다. 당신 같은 몹쓸 호기심 때문에 죽어나가는 어린 여성들도 있는데 말이지요. 잔인하지만 N번방 가해자들과, 당신의 변태스런 호기심은 아주 많이 닮아 있습니다. 부디 N번방 가해자들처럼 사회의 악으로 남지 말아주세요. 연인의 알몸 사진을 요구하는 일이 이상한 일이 아니라고 느껴지지 않는다면, 애인의 누드 셀카 사진이나, 애인이 무슨 옷을 입고 있는지 직접 눈으로 확인해야지만이 섹스가 가능하다면 당신은 반드시 치료를 받아야 합니다. 물론 다른 치료도 받아야 할 것이지만요. 도대체 무슨 말을 하고 싶은 건지 모를 정도로 말 같지도 않은 말이나 하고, 정작 해야 할 말은 하지 못하는 찌질한 행동과 자격지심. 남들이 보기에도 참으로 못나 보이는 본인의 행동이 도대체, 왜, 어디에서 비롯하는지 곰곰이 생각해보세요. 아무리 애를 써도 고개를 들지 않는 미더덕 엄지손톱 맥 립스틱만한 당신의 작디작은 성기를 가만히 내려다보면서요. 평생 여자 속옷 색깔이나 궁금해하며 발기없이 오래오래 사시길 바랍니다. 씨발.

우리가 키스하게 놔둬요[1]

　영화 〈퍼펙트 센스〉(2011)에서는 원인 모를 전염병으로 인해 인간의 감각기능이 사라지는 장면이 나온다. 처음에는 후각이, 그 다음엔 미각과 청각, 나중엔 시각마저 상실되어가는 사태를 겪으며 사람들은 혼란스러워한다. 정부에서는 사람들이 감각기능을 잃을 때마다 '고도 후각(미각) 상실 증후군'이라 진단할 뿐, 명확한 원인을 찾아내지 못한다. 나중엔 병명을 붙일 시간도 없이 감각기능이 빠르게 사라지자 인간의 삶은 큰 변화를 맞게 된다. 영화에 등장하는 수잔과 마이클은 연인사이다. 그들은 침대에

1　이 글의 제목은 해외 퀴어 시선집 『우리가 키스하게 놔둬요』(사포 외, 이성옥 외 번역, 큐큐, 2017)에서 빌려왔다.

누워 이제는 맡을 수 없는 서로의 체취를 맡는다. 마이클은 수잔의 몸 구석구석에 코를 박고 숨을 들이쉬며 다음과 같은 말을 한다. "처음 봤을 때 당신 냄새를 더 열심히 맡을 걸 그랬나봐요. 우린 다른 감각도 잃게 될까요?" 그들은 서로를 끌어안고 언제 사라질지 모르는 남아 있는 감각들에 대해 이야기한다. 그들의 사랑은 어떻게 될까. 감각과 사랑은 어떤 관계를 맺고 있으며, 감각이 없이도 사랑은 가능할까. 코로나 후유증으로 후각이 한동안 마비되었다고 말하는 자들의 경험담을 듣고 있자니, 이 영화가 떠올랐다.

*

코로나 시대의 사랑은 어떤 모습일까. 비대면과 거리 두기를 반복하던 다사다난한 팬데믹 시기를 보내는 동안, 떠오르는 장면이 있다. 버스정류장 앞에서 한 연인이 마스크를 쓴 채 뽀뽀를 하는 장면. 대학생으로 보이는 젊은 연인은 사랑스런 눈빛으로 서로를 바라보며 버스를 기다리고 있었다. 버스가 오자 여자는 버스를 탔고, 남자는 버스가 떠나갈 때까지 손을 흔들었다. 귀여운 그들의 모습을 보며 다음과 같은 생각이 들었다. 만약 코로나로 인해 연인들의 키스마저 감시받는다면 세상은 어떻게 될까.

당신의 눈을 이렇게 오래도록 들여다본 적이 있었나. 이 시기를 같이 보낸 당신에 대한 이야기를 하게 된다면 이와 같은 문장으로 시작하지 않을까. 이 시기 우리의 만남에서 이전과 달라진 점을 들자면, 본의 아니게 방문 포장의 달인이 되었다는 것이다. 그는 나를 만날 때마다 내가 좋아하는 갓 구운 크랜베리 스콘을 사 왔고, 난 따뜻한 결명자와 레몬청을 텀블러에 한가득 담아왔다. 우리는 도심을 벗어난 한적한 교외로 차를 몰고 갔다. 인적 드문 길가에 차를 세워 둔 우리는 각자 가져온 것들을 차 안에서 나눠 먹었다.

어느 날은 평소에 자주 가던 식당에 방문 포장 예약을 하기도 했다. 예전에는 매장에 직접 가서 사 먹었던 것들이다. 우린 포장한 음식을 먹은 후 침대에 누워 시답잖은 농담을 주고 받다가 서로 꼭 끌어안고 까무룩 잠이 들기도 했다. 애인은 내 배를 쓰다듬으며 잠이 들 때가 많았다. 그는 숨 쉴 때마다 움직이는 내 배의 느낌이 좋다고 했다. 그날도 내 배에 손을 올리고 얕은 코를 골며 자는 그의 얼굴을 가만히 들여다보았다. 조금씩 자라기 시작한 꺼끌거리는 턱 밑 수염. 얕은 숨결 사이로 방금 전에

먹은 달큰한 머스캣 향과 함께 섞여나오는 미세한 담배 내음. 시국의 혼란과는 무색할 만큼의 포근한 봄날 오후의 햇빛.

"우린 새로운 냄새를 찾을 거예요. 상상해 봐요. 우리를 둘러싼 촉촉한 잔디밭을. 봄비가 내린 후 숲의 향기. 발 아래 펼쳐진 오솔길을 느껴봐요."(〈퍼펙트 센스〉 중에서) 감각을 잃게 된 자들은 다양한 방식으로 상실된 감각을 기억하고자 한다. 이를테면 그날의 연인을 떠오르게 하는 감각에 대해서. 그가 사온 갓 구운 크랜베리 스콘의 온기. 차 안에 은은하게 퍼지던 고소한 결명자 향기. 추운 겨울, 서로 나눠 마시던 레몬청의 달콤함. 마스크 때문에 안경에 서린 뿌연 김을 거울에 비춰보며 웃던 우리의 웃음소리. 내 배를 쓰다듬던 그의 따뜻한 손. 서로의 품에서 얕은 숨소리를 들으며 까무룩 잠든 어느 날의 포근한 낮잠.

나에겐 이런 감각의 잔상이 남아 있었다. 인간의 감각이 사라진다 하더라도, 삶이 계속되는 한 사랑을 감각하던 인간의 기억은 사라지지 않을 것이다. 이것이 인간의 감각이 없이도 사랑이 가능한지를 묻는 질문에 대한 나의 대답이라고도 할 수 있겠다. 감각기능이 상실될 때마다 수잔과 마이클은 오래도록 키스를 나눈다. 그들의 키스는 그나마 남아 있는 감각으로 서로를 기억하고자 하는 간절한 마음이 담겨 있다.

                          *

내 배를 쓰다듬는 걸 좋아하던 귀여운 애인과는 결국 헤어졌다. 그 시기를 함께한 그에게 다음과 같은 말을 해주고 싶다. 우리는 그 어느 때보다도 서로의 눈을 오래도록 들여다보았고, 나를 바라본 당신의 다정한 눈빛은 절대 잊지 못할 거야.

"그래요, 우리가 키스하게 놔줘요. 단지 키스뿐이에요./ 우리가 더 필요한 것이 있나요?"(안토니오 보토, 「소년」 중에서) "비말이 가장 위험한 감염경로라면 최소한 '키스 금지령'이라도 나오지 않을까"라고 말하던 어떤 이의 말이 떠오른다.[2] 이 이야기도 코로나로 인해 연인들의 키스마저 감시받는 세상은 어떨까에 대한 나의 신박한 상상에서 비롯한 것이다. 인간의 감각이 사라진다 하더라도, 사랑을 감각하던 인간의 기억하는 인간의 기억만큼은 사라지지 않는다. 삶이 계속되는 한 인간은 상실된 감각을 대신할 새로운 방법을 찾을 것이다. 모든 것이 정상으로 돌아올 날을 기다리는 우리의 간절한 마음처럼.

2　최현숙, 「방역 감시 시대의 키스와 섹스」, 『코로나 시대의 페미니즘』, 휴머니스트, 2020, 103쪽.

소개팅 자리에서 상대방이
자신보다 학벌이 높다는 사실을 뒤늦게 알고
화들짝 놀라는 남자의 병맛스런 심리에 대한 고찰

※ 주의: 이 글은 본고의 지극히 개인적인 경험과 의견을 바탕으로 하며, 외모에 대한 다소 불편한 묘사와 편견이 포함되어 있을 수 있음을 미리 밝힌다. 그리고 본문에 본의 아니게 등장하는 연예인들의 이름은 이야기의 흐름상 극적인 반전을 부각하기 위한 일종의 예시이자 비유적 장치일 뿐 다른 의도는 없다는 것을 알린다.

프롤로그

소개팅이란 소개와 미팅meeting의 합성어로 "누군가의 주선으로 남녀가 일대일로 만나는 일"을 의미한다. 대부분의 성인이라면 누구나 한 번쯤 해 본 경험이 있는 소개팅의 목적은 좋은 인연을 만나고자 함에 있다. 누군가와 좋은 인연을 맺고자 하는 인간의 욕구는 지극히 자연스러운 현상이다. 인간은 혼자서는 살아갈 수 없는 사회적 동물이기 때문이다. 그러나 문제는, 이 지극히 자연스러운 욕구가 특정 상황에서는 인간의 가장 유치하고 병약한 자존심을 자극한다는 데 있다. 그 인연이 다시는 보고 싶지 않거나 만나서는 안 될 악연이 될 수도 있음을 알면서도 누군가와의 만남을 기대하는 이유는, 결국 행복한 삶을 살고자 하기 때문이다.

그 만남이 누군가의 주선으로 인한 인위적인 만남, 자칭 '인(위적인) 만(남) 추(구)'로 이루어지지 않는다 하더라도 상황은 크게 다르지 않다. 그리고 그 행복한 삶이라는 것이 반드시 연인 간의 관계에서만 이루어지는 것은 아닐지라도, 소개팅에는 연애라는 최종 목적이 암묵적인 전제로 자리 잡고 있다. '인연이라면 좋겠지만, 아니면 말고'라는, 너무 가볍지도 그렇다고 지나치게 무겁지도 않은 마음가짐으로 임할 수 있다는 점이 소개팅이 지닌 속성이다.

누구에게나 인연은 있기 마련이라고 한다면, 그 인연을 만날 확률을 높이기 위한 가장 효율적인 장치 중 하나가 바로 소개팅이다. 데이팅 앱을 포함해 〈하트시그널〉, 〈솔로지옥〉, 〈나는 솔로〉, 〈러브스위치〉, 〈환승연애〉처럼 일반인을 대상으로 한 다양한 데이팅 리얼리티 프로그램의 취지 또한 이와 같은 맥락에서 바라볼 수 있다. 데이팅 프로그램의 취지는 타인과 친밀한 관계를 맺고 싶어 하는 인간의 욕구와, 그 욕구가 어떤 방식으로 형성되는지를 들여다보고 싶은 인간의 심리를 상업적으로 잘 활용한 예라고 볼 수 있다.

그런데 말이다. 데이팅 리얼리티 프로그램을 한 번이라도 본 사람은 안다. 출연자들 중에서 왜 유독 '그 사람'만 모든 이들에게 비호감인 이유를, 당사자만 빼고 모두가 안다. 왜 그 사람이 여지껏 모태 솔로일 수밖에 없었으며, 상대방과 제대로 된 연애 감정이 지속되지 않았는지를, 당사자만 빼고 모두가 알고 있다. 연애가 연인 간의 성적인 관계를 전제하고 있긴 하나, 연애라는 것은 가장 기본적인 인간 관계에 바탕을 두고 있다고 볼 수 있다. 데이팅 리얼리티 프로그램에 등장하는 인물들 중에서 소위 비호감 유형에 속하는 자들은 성적인 호감을 얻기 이전에 이미 기본적인 인간관계에서 필요한 태도마저도 부족하여 반감을 사는 경우가 대부분이다. 그렇다면 다음과 같은 의문이 들 수 있다. 그들에게서 보여지는 상식적으로 이해할 수 없는 사고방식은 도대체 어디에서 기인하는 것일까.

*

그 전에 서른 중반 여성에게 소개팅이란 어떤 의미를 지니는가에 대해 짚어볼 필요가 있다. 어느 날, 오래간만에 아는 오빠에게 연락이 왔다. 간만의 안부를 주고받은 후 그는 나에게 다짜고짜 밑도 끝도 없이 소개팅을 제안했다.

그는 내게 상대 후보들의 이력을 간단히 소개했다.

"한 명은 북한학 전공 교수야. 근데 전공에 대해서는 많이 물어보지 마. 국가 기밀이 많은 편이라 민감한가 봐."

난 그 말을 듣고 순간 영화에서나 보는 FBI 요원의 모습이 떠올랐다.

"다른 한 명은 최근에 ○○학과 정교수가 됐대. 키가 나만 해."

그의 키는 170이 되지 않는다.

"공부만 하느라 여자를 많이 못 만나봤대. 근데……."

(몇 초의 정적이 흐르고)

"머리숱이 별로 없어."

난 갑작스런 제안이기도 했고 그들을 반드시 만나고 싶은 간절한 욕구도 생기지 않았다. 난 그에게 그들이 어떻게 생겼냐고 물어봤다. 그러자 다음과 같은 대답이 돌아왔다.

"지금 너 나이에 생긴 걸 봐?"

난 그 말을 듣고

"앞으로 오빠는 아내 되는 분에게 평생 감사하게 여기며 살아야 돼. 아내분께서 남자 얼굴 따위를 안 봤으니까 오빠같이 생긴 사람도 감히 결혼이라는 걸 할 수 있었잖아? 아무리 지인으로부터 받는 소개팅이라 해도, 어떻게 생겼는지도 모르고 상대를 만날 수는 없잖아. 아무리 여자 나이가 많다고 해서 키 작고 머리숱 없고 본인의 전공을 묻는 것마저 눈치 봐야 할 남자를 주선해준 것만으로도 무척 영광입니다, 라고 생각하는 것이 정상인 거야? 차라리 소개를 해줄 거면 친동생, 하다못해 직장 상사 딸에게도 소개해도 이상하지 않을 만큼 멀쩡한 사람을 데리고 와. 외롭다고 아는 여자 아무나 소개시켜달라고 징징대는, 여자에 미친 새끼같은 발정난 수컷들이나 보내지 말고. 알았어? 알았으면 고개 끄떡여."

라고 말하지 못한 것을 나는 지금까지도 후회한다.

그날 그의 말을 듣고 내가 할 수 있는 일이라고는 그를 따라 멋쩍게 웃는 일이 전부였다. 순간 나는 소개받는 상대의 생김을 묻는 나의 발언이 정말 잘못된 건가? 라는 의심까지 들었다. 나는 그에게 아직은 누군가를 만나고 싶은 마음은 없으며, 간만에 이런 제안을 해준 것에 대해 고맙다는 말을 끝으로 그날의 이야기는 그렇게 마무리되었다. 적지 않은 나이라는 이유만으로 머리숱 없고 키 작고 심지어 본인의 전공마저 물어보는 것도 눈치 봐야 하는 남자들을 굳이 만나고 싶지 않았다. 그 일이 있고 난 후, 나는 내가 겪은 이 불쾌함에 가까운 불편함이 어디에서 기인하는지를 자세히 들여다보기 시작했다.

"너 나이에 얼굴을 봐?"라는 말의 의도는, 서른 중반 이후의 나이대에 속하는 여성에게 소개팅 주선이나 제안이 들어온다는 것 자체가 희박한 일인데, 다시 오지 못할 소중한 기회를 잡지는 못할망정 어디서 본인의 주제도 모르고 감히 상대방의 외모를 따지느냐는 데에 있다. 이 말에는 이미 그 나이대에 접어든 여성이라면 소개받는 상대방이 탈모와 평균 이하의 신장, 누가 봐도 비호감에 가까운 외모를 지니고 있다 하더라도 아무것도 아니며, 눈코입이나 제대로 달린 남자 사람이라면 감지덕지한 일이지 그 정도는 당연히 감수해야 할 상황이라는 암묵적인 전제가 내재하고 있다.

내가 만약 남자였다면 어땠을까. 서른 중반 이후의 나이에 접어든 남자가 "어떻게 생겼어?"라고 물어봤다면 과연 어떤 답변이 돌아왔을까. 연애 데이팅 앱이나 커플 매칭 커뮤니티, 결혼

정보업체와 같이 이른바 연애·결혼 전문 시장이라 불리는 세계에서 여성의 나이는 상품 가치를 지닌다. 같은 조건이더라도 여성의 나이가 적을수록 선호도는 높아진다.

유튜브에서 30대 중후반 여성의 연애와 결혼을 주제로 한 동영상을 본 적이 있다. 〈마흔 넘어서 결혼하는 여자의 특징〉, 〈아무리 동안이어도 30대 후반 여자는 안 만나요〉, 〈소개팅 많던 여자가 마흔 넘으면 겪는 충격적 현실〉, 〈결혼 못하는 40대 여자 특징〉, 〈40대 여자에 관한 남자 현실 반응〉처럼, 이미 이와 같은 주제는 자극적인 제목으로 소비되고 있었다.

난 그것들을 볼수록 그날의 불편함이 이상하지 않을 만큼 당연하게 여겨지는 것 같은 착각에 이르게 되었다. 해당 연령대에 속하는 나 또한, 앞으로 마주하게 될 잔인한 현실을 직시하며 조급해져야 하는 것이 정상인지를 의심하기에 이르렀다. 해당 업체에 종사하는 자들은 그럼에도도 불구하고, 해당 전문업체를 통해 연애나 결혼을 하고 싶은 여성이라면 현실과 타협하는 것도 하나의 방법이라고 말한다. 예를 들면 나는 죽어도 상대의 외모를 포기하지 못하겠다면 외모를 제외한 다른 조건—이를테면 자신보다 낮은 경제력이나 학벌—을 포기하라는 식이다. 혹은 나는 죽어도 상대의 경제력을 포기하지 못하겠다면 상대의 경제력을 제외한 다른 조건—평균 이하의 외모—을 감수해야 하는 식이다. 심지어 상대가 초혼이 아니더라도 말이다.

이 부분을 잘 보여주는 대표적인 예가 넷플릭스에서 방영한 드라마 〈더 글로리〉(2022)에서 나온 '스튜어디스 최혜정'과 약혼남과의 대화 장면이다. 극중 스튜어디스라는 직업을 가진 최혜정은 부유한 이혼남과 결혼을 앞두고 있다. 그들은 쥬얼리샵에서 약혼 반지를 보던 중 남자는 여자에게 다음과 같은 말을 한다.

"너 내가 나 만날 때 힐 신으랬지? 난 네가 키 큰게 좋다니까. 네가 그런다고 너보다 내 키가 크지 않아. 프로포즈 따로 없다. 네 친구보다 무조건 알 큰거면 된다며." 그는 이런 말을 하며 큰 보석이 박힌 반지를 그녀에게 사준다.

인류의 사랑과 존속을 담당하는 연애와 결혼이 상품화되기 시작하면서부터 사회는 늦은 나이가 되기까지 연애나 결혼을 하지 않거나 하지 못한 다수의 미혼 여성과 남성들을 비정상적인 존재로 인식하게 만들었다. 그중에서도 연애와 결혼이 상품화된 사회는 나이가 어린 여성을 선호한다. 이는 출산과 관련한다. 인류의 존속을 이어갈 건강한 자녀를 출산할 가능성이 있는 젊은 여성을 최고의 상품가치로 여기기 때문이다. 그들이 부정적인 의미로 사용하는 '나이 많은 여성'이란 건강한 출산을 하기에는 생물학적으로 이미 너무 많은 나이를 지닌 여성을 의미한다.

나이가 어린 여성을 선호하는 이유가 반드시 출산만이 목적이 아니라 하더라도, 여성의 나이가 많다는 이유만으로 누가 봐도 비호감이나 정상적이지 않은 남자와의 만남을 당연하게 여기는 일. 여성을 하나의 인간으로 대하지 않고 마치 서둘러 팔아치워야 할 재고 따위로 취급하는 일.

내가 느끼는 불편함은 바로 이 지점에서 연유하고 있었다. 문제는 대부분의 사람들이 이러한 불편함마저 인지하지 못하고 있다는 것이다. 정확하게는 이 불편함을 인지하는 일을 이상하게 여기는 사회 분위기가 조성되어 있다는 것이다. 자본주의 시대를 살아감에 있어서 필요한 건 자신의 능력을 사회가 요구하는 재화로 환원하는 능력이다. 평생을 함께할 좋은 인연을 만나 서로의 미래를 약속하며 이룬 가정이야말로 가정이라는 이름의 작은 기업이라고 할 수 있다. 그들이 가정을 유지하기 위해 생산하고 소비하는 모든 것들 또한 일종의 재화다. 그 과정에서 발생하는 자녀의 출산 역시 인류의 존속을 이어가는 중요한 역할을 하기 때문이다.

그런데 말이다. 인간의 비극은 가정이라는 소규모의 기업을 이루는 일을 인생의 전부로 여기는 순간에서 발생한다. 가정을 이루는 일을 인생의 전부로 여기도록 하는 사회의 분위기 또한 일정 부분 영향을 미친다. 결혼이라는 제도를 통해 가정을 이루는 일이 인생의 전부라고 여기지 않는다 할지라도, 사회가 요구하는 재화를 위해 개인에게 반드시 필요한 것으로 인식되도록 하는 것이 문제가 되는 것이다.

결혼을 하고 가정을 이루는 일이 인생의 목표이자 유일한 생존 경로라고 인식하는 지점에서 연애나 결혼 그 자체만을 추구하는 자들이 생겨난다. 좋은 사람을 만나기 위한 연애나 결혼이 아니라, 연애를 위한 연애, 결혼을 위한 결혼이 목적이 되어버리는 것이다. 이 상태에 이르면 연애나 결혼을 하지 않거나 못하는 나를 인정할 수 없고, 동시에 견디지 못하는 상태에 이른다. 결국 그들은 끊임없이 연애를 하는 나, 결혼을 하는 나의 이미지를 욕망한다. 요즘 유행하는 말로 남미새(남자에 미친 새끼), 여미새(여자에 미친 새끼), 소개팅무새(소개팅을 해달라고 매일같이 물어보는 새끼)라는 말은 바로 여기에서 연유한다. 연애를 위한 연애, 결혼을 위한 결혼이 되어버린 상태, 연애나 결혼에 대한 욕구만이 뇌를 지배하는 자들이 생겨나는 것이다.

한때 저출산 대책으로 서울시 시민건강 출생 장려 국민 댄조(댄스+체조) 캠페인 행사가 열린 적이 있었다. 이 행사의 취지를 묻는 질문에 한 서울시 의원은 "괄약근에 힘을 조이는 케겔 운동과 체조를 이용해 민간 차원에서 저출생을 극복하려는 의도"라고 설명했다. 그는 "여성의 자궁이 건강하면 출생하는 데 있어서 가장 좋은 조건이 될 수 있으며 결혼 후 여성이 아기를 가질 때 더 쉽게 임신할 수 있다"고 주장했다. 신나는 음악에 맞춰 "재미있고 신나게 따라해요. 쪼이고! 쪼이고!"를 외치며 무사히 임신할 수 있도록 보이지 않는 신체의 어느 곳을 열심히 쪼이는 데 열중하는 그들의 모습을 보고 있자니 매우 기괴했다. 그들이 주장한 대로 그 운동이 때와 장소에 상관없이 실천할 수 있는 운동이라는 점만큼은 틀린 말이 아니었다.

난 그 케겔운동보다 더 공포스러웠던 건 한국의 저출생 문제를 케겔운동으로 해결할 수 있다고 믿는 기득권들의 인식 수준이었다. 그들이 이렇게 인식할 수 있었던 이유는 여성을 출산하는 데 가장 좋은 조건을 갖춘, 무사히 임신해 저출생을 해결해줄 수 있는 도구로 바라보고 있었기에 가능한 것이다. 만약 이런 인식을 지닌 자들로 이루어진 세상을 살게 된다면 어떻게 될지 상상해본다. 여기까지가 앞서 말한 이해할 수 없는 사고방식을 지닌 그들을 이해하기 위해 먼저 짚고 넘어가야 할 이야기다.

*

　그렇다면 이쯤에서 그날의 소개팅에 대한 이야기로 돌아가본다. '그 나이에 얼굴을 봐'라는 말을 들은 지 얼마 지나지 않아 친구로부터 소개팅 제안이 들어왔다. 주선자는 나와 오랜 시간을 알고 지낸 친구였고 상대는 그 친구 남편의 친형이었다. 친구는 소개팅 제안을 하면서 약간 머뭇거렸다. 친구는 신께서 그에게 모든 것을 주셨지만 외모 하나만은 빠뜨렸다고 말했다. 그래도 다른 조건은 괜찮은 편이니 한번 만나봤으면 좋겠다고 했다. 단, 명심할 사항은 외모는 보지 말라고 당부했다.

　친구는 그에 대한 간단한 소개를 하기 시작했다. 나보다 위로 두 살 터울이니까 거의 또래나 다름없으며 IT 업계에 종사하고 있고 벌이가 괜찮은 편이라고 했다. 인 서울 내 대학교의 ○○학 석사 학위를 지녔고 한때 지방 매체의 문화부 기자를 잠시 한 바 있으며 독서를 좋아하고 어느 작은 문학잡지 공모전에 글이 발표된 바 있다고 했다. 이 말을 들으니 친구가 왜 내게 그를 만나보라고 했는지 대충 짐작할 수 있었다.

　너도 이제 누군가를 만나 정착할 때도 되었잖니. 친구는 내게 이런 말을 하며 작은 목소리로 의미심장한 말을 남겼다. 남자는 여자 하기 나름이라 여자가 잘만 하면 살도 뺄 거야. 그로부터 얼마 지나지 않아 난 친구가 말한 그 사람을 만나게 되었다. 모든 것을 갖췄으나 저주받은 외모를 부여받은 그의 첫인상은 다음과 같았다.

그는 100킬로에 가까운 과체중이었고 귀와 볼을 덮을 만큼 긴 머리를 하고 있었다. 곱슬기가 있는 머리는 정리되지 않은 채 마구잡이로 산발해 있었다. 피부는 어두운 편이었고 안경을 썼고, 베이지색 면바지에 보라색 폴로 셔츠 반팔을 입고 있었다. 처음 본 사람도 흠칫 놀랄 만큼의 충격적인 외형을 지니고 있었다. 그의 모습은 마치 이 세상의 것이 아닌 존재처럼 느껴졌다. 난 고심한 끝에 그를 비유할 이미지를 찾아냈다.

그의 모습은 영화 〈해리포터〉 시리즈에 나오는 호그와트 산지기 거인 해그리드를 닮아 있었다. 이후 이 글에 등장하게 될 그의 이름은 해그리드라고 지칭하기로 한다. 사람을 대하는 데에 있어 외모가 전부는 아니니, 난 친구의 당부를 되새기며 해그리드와 첫 식사를 했다. 간단한 인사와 함께 스몰 토크가 오고 갔다. 해그리드는 신기함과 호기심이 섞인 눈빛으로 나를 바라보며 다음과 같은 말을 했다. 그는 내게 평론가는 처음 만나본다며

"쌈닭 이미지인 줄 알았는데 아니네요. 사실은 그게 궁금해서 이 자리에 나왔어요."

라고 말했다. 난 그 말을 듣고 문학을 전공하지 않은 사람들에게 시인이나 소설가, 방송작가는 익숙해도 평론가는 낯선 존재일 수도 있겠다고 생각하며 웃어넘겼다. 그들에게 평론가란 이성적인 논리로 무장한 채 날카로운 논쟁을 이어나가는 까탈스러운 토론자에 가까운 이미지로 각인되나 보다. 난 문득 소개팅 자리에서 상대방한테 "생각보다 착하시네요."라는 말을 엄청 들었다는 여성 평론가의 일화가 떠오른다. 그러나 사실은 저 말이 무례한 말이라는 것을, 나는 나중에야 알았다.

나는 해그리드와의 식사 자리에서 첫 만남의 어색함을 깨우는 대화 주제로 이 만남을 주선해 준 친구에 대한 이야기를 꺼냈다. 해그리드에겐 친동생의 아내인 셈이다. 친구에 대한 이야기를 하는 나에게 해그리드가 말했다.

"저에게 여자 소개는 꾸준히 들어와요."

그는 "꾸준히" 뒤에 "계속"이라는 말을 붙이며 "꾸준히, 계속"이라는 표현을 두 번이나 반복했다. 그 말을 하며 자신을 가리키던 그의 두 손짓이 아직도 기억난다. **만약 저 말과 손짓을 강동원이 했다면 어땠을까.**

난 그의 집이 작은 꽃차 가게를 운영하고 있고 그의 어머니가 꽃차 자격증을 소유하고 있다는 친구의 말이 떠올랐다. 난 그에게 꽃차에 대한 이야기와 함께 꽃차는 어떻게 만들어지며 식용 가능한 꽃은 어떻게 구별할 수 있냐고 물었다. 그는 다음과 같이 대답했다.

"웬만한 꽃은 다 먹을 수 있어요. 꽃차 가게는 제가 물려받을 것 같아요."

그는 저 말 끝에 아까처럼 자신을 가리키는 손짓을 했다.

만약 김우빈이 저 말을 했다면 어땠을까.

해그리드와의 만남이 있던 날은 약간의 꽃샘추위와 봄날의 온기가 남아 있는 4월의 어느 날이었다. 4월에도 버스 정류소 의자에는 온열기가 작동하고 있었다. 나는 그에게 요즘 들어 새롭게 도입되고 있는 버스 정류소의 스마트 냉풍기와 온열기에 대해 말했다. 그는 다음과 같이 말했다.

"제가 해외에 나가 있는 일이 많아서 잘 모르겠어요."

이쯤 되니 난 그에게 이유를 알 수 없는 불편함이 서서히 감지되기 시작했다.

만약 저 말을 다니엘 헤니가 했다면 어땠을까.

식사가 끝나고 그는 내게 근처 카페에 가자고 제안했다. 그와 카페로 이동하는 길에 나는 그에게 다음과 같은 말을 했다. "앉아서 읽고 쓰는 시간이 많은 편이라 평소에 자주 걷는 편이에요. 최근엔 헬스장을 등록해서 매일은 아니더라도 일주일에 2-3일은 꾸준히 가보려고 해요."

내 말을 듣고 그는 "저도 산책 자주 하는 편이에요. 저도 많이 앉아 있는 시간이 많아서 이런 운동 자주 해요."
라고 말하며 갑자기 스쿼트 자세를 흉내냈다. 두 팔을 나란히 뻗고 두 무릎을 가볍게 굽혔다 펴는 그의 모습은 스쿼트 동작이라기보단 동요에 맞춰 어설프게 율동을 따라하는 어린이의 모습에 가까웠다. 지금도 난 왜 그가 저 스쿼트 동작을 했는지 이해가 되지 않는다.

만약 저 스쿼트 동작을 차승원이 했다면 어땠을까.

그는 이날의 만남을 위해 두 시간 남짓이 걸리는 약속 장소까지 와 준 것이 고맙고 미안하다고 했다. 그런 의미에서 자신의 차로 직접 내 집 근처까지 데려다주겠다고 했다. 나는 그가 운전하는 차 안에서 소소한 일상 대화를 이어나갔다. 그는 내가 문학을 전공하고 있다는 것을 나름 의식하고 있었기에 그런 말을 했으리라 짐작한다. 문제의 대화는 남산 타워에서 시작되었다. 그의 차를 타고 가던 도중 창밖으로 남산타워가 보였다. 나는 그에게 예전에 친구들과 남산타워에서 케이블카를 탔던 일과, 근처 식당에서 남산 돈까스를 먹어본 경험에 대해 말했다.

내 말이 끝나자 그는 제5공화국 이전까지 남산타워가 북한의 라디오와 TV 방송 신호를 방해하는 전파를 송출하는 역할을 했다는 이야기를 꺼냈다. '북한', '제5공화국'이라는 말이 나와서인지는 몰라도 그는 해방 이후부터 지금에 이르기까지 우리나라에서 발생한 소비에트, 공산주의, 사회주의, 민주주의의 기원과 함께 맑시즘, 사회주의 문학, 모더니즘 문학의 흐름을 장황하게 설명하기 시작했다.

"……그렇게 맑시즘은 혼돈의 역사와 함께 결국 그런 식으로 전락해버리게 된 거지요." 창밖을 응시하며 긴 이야기를 마무리하는 그의 표정은 무언가에 취한 듯 아련해보였다.

만약 이정재가 저런 표정으로 위와 같은 말을 했다면 어땠을까.

그의 운전 덕분에 무사히 집으로 돌아온 그날 저녁이었다. 그는 내게 전화를 걸어 오늘 재미있었다는 말과 함께 다음 만남에는 본인이 내가 사는 지역 근처로 약속장소를 정해보겠다고 말했다. 그리고 얼마 지나지 않아 나는 해그리드와의 두 번째 만남을 갖게 되었다. 이쯤에서 왜 상대에게서 위와 같은 불편한 징조를 느꼈음에도 불구하고 두 번째 만남을 갖게 되었는지 의아해하는 독자들이 있을 것이다. 만약 이 두 번째 만남이 없었더라면 지금 이 글은 쓰지 못했을 것이다.

해그리드와 두 번째 만남을 갖게 된 이유는 그를 향한 호감이 있어서가 아니었다. 그날 예의상 빈말쯤으로 여겼던 그의 약속이 실제로 실행되었다는 점이다. 어느 날 그는 내가 사는 지역까지 직접 찾아왔다. 그리고 나와 20년을 알고 지낸 친구이자 이 만남의 주선자의 입장도 떠올렸다. 마지막으로 내가 그에게서 느낀 불편한 징조가 과연 어디에서 비롯하고 있는지 확인하고 싶었다.

두 번째 약속 장소는 잠실 롯데 타워였다. 주말이라 사람들이 꽤 많았다. 그는 먼저 와 기다리고 있었다. 저 멀리서 그가 나를 보고 "오셨어요?"하면서 빠른 걸음으로 다가왔다. 그날 그의 옷차림은 베이지색 면바지에 주황색 반팔 폴로 티셔츠, 백팩을 메고 있었다. 체중이 많이 나가는 사람이 빠르게 걷거나 뛸 때 보이는 특유의 자세가 있다. 상체의 두께 때문에 두 팔이 옆구리에 붙지 못한 채 벌어진다. 수많은 인파 속에서 주황색 폴로 티셔츠를 입은 해그리드가 그런 자세로 나를 향해 빠른 걸음으로 다가오고 있었다. 나는 나도 모르게 심호흡을 하며 마음을 가다듬었다.

만약 추성훈이 저런 복장과 걸음으로 내게 다가왔다면 어땠을까.

우리는 점심 식사를 하기 위해 근처 푸드 코너로 향했다. 사람이 많아 여기저기 헤매다가 간신히 자리를 잡은 베트남 음식 코너에서 베트남 볶음밥을 주문했다. 음식을 먹는 동안 식당에서 클래식 음악이 흘러나왔다. 그는 미간을 약간 찌푸리더니 다음과 같이 말했다.

"아, 어쩐지 뭔가 거슬린다 했더니 정품 앨범이 아니라 앱에서 다운받아 랜덤으로 틀어주는 음악이었네요."

그는 그렇게 말하며 볶음밥에서 야채만 골라 한쪽에 남겼다.

만약 저 말과 행동을 손석구가 했다면 어땠을까.

나는 식당을 나오며 그에게 음식 중에서 볶음밥 종류는 거의 다 좋아하는 편이라고 말했다. 그러자 그는 "그럼 베트남 한 번 가보셔야 되겠네요."라는 말을 시작으로 자신이 업무차 베트남에 간 일과 볶음밥에 쓰이는 기름 중 하나의 팜유의 수출이 활발히 이루어지는 나라 중 하나가 베트남이라는 말과 함께 팜유의 수출입 구조에 대해 설명하기 시작했다.

만약 저 말을 공유가 했다면 어땠을까.

식사를 하고 난 후 우린 타워 이곳저곳을 구경했다. 미안한 말이지만 난 해그리드와 함께 있는 시간보다는 아쿠아리움과 강철 유리로 된 고층 전망대의 아찔한 풍경을 보는 것이 더 재미있었다. 다행히 그 재미 덕분에 많은 인파가 주는 복잡함과 해그리드에게서 감지되는 이상하고 불편한 징조를 잠시 잊을 수 있었다. 그는 활기차게 걸어다니며 열심히 구경하는 나를 보며 "잘 걸으시네요."라고 말했다. 그 순간 나는 느꼈다. 나를 따라 옆에서 걸으며 숨차는 것을 간신히 참는 해그리드의 가쁜 호흡을. 관람이 끝난 후 우리는 근처 카페로 이동했다.

스몰 토크가 이어지는 도중 그가 나에게 흥미로운 부탁을 했다. "혹시 수첩 있으면 잠시 보여줄 수 있을까요? 글씨체가 궁금해서요."

생뚱맞긴 했으나 어려운 부탁도 아니었기에 나는 선뜻 받아들였다. 난 가방에서 수첩을 꺼내 그에게 직접 건네지는 않고 한 손에 수첩을 쥔 채 다른 손으로 그가 보는 앞에서 빠르지도 느리지도 않은 속도로 넘겼다. 그는 그 광경을 보더니 다음과 같이 말했다.

"역시 작가라 글씨체가 남들과 다르시네요."

나는 아, 그런가요? 라고 대답하며 어색한 웃음을 지은 채 가방에 수첩을 넣었다. 순간 나는 동물원 원숭이가 된 기분이었다. 도대체 저 말의 의도는 무엇이었을까. **만약 원빈이 저 말을 했다면 어땠을까.**

'작가의 글씨체'라는 말이 나와서인지는 몰라도 그는 자신이 한때 작은 지방신문의 문화부 기자로 잠시 일했을 때 있었던 경험담을 말하기 시작했다. 자기가 여지껏 본 작가들의 글씨체는 남들과 달랐다는 것, 내가 인사동에서 만난 원로 작가들은 술을 참 좋아했으며, 난 그분들과 어울리며 술을 마신 적이 있고 술 먹은 다음날에도 마감을 반드시 지켰다는 일화에 대해 이야기했다. 흥미로운 건 그가 내게 그런 말을 하며 그와 친하게 지낸 원로작가들이 누구인지는 한 번도 말하지 않았다.

그는 자신의 취미가 외국어 공부를 하는 것이라고 했다. 그는 내게 외국어를 공부한 흔적이 남아 있는 노트를 보여주었다. 그는 외국어가 빼곡히 적혀있는 노트를 보여주며 자신의 외국어 학습은 독학으로 이루어진 것임을 강조했다. 그는 내게 석사 논문의 주제를 뭐로 할 건지 물어봤다. 그는 자신이 문학 전공자가 아님에도 불구하고 내게 순수 문학 분야가 지닌 전반적인 근황에 대해 말하며 무엇이 주목할 만한 주제가 될 수 있는지에 대한 적절한 예시를 들려고 했다. 그는 문학이라고 말하지 않고 순수 문학이라는 말을 사용했다. 난 이미 석사 논문을 썼고 박사과정까지 수료한 상태였다. 내게 자꾸 석사 논문 주제를 무엇으로 할 건지 물어보길래 나는 담담하게 대답했다.

"이미 석사 논문은 예전에 썼고요. 지금은 박사 수료했어요."

내가 저 말을 하는 순간 그는 어깨까지 들썩이며 화들짝 놀랐다. 난 속으로 이 말이 왜 저렇게 놀랄 일이지, 라고 생각했다. 그는 당황해서 말까지 더듬었다. 그가

"그…그럼 강의하실 거예요?"라는 말에 난 해맑게 "네!"라고 대답했다.

그때부터 그의 말수는 현저히 줄어들었다. 이후 그가 강조했던 순수 문학의 근황에 대한 이야기는 더 이상 하지 않았다. 지금도 나는 왜 그가 저런 말을 했는지 모르겠다.

해그리드의 '화들짝'을 보니 문득 그 기억이 떠오른다. 대학원 석사를 졸업한 지 얼마 되지 않았을 때였다. 간만에 대학원 선배와 후배들을 만나는 저녁 식사 자리에 가게 되었다. 처음 보는 남자가 내게 말을 걸었다. 그는 내게 대학원 수업을 들으면서 한 번도 본 적 없는 분이라며 이런 미인을 왜 보지 못했을까, 라는 짓궂은 농담과 함께 내 옆자리에 앉아서 치근덕거렸다. 그는

내게 석사 입학생이냐고 물었다. 내가 석사를 졸업했다고 하자 그 또한 두 어깨를 들썩이며 화들짝 놀랐다. 심지어 그의 입에서 혁. 하는 소리가 육성으로 터져 나왔다.

이후 그는 더 이상 내게 말을 걸지 않았다. 그는 내 옆자리를 벗어나더니 딱 봐도 대학원에 갓 들어온 신입 여학생들이 앉아 있는 자리에 가서 추근대기 시작했다. 나중에 여자 후배들에게 들은 얘기로는 그 사람은 자기보다 어린 학년의 여학생들에게 상습적으로 추근대는 자라고 했다. 그들의 설명할 수 없는 '화들짝'은 분명 닮아 있었다.

해그리드의 '화들짝' 놀람 교향곡을 감상하고 난 뒤 얼마 지나지 않아 우리는 카페를 나왔다. 시간은 어느덧 저녁 때가 가까워지고 있었다. 롯데 타워에는 영화관도 있었다. 영화관 앞에서 그는 내게 다음과 같이 말했다.

"이쯤 되면 영화를 볼지 저녁을 볼지 집에 갈지 정해야 할 것 같네요. 아하하하하하하하."

만약 저 말을 정우성이 했다면 어땠을까.

나는 그 말을 듣고 "안녕히 계세요."라고 말하며 허리를 굽혀 인사를 했다. 그런 다음 뒤도 안 돌아보고 그 자리를 떠났다.

그에겐 더 이상의 연락이 오지 않았고 나 또한 그가 궁금하지 않았다. 이후 나는 주선자인 친구를 만나 이제까지의 일들을 말해주었다. 친구는 내게 그 사람이 그 정도일 줄을 몰랐다며 심심한 사과를 건넸다. 우리는 해그리드가 왜 그런 말을 했는지에 대해 꽤 오랜 시간 이야기를 나눴고 결국 다음과 같은 결론에 이르게 되었다. 그가 여태까지 제대로 된 연애와 결혼을 하지 못한 이유는 단순히 저주받은 외모 때문만은 아니라는 것. 그가 만약 앞서 비유한 연예인들처럼 생겼다 하더라도, 그와 말과 행동은 아무리 생각해 봐도 용납될 수 없었다. 얼마 지나지 않아 나는 친구에게서 과거 해그리드가 결혼까지 할 뻔했던 여성과의 웃픈 연애담을 전해 듣게 되었다.

여자가 그에게 먼저 교제를 하자고 적극적으로 제안했다고 한다. 그를 만난 후 여자는 그에게 매달 수백만 원의 생활비를 요구했다. 여자는 그를 내조하며 그가 벌어오는 돈으로 가정에 충실한 전업주부의 삶을 살고자 했을 것이다. 그 역시 여자가 자신과 교제하는 이유가 그런 목적을 전제로 하고 있음을 알고 있었기에, 생활비를 요구하는 여자의 부탁을 받아들였으리라 짐작한다.

그러나 그가 여자에게 내어주는 돈은 가정이라는 이름의 기업을 운영하는 데 쓰이지 않고 여자의 명품가방을 구매하는 데 사용되기 시작한다. 자신이 호구가 아닌가 하는 의심이 확신으로 바뀐 순간 해그리드는 여자에게 이별을 통보한다. 여자는 해그리드 앞에서 무릎을 꿇고 빌었다고 한다. 더 충격적인 사실은 이별을 통보받은 날 여자의 어머니는 여자에게 그 앞에서 무릎을 꿇고 빌어서라도 무조건 용서를 구하라고 종용했다는 점이다. 친구 남편의 말에 의하면, 그 여자는 마치 이 세상 것이 아닌 것처럼 뛰어난 외모를 지녔다고 한다. 그녀의 생김이 마치 스튜어디스 같았다는 말을 듣는 순간, 나는 돈 많고 키 작은 이혼남에게 고가의 약혼 반지를 선물받고 소리를 지르며 좋아하는 스튜어디스 최혜정이 떠올랐다. 그가 생활비를 원하는 여자의 요구를 어떠한 이의도 제기하지 않고 받아들인 이유는, 굳이 묻지 않아도 알 수 있었다.

결혼을 위한 결혼이나 다름없던 그들의 관계는 서로를 하나의 인격체가 아니라 자신의 목적을 달성하기 위한 일종의 수단으로 여겼기 때문에 가능한 것이다. 친구는 이 사실을 알았더라면 나에게 그를 애초부터 소개하지도 않았을 것이라고 했다. 더 재미있는 사실은 친구가 이 만남을 주선하게 된 계기가 그의 어머니의 부탁 때문이었다는 것이다. 난 그 말을 듣고 친구에게, 해그리드가 여자 소개는 꾸준히 들어오고 있다는 말을 한 적 있다고 했다. 그러자 친구는 의아해하며 내가 아는 한 그런 경우는 들어본 적 없다고 말했다. 해그리드의 웃픈 흑역사 연애담을 듣고 나서야 난 그에게서 느꼈던 이상하고 불편한 징조가 그제야 이해되기 시작했다.

해그리드에게 '나'라는 존재는 예상치 못한 변수였다. 한때 문화부 기자 일을 하면서 적지 않은 원로 시인과 소설가들을 알고는 있지만 평론가는 본 적 없었기에 단지 궁금해서 나와의 만남에 임하게 되었다는 것. 내가 상상하는 평론가 이미지는 쌈닭인 줄 알았는데 꼭 그렇지만은 않다는 사실을 나를 보며 알게 되었다는 것. 어차피 나는 이 만남이 아니더라도 연애, 결혼 시장에서 꾸준히 여자 소개가 들어올 만큼 자신을 찾는 구매자들이 항시 대기중이라는 것. 부모님이 운영하는 꽃차 가게를 물려받는 일이 기정사실화되어 있다는 것. 스쿼트를 자주 할 정도로 평소 자기관리도 꾸준히 하는 편이라는 것. 정품 앨범이 아닌 음악을 구분할 줄 아는 절대 음감을 가지고 있다는 것. 외국어 공부가 취미이고 웬만한 외국어는 독학으로 습득이 가능하다는 것. 문학 전공자가 아님에도 대중 문학과 순수 문학을 구분할 줄 알며, 논문이 될 만한 다양한 주제를 조언해 줄 만큼 문학에 대한 안목이 남다르다는 것.

그러나 그가 예상하지 못한 게 있었다. 나는 이미 석사 논문뿐만 아니라 박사 논문까지 썼다는 것을. 그제야 난 해그리드의 '화들짝'이 이 '예상치 못함'에서 기인한다는 걸 알게 되었다. 이 사실을 안 순간 난 그가 참으로 병맛스러웠다. 그의 예상대로라면 자신이 이 정도까지 어필했으면 상대방은 다음과 같은 반응이 나왔어야 했다.

그런 저명한 원로작가분들과 아는 사이라니 인맥이 좋으시네요. 꽃차 가게 사업까지 물려받을 예정이라니 누가 봐도 앞날이 창창하네요. 여러 나라의 외국어 인사말을 할 줄 안다니 능력자시네요. 스쿼트 자세가 제대로 잡혀 있는 거 보니 운동신경도 남다르시네요. 정품 앨범이 아닌 음악도 구분할 줄 아는 절대음감인 거 보니까 음악에도 조예가 깊으시네요. 맑시즘부터 사회주의의 변모양상과 문학사조의 흐름을 줄줄이 꿰차고 있으신 거 보니 평소에도 학구열이 대단하시네요. 작가의 글씨체도 구분할 줄 알다니 눈썰미가 남다르시네요.

그의 예상대로라면 내가 보기엔 참으로 어쭙잖고 어설픈 지식의 허영을 나열하기만 해도 상대방에게서는 위와 같은 반응이 나와야 했다. 본인도 알고 있을 것이다. 그런 방식으로 자신을 어필해야만 연애, 결혼시장에서 그나마 자신의 존재가 먹힌다는 것을. 이후 친구에게서 들은 얘기로는 가족들에게 나에 대한 이야기는 단 한마디도 하지 않는다고 했다. 나는 그가 나에 대한 이야기를 안 하는 게 아니라 못 했을 것이라고 생각했다.

해그리드와의 화들짝 소개팅이 끝나고 계절이 바뀔 만큼의 시간이 흐른 어느 날이었다. 간만에 그 친구를 만나서 수다를 떨다 보니 자연스럽게 해그리드의 이야기가 나왔다. 친구는 갑자기 무언가 생각난 듯 소스라치게 놀라며 다음과 같은 말을 하기 시작했다. 친구가 모처럼 가족들과 함께 시댁에 간 어느 날이었다.

친구는 해그리드의 열린 옷장 서랍 안에서 여성의 브래지어를 보게 된다. 순간 친구는 흠칫 놀라며 왜 여성 속옷이 그의 옷장 안에 있을까, 예전 여친이 두고 간 것을 미처 치우지 못했나, 라는 생각을 잠시 했다고 한다. 그러나 자세히 보니 그 속옷은 여성용이 아니라 분명 '남성용'이었다. 친구는 머릿속이 복잡해졌다. 출산 경험이 있는 친구는 아무리 임산부용 속옷이라 하더라도 저런 크기의 여성용 속옷은 있을 수 없으며, 저 속옷의 정체와 용도는 과연 무엇일까를 생각하며 한동안 충격에 휩싸이게 된다. 그것의 정체는 바로 남성의 여유증을 보정하기 위해 만들어진 남성용 브래지어였다. "남성용 브래지어", "남성 여유증 보정 속옷"을 검색해보니 친구가 목격한 그것을 쉽게 찾아볼 수 있었다.

순간 내 머릿속에서 브라자를 하고 미간을 찡그린 채 정품 앨범이 아닌 음악 소리를 구분하는 해그리드의 모습이 스쳐 지나갔다. 난 브라자를 착용하지 않으면 안 될 지경에 이르기까지 그가 어떤 마음으로 자신을 부정해왔을지를 생각해보았다. 그러나 친구의 말을 전해 듣고 난 그를 향한 일말의 안쓰러움마저 사라졌다. 친구가 말하길 해그리드는 여전히 변한 게 없다고 했다. 그때보다 체중이 더 늘어버린 해그리드에게 그의 어머니는 "우리 아들은 살만 빼면 연애도 하고 결혼도 할 수 있을텐데."라는 아쉬움이 섞인 잔소리를 종종 건넨다고 한다. 그럴 때마다 그는 이렇게 말한다고 했다.

"이거 살 아니고 근육이야. 그리고 나는 결혼을 못 하는게 아니고 안 하는 거야."

저 말을 마동석이 했다면 어땠을까.

난 지금도 해그리드가 지닌 이해할 수 없는 사고방식이 자기 객관화가 부족해서 발생하는 것인지, 아니면 '살만 빼면 결혼도 할 수 있다'는 근거 없는 자신감을 부추기는 가정 환경 때문인지를 생각해 본다.

에필로그

> ※ 주의: 이 글은 학벌의 중요성을 강조하거나 특정 성별의 외모나 체형을 비난하려는 의도가 없음을 알린다.

이 글은 서른 중후반 이후의 나이대에 속하는 여성이라면 누구나 한 번쯤은 들어봤거나 경험해본 적 있는 웃픈 소개팅 경험담 중 하나일 뿐이다. 이 글을 읽으며 지금까지 살면서 경험해본 잊지 못할 소개팅의 추억을 떠올리길 바란다. 그와 함께 너무 병맛스러워서 도저히 잊을 수 없는 그들의 존재들도 떠올려보길 바란다.

"너 나이에 상대방 얼굴을 봐?" "그러다가 나중에 늙으면 외롭다." "나중에 연애/결혼 하려고 해도 괜찮은 사람은 이미 다 결혼해서 남아 있는 사람이 없어." "그래도 애는 낳아야지. 나중에 애 낳고 싶어도 못 낳아." "그렇게 따지면 연애도 결혼도 못해." "결혼은 뭘 모를 때 해야지 결혼할 수 있어."라는 말에 이런 말들 앞에서 불편함을 느끼는 나를 이상하게 여기지 않았으면 한다.

맞아, 저들 말대로 내 나이에 연애나 결혼 상대가 없는 것보다는 낫지, 라고 여기며 저들의 기준에 스스로를 맞추지 않았으면 한다. 누군가는 이 불편함을 감지하는 감각 덕분에 이 글을 쓸 수 있다는 사실을 알아주길 바란다. 이 불편함을 감지하는 감각은 앞서 말한 '상식적으로 이해되지 않는 사고방식'을 지닌 그들을 통해 얻게 된 것이다. 그들을 향한 무수한 빡침과 유치함, 허세와 병맛스러움을 경험하며 체득하게 된 이 감각이 서른 중후반 이후의 삶을 살아갈 여성들에게 작게나마 도움이 되기 바라며 이 글을 마친다.

4부

어떤 구도求道

어떤 구도求道

읽는다. 읽어라. 읽을 수 있다. 읽어야 한다. 읽어야만 한다. 읽지 않으면 안 된다. 이 순간만큼은 내 앞에 놓인 글자들만 생각해라. 다른 건 생각하지 않는다. 이곳에는 나와 내 앞에 놓인 무수한 글자들밖에 없다. 다른 건 없다. 그들이 남긴 무수한 글자들. 무수한 글자들이 모인 문장들. 문장들 안에 담긴 그들의 흔적들. 그 안에 그들이 남긴 흔적이 있다. 그 흔적을 안에 그들이 미처 말하지 못한 것들이 남아 있다. 그들이 남긴 무언無言의 무엇. 말할 수 없기에 무언으로 남겨질 수밖에 없는 것들. 무언이기에 무언의 흔적으로 남겨진 것들.

난 나보다 오랜 시간을 살다간 자들이 남긴 무언의 것들을 읽는다. 나보다 먼저 살다간 그들이 남긴 흔적들. 내가 죽은 이후에도 남겨질 그들의 흔적들. 그들이 필사적으로 남기고자 했던 모든 것들. 읽는다. 읽어라. 읽을 수 있다. 읽어야만 한다. 읽지 않으면 안 된다. 읽어야지 내 숨통이 트인다. 읽어야지 내가 산다.

반복한다. 반복해야 한다. 반복해야만 한다. 반복하지 않으면 안 된다. 그러다 보면 글자 너머의 것들이 보이기 시작한다. 내 눈앞에 그들이 남긴 무언의 흔적들이 다시금 유언幽言의 형상으로 되돌아오는 순간들. 유언의 형상으로 돌아오는 그 순간들을 쓴다. 써라. 쓸 수 있다. 써야 한다. 써야만 한다. 쓰지 않으면 안 된다. 그 순간을 위해 내 모든 것을 쏟아부어라. 그 순간의 지점에 들어서게 되면 보이는 것들이 있다.

무언으로 남은 그들의 흔적이 마침내 깊은 유언으로 남는 지점. 그것들을 써야 한다는 것마저 의식하지 않는 지점. 어떤 것으로도 설명되지 않는 지점에서 무수히 쏟아지는 것들이 있다. 쏟아져서 여기저기 부유하는 무언의 실체들. 어디서 시작되거나 끝나는지도 모른 채 끊임없이 흘러가고 있는 그것들.

쏟아져서 여기저기 부유하는 것들을 받아적고 싶다. 받아적는다. 받아적어야 한다. 받아적어야만 한다. 받아적지 않으면 안 된다. 그것들을 받아적는 순간만큼은 더할 나위 없이 고요하고 평온하고 뜨겁고 아득하고 애달프고 설레고 황홀해져버리는 기분. 그들이 남긴 무언의 흔적이 깊은 여운으로 남아 내 몸 속 깊은 곳에서 쿵, 쿵 울리는 순간. 그 순간에 들어서게 되면 내 몸은 마치 깊고 푸른 심연을 자유롭게 유영하거나 아무도 없는 새벽 하늘을 날아다니는 기분. 그 세계는 만물이 잠들어 있는 풍요로운 심연의 풍경. 그들이 남긴 무언의 심연에 들어가 그들의 기원과 함께하는 순간. 그들이 앓았던 무참한 고독마저도 온전히 느끼는 순간.

그 순간에 다다르기 위해 나를 계속 비워내는 일. 그 순간을 위해 내 모든 것을 내어주는 일. 그들이 잠시 머물다 갈 공명의 몸이 되는 일. 그 황홀하고 아득한 정신의 순간. 그러기 위해 그들이 미처 말하지 못한 무언의 흔적들을 읽어내는 일. 그들이 남긴 모든 것들을 뼈에 사무칠 만큼 내 몸 안에서 쿵, 쿵 울릴 만큼 읽고 쓰는 일. 이것이 내가 할 수 있는 유일하나 일이자 그들을 위해 내가 해야만 하는 일. 그늘도 살리고 나도 살 수 있는 방법. 내가 앞으로 평생을 다스려야 할 내 안의 작은 신이자 나의 구도求道.

그들이 남긴 무언의 지점에서 공수가 내려온다. 더할 나위 없이 고요하고 평온하고 뜨겁고 아득하고 애달프고 설레고 황홀한 언어들. 그것들이 무수히 쏟아진다. 난 그것들을 받아적고 싶다. 받아적는다. 받아적어야 한다. 받아적어야만 한다. 받아적지 않으면 안 된다. 어디서 시작되거나 끝나는지도 모른 채 끊임없이 흘러가고 있는 그것들. 다시 반복한다. 반복해야 한다. 반복해야만 한다. 반복하지 않으면 안 된다. 또박또박 읽고 쓴다. 읽고 쓸 수 있다. 읽고 써야만 한다. 읽고 쓰지 않으면 안 된다.

난 맑은 정신으로 세상의 모든 것을 읽고 쓴다.

구도에 덧붙여

밀도를 지닌 것들에 대해 생각한다. 무수한 반복이 쌓여 응축된 것. 오랜 시간 동안 꾸준히 무언가를 해 온 사람에게서 느껴지는 단단함과 고요함. 잔인할 만큼 성실하고 압도적으로 꾸준해야지만이 얻을 수 있는 것. 단단하고 우아하게 압도적이며 신비롭고 아름답기까지 한 것. 어떠한 설명이나 정의도 필요 없이 이미 그 자체로 모든 것을 말해주는 것. 마치 아름다운 괴물 같은 것. 나는 이 아름다운 밀도를 지닌 것들을 사랑한다. 나의 사랑은 그들이 왜 밀도를 지닐 수밖에 없었는지 알고자 하는 마음에서 비롯한다.

난 그들이 밀도를 지니기까지 기꺼이 감내해야 했던 지난한 사투의 흔적을 오래도록 들여다보고 싶다. 그들이 남긴 사투의 흔적을 오래도록 들여다보고 있으면 이상하게 아름다운 지점에 이르게 된다. 그 지점은 마치 평온한 각성 상태를 닮아 있다. 그 상태에 이르면 이곳은 아주 잠시 다른 세계가 되어버린다. 정확하게는 그 어떤 것으로도 설명할 수 없는 정신 상태라고 볼 수 있다. 분명 가장 약해져 있으나 그렇다고 나를 해하는 불손한 것들이 함부로 침범하는 것을 허용하지 않는 결연한 상태. 모든 것을 온전히 받아들일 수 있을 만큼 정신의 각성에 들어서 있는 순간이라고 볼 수 있다. 이 상태에 들어서게 되면 더할 나위 없이 평온해진다.

어쩌면 내가 들여다보고 싶은 아름다움이란 나조차도 잊을 만큼 몰두할 수 있는 힘이 어디에서 비롯하는지 알고 싶은 마음인지도 모른다. 단단하고 우아하게 압도적이며 신비롭고 아름다운 지점에 다다르고 싶은 마음. 이것이 내가 밀도를 지닌 것들을 사랑하게 된 이유다. 평론이란 이 '마음'을 들여다보는 일이다. 그들이 지닌 아름다움과, 그 아름다움을 위해 기꺼이 감내해야 했던 지난한 사투의 흔적을 헤아리는 일. 그리고 그 과정에서 그들이 미처 말하지 못한 것들을 말하는 일.

이것이 내가 추구하는 평론이다. 언젠가 등단 소감에서 평론을 쓴다는 것은 내가 사랑하는 것들을 향해 책임을 지는 일이라고 한 적 있다. 나에게 책임이란 그들이 지닌 아름다움을 증명하는 일이다. 중요한 건 그들을 사랑하는 ‘나’가 아니라 내가 사랑하는 ‘그들’이어야 한다. 그러기 위해선 내 몸은 그들을 담는 빈 공명이 되어야 한다. 그들의 아름다움 뿐만 아니라 그들의 아픔과 슬픔, 고통까지도 함께 앓아내야 한다. 그들의 마음을 온전히 이해할 수는 없어도 그들의 심연에 닿아야 한다. 그들이 남긴 글자 하나하나가 내 몸 안에 스며들도록 몇 번이고 읽어야 한다.

상대의 목덜미를 물고 늘어지며 기어코 숨통을 끊어놓는 맹수처럼, 평론은 집요하고 끈질기게 읽어내는 것에서부터 시작한다. 그들을 읽는 나의 모습에 도취되어서는 안 되고, 단지 그들의 아름다움만을 나열하는 것에 그쳐서도 안 된다. 그들을 읽는 나의 마음이 지나치게 비장해지거나 가벼워져서도 안 된다. 그들을 향한 나의 시선이 그들의 아름다움을 함부로 훼손해서도 안 되며, 그렇다고 그 시선이 사라져서도 안 된다. 그들을 향한 나의 시선과, 내가 사랑하는 그들이 바라보는 시선은 같은 곳을 향한다. 그곳은 말할 수 없기에, 말할 수 없음이라는 무언의 사태로 존재한다. 그 지점에 이르기까지 고도의 지구력을 요하는 일이 평론이다.

　그 지점에 이르기 위해선 그들을 읽어내야 한다. 그들을 읽는 일은 보이지 않는 사투와 다를 바 없다. 그들 안에 담긴 무수한 반복이 쌓여 응축된 무언의 것을 읽는다. 글자 하나하나가 내 몸 안에서 쿵, 쿵 울릴 때까지 읽기를 반복하다보면 내 머릿속에서 내 의지와는 무관하게 발생한 무수한 글자들이 떠오른다.

　그것들은 예측할 수 없는 장면으로 발현된다. 장면들이 서로 뒤엉키며 치열한 시가전을 이룬다. 시가전을 방불케하는 풍경들의 연속이 영감의 순간이라 한다면, 그 순간이 주는 풍경의 잔상을 무시하지 말되 섣불리 단정 짓지 말아야 한다. 그 순간이 주는 출처 없이 부유하는 무수한 풍경들 중에서 써야만 하는, 쓰지 않으면 안 되는 분명한 잔상이 있다. 마치 공수를 받듯 선명하게 내 눈앞에 보이는 무언의 문장들.

　그 문장을 써야 한다. 이 문장을 받아적기 위해서는 외로운 사투에 골몰해야 한다. 꿈도 허투루 보내지 마라. 종종 그것은 꿈에서도 선명하게 나올 때가 있다. 머리맡에 일기장과 연필을 두고 잠에 든 적도 있었다. 어둠 속에서 실낱같은 윤곽을 더듬어가듯이, 자는 도중에 일어나 잔몽을 기록하는 나날이 이어졌다.

　그것들을 읽고 쓴다는 것은 출처 없이 부유하는 그것들의 존재를 알리는 일이다. 무언으로만 존재하는 그것들이 잠시 머물

수 있는 공간을 내어주는 일이다. 내 의지와는 무관하게 발생한 무수한 장면들이 서로 뒤엉키며 시가전을 이루는 치열한 사투가 잠잠해지는 지점이 있다. 사투마저 의식하지 않는 지점에서 자연스럽게 흘러나오는 문장이 있다. 물을 마시거나 눈을 깜박이듯이, 숨을 쉬거나 세수를 하듯 여느 평범한 일상의 일부처럼 자연스럽게 나오는 문장들. 쓴다는 것마저 의식하지 않는 지점에서 나오는 문장들. 그 지점에 이르러야지만이 내가 그토록 바라는 그것의 존재가 나오는 것이라면. 그 지점에 이르는 일이 그들을 향한 사랑이라 한다면. 난 이 무참하고 외롭고 종종 황홀하고 아름다운 시간을 기꺼이 감내할 것이다.

나는 종종 묻는다. 왜 나는 그 지점에 이르고자 하는 것인가. 그 질문은 다음과 같은 의문으로 이어진다. 나에게 읽고 쓰는 일이란 무엇인가. 왜 나는 읽고 쓰는 일을 하지 않으면 안 되는 것인가. 만약 그 이유가 그것을 향한 나의 사랑에 기반한다면, 그 사랑은 일종의 결핍에 바탕을 두고 있을 것이다. 나도 할 수 있는, 해야만 하는, 하지 않으면 안 되는 간절한 마음을 지니게 하는 무언가가 생겼다는 것. 그것이 현실에는 존재하지 않는 것이라 할지라도 누군가에게는 삶을 살아가는 힘이 될 수도 있다는 것. 나 또한 그것이 나를 살게 하는 힘이 된다는 것을 알게 되는 순간이 있다. 그 사실을 알게 되고 나서부터 난 다시금 이지루하고 무참하고 외로운 사투를 계속 이어가지 않으면 안 된다는 것을 알게 되었다. 지루하고 무참하고 외로운 사투에 몸서리치다가도, 그 지점에 이르러야지만이 평온을 얻는 나를 보며 난 앞으로도 그것들을 사랑해야겠다는 생각이 들었다.

영화 〈국보〉(2025)에는 다음과 같은 장면이 있다. 평생을 가부키에 헌신한 주인공 키쿠오는 오랜 세월이 흐른 뒤 당대 최고의 가부키 배우가 된다. 영화의 후반부에서 인간 국보가 되어버린 키쿠오에게 누군가 묻는다. 당신이 생각하는 아름다움이란 무엇이냐는 질문에 그는 어릴 적 아버지가 죽던 날의 풍경을 떠올린다. 하얀 눈이 쏟아지던 그날의 장면을 떠올리며 그는 "그것은 마치 뭐랄까. 말로는 설명할 수는 없는데……"라고 말끝을 흐린다. 그는 친구 슌스케와 함께 아무도 없는 무대 위 조명 너머를 올려다보며 분명 저 위에서 보이지는 않지만 무언가가 우리를 내려다보고 있다고 말한다. 그들이 원하는 건 그들을 내려다보고 있는 무언가가 있는 미지의 그곳에 닿는 일이다.

나도 내가 생각하는 아름다움이란 무엇인지에 대해 생각해본다. 말할 수 없기에, 무언으로 이어지는 불가능한 사태 같은 것. 말할 수 없기에 오직 비유로만 말해질 수밖에 없는 것. 어떠한 설명이나 정의도 없이 이미 그 자체로 모든 것을 말해주는 것. 그 사태가 무수히 반복되어 응축된 것들을 사랑한다. 깊고 푸른 심연의 풍경이나, 몇백 년 묵은 거대한 나무의 시간 같은 것. 그리고 그것들을 닮은 괴물같은 문장들에 매료된다. 나는 그 아름다운 장면들이 내게 다가온 특별한 순간을 기억한다. 언젠가 은사님은 갓 등단한 내게 어두운 바다에 서 있는 고요한 등대 같은 글을 쓰라는 말씀을 하신 적이 있다. 난 지금도 그 말씀이 오래도록 기억에 남는다. 그 말씀을 듣는 순간 내 눈앞에서 깊고 푸른 바다의 풍경이 펼쳐졌다. 만물이 잠들어 있는 고요한 심연 속을 들여다보는 하얀 등대. 어두울수록 빛을 발하는 그것. 언제부터 그곳에 서 있었는지 짐작할 수 없을 만큼 한결같이 바다를 지키고 있는 그것. 그 풍경과 함께 내 가슴 저편에서 어둠 속을 비추는 밝고 환한 빛의 온기가 느껴졌다.

어느 날 하얀 호랑이가 나오는 꿈을 꾼 적이 있다. 호랑이는 내 주위를 어슬렁거리다가 내 손을 꽉 물었다. 꿈을 깨고 나서도 물린 손이 뻐근했다. 난 그 꿈을 꾸고 나서 얼마 지나지 않아 등단을 했다. 그날의 호랑이는 이후에도 내 꿈에 한 번 더 나왔다. 어느 깊은 산속, 맑은 물이 흐르는 계곡 위에 내가 서 있었다. 계곡을 사이에 두고 건너편에서 하얀 호랑이가 유유히 걷고 있었다. 난 호랑이를 숨죽인 채 바라보았다. 무섭다는 느낌은 들지 않았다. 이상하리만치 평온한 마음이 들었다.

난 가끔씩 그날의 하얀 호랑이를 떠올린다. 난 그 호랑이가 보이지 않는 곳에서 나를 지켜주고 보살펴주는 작은 신이라고 믿는다. 숨막힐 듯한 고독과 고립의 시간을 견디게 해주는, 불안하고 초조하고 막막하고 억울하고 성난 마음을 가라앉히고 어떠한 상황에서도 다시금 읽고 쓰는 마음이 들도록 나를 다독여주고 보살펴주는 힘.

깊고 푸른 심연 한가운데 서 있는 등대와 그날의 호랑이를 떠올릴 때면 나의 마음은 더할 나위 없이 고요하고 평온하고 뜨겁고 아득하고 애달프고 설레고 황홀해진다. 그것은 슬픈 것도 그렇다고 기쁜 것도 아닌, 한없이 그립고 애달픈 것이 가슴 근처에서 빠져나오지 못한 채 내 몸 안에서 오래도록 맴도는 느낌이다. 난 내 몸 안에서 오래도록 맴도는 그것이 내가 평생을 다스려야 할 내 안의 작은 신이라는 걸 깨달았다.

밀도를 지닌 문장에 대해 생각한다. 잔인할 만큼 성실하고 압도적으로 꾸준하게 읽고 써야지만이 얻을 수 있는 문장. 단단하고 견고하고 우아하게 압도적이며 신비롭고 아름답기까지 한 문장. 어떠한 설명이나 정의도 필요없이 이미 그 자체로 모든 것을 말해주는 문장. 나는 이 밀도를 지닌 문장을 사랑한다. 나의 사랑은 그 문장들이 왜 밀도를 지닐 수밖에 없었는지에 대해 알고자 하는 마음에서 비롯한다. 그 밀도를 지니기 위해 평생을 바친 자들의 삶과 그들이 남긴 모든 것들을 들여다보고 싶다. 그들이 밀도를 지니기까지 기꺼이 감내해야 했던 지난한 사투의 흔적을 오래도록 들여다보고 싶다. 그들이 남긴 사투의 흔적을 오래도록 들여다보고 있으면 이상하게 아름다운 지점에 이르게 된다. 무언으로 남은 그들의 흔적이 마침에 깊은 유언으로 남는 지점. 그 어떤 것으로도 설명되지 않는 지점에서 무수히 쏟아지는 것들이 있다. 쏟아져서 여기저기 부유하는 무언의 실체들. 어디서 시작되거나 끝나는지도 모른 채 끊임없이 쏟아지고 있는 그것들.

그것들을 받아적는 일이 나의 구도다. 그 일을 왜 하는지를 묻는 일이 부질없을 만큼 그저 일상의 한 일부처럼 그저 묵묵히 읽고 쓰는 일이 이상하지 않는 지점에 이르는 일. 어떤 구도는 나의 기원이자 세상의 기원을 향한다. 난 내 안의 신에게 다음과 같이 기도한다. 당신의 보살핌을 받고 읽고 쓴 모든 글들이 나를 지켜주는 부적이자 주문이 될 것이니 어떤 것도 근심하거나 두려워하지 않는 마음을 지니게 해 주세요. 어떤 경우에도 내가 반드시 읽고 써야 할 것들을 읽고 쓸 수 있는 지치지 않는 힘을 주세요. 읽고 쓰는 일이 나의 업보이자 빌어야 할 공덕이라면 그것들을 기꺼이 감내할 수 있는 힘을 주세요. 그것들을 읽고 쓰는 순간만큼은 나를 힘들게 하는 불안과 초조, 슬픔과 분노, 고독조차 생각나지 않는 몰입의 순간이 되게 해주세요. 그럼에도 불구하고 다시금 읽고 쓰는 마음을 잃거나 잃지 않게 해주세요. 세상의 모든 것들을 읽고 쓸 수 있는 맑은 정신을 유지하게 해주세요. 내 안의 작은 신이여, 그 순간만큼은 나의 존재가 잠시 사라져도 좋으니 언제든 내 몸 안에 들어와 머물다 가시길.

마지막으로 다시 한번 이 말을 반복한다.

난 맑은 정신으로 세상의 모든 것들을 읽고 쓴다.

이상하게 아름다운 것

웹진 〈비유〉 (2019) 수록

1. 당신이 쓴 것

문득 이런 장면이 떠오른다. 영화 〈아가씨〉의 주인공 타마코는 연인 숙희를 바라보며 속으로 다음과 같은 말을 한다. '내 인생을 망치러 온 나의 구원자. 나의 숙희, 나의 타마코.' 타마코의 말은 마치 이렇게 들린다. 차라리 죽는 게 나을 법한 끔찍한 나의 삶을 파괴하러 온 나의 구원자이자 나의 모든 것. 서로의 이름으로 불릴 만큼 언제 어디서든 나를 대신할, 내가 영원히 사랑하는 당신이라는 존재. 그와 함께 이전과는 다른 삶을 살게 될지라도, 내가 지닌 모든 것을 포기할 위험을 감수하더라도 당신이란 존재를 기꺼이 받아들이는 일, 내 삶에 거대한 균열을 안겨다준 당신이라는 재앙을 사랑하는 일. 이전에는 경험해보지 못한 낯설고 위험한 당신이라는 재앙이 나에게 다가오는 그 순간은, 이상하게 아름답다. 내 삶을 망치러 온 존재로 인해 발생하는, 이상하게 아름다운 사태에 대해서.

천운영의 소설에서는 이와 같이 이상하게 아름다운 사태들이 나타난다. 그녀의 등단작 「바늘」(2000년 동아일보 신춘문예)을 떠올려본다. 내 몸을 가장 강력한 무기들로 가득 채워달라는 남자의 가슴에, 새끼손가락만 한 바늘을 그려주는 여자 문신사 이야기. "그는 이제 세상에서 가장 강한 무기를 가슴에 품고 있다. 얇으면서 가장 강하고 부드러운 바늘."(「바늘」 중에서) 이후 바늘과도 같은 그녀의 언어는 세상에서 가장 강한 무기가 되어 자신만의 미학을 이루어나간다. 왜 그 순간은 이상하게 아름다울까. 왜 작가가 다가가고자 하는 그 지점은 이상하게 아름다울까. 천운영의 언어가 세상에서 가장 아름다운 상처이자 고통스러운 장식이라는 강력한 무기가 될 수 있는 건, 대상을 향한 간절한 욕망 때문이다.

① 나는 인간의 연약한 육체에 수를 놓겠다.

육체와 그 위에 새겨진 글귀 사이에 공존하는 어떤 것. 그
것은 아름다운 상처, 혹은 고통스러운 장식이다.[1]

② "진화와 소멸이 함께 살고 있"는 할머니의 가슴.[2]

③ 그것은 푸른 문신이거나 먼 나라에서 행해졌다는 살인자
의 낙인처럼 거북하게 느껴졌지. 도발적이면서도 낯선, 네
가슴 위의 푸른 꽃.[3]

어떤 대상을 아름답게 여긴다는 건, 그것을 간절히 욕망하고
있다는 것과 다르지 않다.[4] 나는 아름다운 너라는 "도발적이면
서도 낯선" 미지의 대상을 간절히 욕망한다. 그 대상이 영원하
지 않으리라는 것을 알면서도, 소유할 수 없다는 것을 알면서
도 욕망하는 일. 진화와 소멸이 함께 살고 있는 인간의 육체와,

1 천운영, 「바늘」, 『바늘』, 창비, 2001, 27쪽.
2 천운영, 「명랑」, 『명랑』, 문학과지성사, 2004, 15쪽.
3 천운영, 「세 번째 유방」, 앞의 책, 133쪽.
4 조르주 바타유, 조한경 옮김, 『에로티즘』, 민음사, 2009, 163쪽.

그 위에 새겨진 글귀 사이에 공존하는 그 어떤 것을 언어로 영원히 지속하는 일. 바로 이것이 아름다움을 소유하는 천운영만의 방식이다. 그녀의 네 번째 소설집 『그녀의 눈물 사용법』(창비, 2018)에서도 작가가 구현하는 아름다움의 방식은 여지없이 드러난다.

> 그는 조명 아래에서 노파의 몸이 살아나는 것을 본다. 그것은 그가 여태 상상하고 단정지은 추악하고 안쓰러운 늙음이 아니었다. 늘어진 젖가슴은 사막의 사구들을 닮았다. 노파의 몸은 한없이 부드러운 강물처럼, 풀과 나무와 바위까지 품어안는 대지처럼, 나뭇잎을 살랑이게 하는 시원한 바람처럼, 살아 있는 몸이었다. 소멸과 생성이 공존하는 자연 그 자체. 연한 색깔의 젖꼭지는 이제 막 이차성징을 겪고 있는 소녀의 미숙한 젖꼭지와 같았다. 조명 아래에서 노파의 몸은 부끄러워하고 시샘하고 달아오르는 소녀의 몸이었다. 소멸과 생성이 공존하는 원숙한 자연이자 소녀인 노파의 몸.[5]

5 천운영, 「소년 J의 말끔한 허벅지」, 『그녀의 눈물 사용법 1』(큰글자 도서), 창비, 2018, 39-40쪽.

소년 J의 등장처럼, 자신의 삶에 균열을 안겨다준 재앙과도 같
은 그 존재는 어느 날 갑자기 찾아온다. 아내의 외도 상대가 자
신의 누드 사진관에서 일한지 얼마 안 된, 열여덟 살의 소년 J가
아닐까 의심하는 나. 젊고 아름다운 아내에 비해 늙고 볼품없는
자신을 비교하며 그는, 젊음은 아름답고 늙음은 추하다고 여긴
다. 그는 누드 사진을 찍는 젊은 모델들을 비롯해, 아내와 J가 지
닌 모든 젊음의 열기를 시기하고 동경한다. 그러던 어느 날, 그
는 자신 몰래 아내의 누드를 찍고 있을 거라 예상하던 것과는 달
리, 할머니의 누드 사진을 찍고 있는 J를 발견한다. 소년 J가 생
각하는 가장 아름다운 육체는 소멸과 생성이 공존하는 노인의
몸이다. 가장 아름답고 특별한 그들의 몸을 카메라에 담는 J를
보는 나. 그 순간 젊음의 열기를 시기하고 동경하던 나의 불안
함은 어느덧 평온을 되찾는다.

작가가 추구하는 아름다움은 가져서는 안 될 헛된 욕망이나
쾌락과도 같은 무책임한 자기애가 아니다. 젊음의 열기를 시기
하고 동경하는 나의 모습을 확인하는 것처럼, 자신이 그 무엇을
욕망하는 대상이 되었다는 것을 실감하는 일. 더 나아가 그것이
계기가 되어 이전과는 다른 삶을 향해 나아가는 강력한 존재의
의지로 작용하는 일. 이전과는 다른 삶의 의지를 추구하는 것이

야말로 아름다움의 가치를 이룬다. 그 이후의 삶이 죽음을 앞두고 있을지라도 말이다. 이는 존재의 현존을 뒤흔들 만큼의 큰 사건이다. 차라리 죽는 게 나을 법한, 혹은 살아 있는 것조차 잊고 지낼 만큼 불행하고 무력한 존재가 당신이라는 사건을 만나는 일. 세상에서 가장 아름답고 특별한 누드 사진을 찍는 소년 J. 고모가 사랑에 빠진 파키스탄 남자(「알리의 줄넘기」). 뱀의 눈동자를 지닌 신비로운 여인(「내가 데려다줄게」). 봄을 잉태하고 봄을 낳는 당신(「노래하는 꽃마차」)들이라는 존재처럼.

2. 내가 쓴 것

소설을 쓴다는 것은 어쩌면 세상에 진 빚을 갚는 것인지도 모른다. 내가 외면한 세상, 내가 저지른 실수, 알게 모르게 저지른 세상에 대한 교만과 악행들. 그것에 대한 고백성사이며, 자기반성이며, 죄사함이다. 세상이 진 빚이 없으니 자유로운 소설이 나온다는 것은 그야말로 기만이고 자기합리화다. 어찌 이 세계에 무결할 수가 있겠는가. 하물며 내가 먹고 싸고 자는 동안에도 물과 공기와 나무들은 죽어가는데, 내가 사랑을 노래하는 동안 세

상에는 유괴와 질서와 범죄들이 난무하는데. 한낱 글쓰
기 재능으로 세상에 제멋대로 군림하면서 죄의식도 갖
지 않는다면, 그렇게 나온 소설이 과연 순수한 것일까?[6]

　당신을 처음 본 건 2004년의 어느 낭독회 자리에서였다. 난 당
시 겨우 스무 살이 된, 문학을 지망한다고 말하는 것조차 쑥스러
운 대학 1학년생이었다. 당신은 낭독회에 참석한 독자들과 함
께 최근 출간한 소설집에 대한 이야기를 나누었다. 그것이 아마
당신의 두 번째 소설집 『명랑』(문학과지성사, 2004)이었을 것
이다. 그날 당신이 말한 이야기들이 희미하게 떠오른다. 당신의
작품에 나오는 육식에 대한 이야기. (실제 당신은 새벽에 일어
나 고기를 구워 먹을 정도로 육식을 즐긴다고 했다.) 실제 지인
의 타투샵에서 몇 개월 동안 일하고 쓴 첫 등단작 「바늘」에 대
한 일화. 그리고 무참하고 외로웠던 당신의 습작 시절에 대해.
그렇게 한 시간 남짓의 낭독회가 끝나고 사인을 받는 자리에서
였다. 그날의 나는, 내 이름과 함께 자신의 이름을 적어주는 당
신의 반짝이는 눈을 제일 가까이에서 보게 된다. 그날부터 난

6　「내가 쓴 것」, 『그녀의 눈물 사용법 2』(큰글자 도서), 창비, 2018, 191쪽.

이런 생각을 하게 된다. 글을 쓰는 사람은 저런 눈빛을 지녔을 거라고. 그리고 언젠가는 꼭 당신에 대한 이야기를 쓰리라고 다 짐했다.

수줍게 고백하자면, 나의 첫 필사는 당신의 작품들이었다. 무 참하고 외로운 습작 시절, 당신의 작품들을 또박또박 옮겨 쓰면 서 난 내가 앞으로 쓸 나의 글이 아름다운 문장들로 이루어지길 간절히 바랐다. 당신이 지닌 바늘만큼이나 나의 문장들도 세상 을 향한 가장 강하고 부드러운 무기가 되길 바랐다. 지금 와서 생각해보면, 혼자 도서관 구석에 온종일 처박혀 당신의 작품들 을 하염없이 옮겨 썼던 필사의 시간들이, 나에게는 일종의 구도 求道였다.

자, 그렇다면 당신을 향한 독자로서의 나의 즐거운 사심은 여 기까지. 난 종종 울고 싶을 때. 일상마저 이어나가기 힘들 만큼 극도의 불안과 우울에 잠식당할 때. 현재의 삶이 차라리 죽는 게 나을 법할 정도로 끔찍하고 무력하게 느껴질 때. 내 안에 감 춰두었던, 그 누구도 알아서는 안 될 죄의식이 깨어나 나를 공 격할 때. 당신의 말처럼 나도 모르게 저지른 세상에 대한 교만 이나 악행, 기만이나 자기합리화 앞에서 아무렇지도 않아 하는 나 자신을 발견할 때. 나는 마치 어둡고 좁은 동굴 속을 들어가

204

듯, 책상 아래 웅크리고 앉아 당신이 쓴 글들을 읽는다. 내 안에
여전히 살고 있는 울지 않는 또다른 나에 대한 이야기를.

　　그애를 보내야겠다니. 줄곧 내 옆에 머물던 그애를, 머
리칼을 귀 뒤로 넘겨주며 훈훈한 입김을 불어넣던 그애
를. 제 손으로 보내놓고 삼십 년이 지난 지금에 와서. 엄
마 뱃속에서 칠 개월, 세상에 나와 하루를 살다 죽은. 비
난과 변명, 억울함과 어쩔 도리 없음, 금기와 은폐, 당한
자와 저지른 자 사이에 존재하는 모든 것을 포함하는. 삼
십 년 동안 1.1kg의 미숙아 혹은 일곱 살 이갈이 무렵으
로 남아 있는 그, 아이. 그 아이의 이름은 그냥 그애였다.[7]

　　당신이 바라본 인간의 눈물은 이기적이다. "자기 연민, 비난과
변명, 억울함과 어쩔 도리 없음"과 같이 "자기 삶을 위협하는 데
대한 두려움과 분노"(「그녀의 눈물 사용법」, 57쪽)에서 인간의
눈물은 시작한다. 나는 당신이 쓴 것들을 읽으며 생각한다. 나의
눈물을 비롯해 내가 느끼는 극도의 불안과 우울, 무력감이 나의

7　「그녀의 눈물 사용법」, 『그녀의 눈물 사용법 1』(큰글자 도서), 창비, 2018,
　 45쪽.

삶을 위협하는 데 대한 두려움과 분노, 자기연민과 같은 철저히 이기적인 '나'라는 인간의 마음에서 비롯하는 것이 아닌가에 대해. 그것에 대해 생각하고 있으면, 한동안 나를 괴롭히던 극도의 불안과 우울, 두려움과 분노가 차츰 사라지는 신기한 현상을 경험한다. 쏟아질 것 같은 눈물도 차츰 가라앉는다. 마치 "어떤 물기에도 풀어지지 않고 질펵거리지 않고 무너지지 않"(「그녀의 눈물 사용법」, 57쪽)는 견고한 내가 되는 듯한 기분이 든다.

나는 바란다. 나의 눈물이 나만의 안위安慰를 위해서가 아닌 타인을 위한 것이 되었으면 한다. 나와 무관한 자들의 아픔을 마치 나의 일인 것처럼 온전히 슬퍼하며 흘리는 눈물이기를 바란다. 더 나아가 내 글이 나와 무관한 자들의 마음 속에 남아, 어떤 물기에도 풀어지지 않고 질펵거리지 않고 무너지지 않는 세상에서 가장 아름답고 특별한 무기가 되었으면 한다.

마지막으로 바라는 게 있다면, 나도 당신처럼 아름다워지고 싶다. 새침하면서도 대담한, 도발적이면서도 낯선, 사랑스럽고 관능적인, 고요하게 반짝이는 문장들을 지니고 싶다. 그러고보니 나의 등단작이 되어준 글의 제목은 "이 시대 뷰티풀 엑스의 탄생기"였다. 비관주의로 무장하지 않으면 살아남을 수 없는 세상에서 아름다운 변종이 탄생하길 바랐다. 필멸의 삶을 살아야 하는 것이 인간의 운명이라면, 그들이 괴물이 아닌 아름다운 인간으로 멸종하길 바랐다. 나보다 오랜 시간을 살아갈 세대들의 삶을 위하여. '옳지 않은 것'을 '옳지 않다'고 말하는 일이 당연하게 여겨지는 세상을 위하여. 어느 날 예고 없이 찾아올 삶의 재앙들을 두려움 없이 맞이할 이기적 유전자를 지닌 아름답고 특별한 '인간'이라는 존재가 되는 일. 나의 '뷰티풀 엑스'라는 변종은 이렇게 탄생했다.

그들이 지닌 아름다움은 분명 가치가 있다. 이제부터 내가 해야 할 일은 그들이 지닌 아름다움을 더욱 아름답고 특별한 방식으로 증명해야 할 것이다. 나는 바란다. 내가 앞으로 쓸 글이 그들의 아름다움뿐만 아니라 고통이나 추함까지도 감당할 수 있는 넉넉한 위장을 지니기를. 그러기 위해서는 난 어떤 위험도 감수할 것이다.

내 인생을 망치러 온 나의 구원자. 나의 숙희, 나의 타마코. 타마코가 연인 숙희를 바라보며 했던 말처럼 나도 당신들을 향해 다음과 같이 말하며 이 글을 마치고 싶다. 안녕. 내 삶을 망치러 온 나의 구원자들이여. 내가 사랑하는, 세상에서 제일 아름답고 특별하고 위험하고 낯선 당신들이 더욱 아름다워지기를.

권태에 대한 짧은 단상

내 학위 논문의 주제는 '권태'다. 「이상 문학의 '권태' 연구」에서 시작된 석사 논문은 박사논문에 이르러 「1930년대 이상, 박태원, 최명익 문학에 나타난 권태의 양상 연구」로 이어졌다. 이상의 수필 「권태」는 대학원 수업 시간에 읽어본 적이 있었다. 정지아 선생님 소설 수업 시간이었다. 선생님은 「권태」의 한 구절을 읽으며 이렇게 말씀하셨다.

"서를 보아도 벌판. 남을 보아도 벌판, 북을 보아도 벌판, 아—이 벌판은 어쩌라고 이렇게 한없이 늘어 놓였을꼬? 어쩌자고 저렇게까지 똑같이 초록색 하나로 되어먹었노? 어제 보던 댑싸리나무 오늘도 보는 김 서방 내일도 보아야 할 신둥이 검둥이. 이야! 이거 정말 맞는 말이야. 내가 지리산 촌년이잖니. 시골은 온통 저런 풍경이야. 도시놈 이상이 시골 가서 제대로 권태를 집어 왔네. 이상의 「권태」는 권태 그 자체야.”

이후 정지아 선생님은 내 석사 논문을 살펴봐 주신 심사 위원 중 한 분이 되었다. 권태를 연구하기 이전에 이상을 연구한다는 것은 나에겐 부담으로 다가왔다. 문학 연구 중에서도 무수한 선행 연구가 진행된 작가로 알려진 연구 중 하나가 바로 이상이었다. 나중에야 안 사실이지만 박태원 문학 역시 많기로 알려진 선행 연구 계열에 속한다는 것을 알았다.

뭘 안다고 하기에는 더 배워야 할 것만 눈에 들어오는, 이제 막 석사 과정을 수료한 나에게 이상은 마치 거대한 성벽처럼 느껴졌다. 혹시나 내 논문이 기존의 이상 연구마저 망치는 것이 아닌가, 라는 걱정부터 앞섰다. 동시에 이제까지 문학을 전공하는 자들 사이에서 이상의 작품을 ‘한 번도 안 읽어본 사람은 있어도 한 번만 읽어본 사람은 없을 것’이라는 마음으로 그의 작품들을 차근차근 필사하기 시작했다.

그가 쓴 「권태」, 「산촌 여정」, 「첫 번째 방랑」, 「이 아해들에게 장난감을 주라」, 「날개」, 「실화」를 또박또박 읽고 쓰는 동안 신기하게 이상이 아닌 인간 김해경이 보이기 시작했다. 수수께끼같은 기묘한 풍경을 늘어놓는 문제적 작가 이상의 포즈 뒤편에는, "대소 없는 암흑 가운데 누워서 숨 쉴 것도 어루만질 것도 욕심나는 것도 아무것도 없이 다만 어디까지 가야 끝이 날지 모르는 내일"을 기다리며 동경의 골방에서 혼자 오들오들 떨고 있는 인간 김해경이 있었다. 성천에서 쓴 것으로 알려진 〈권태〉는 동경에서 성천의 풍경을 그리워하며 죽기 한 달 전에 쓴 것이다. 그는 연인 김향안의 말대로 폐병 환자 이상이 아니라 건강한 사람 이상이었다. 그의 죽음은 결핵 때문이었지만 그는 결코 '결핵에 걸린 나'의 모습에 취해 있지 않았다.

아름다운 시를 상기한다. 또는 범할 수 없는 슬픈 시를 상기한다. 그리고 고개를 수그리면서 외워본다. 공포의 해소는 얼마쯤 멀어진다.

— 이상, 「첫 번째 방랑」 중에서

하여간 나는 지금 세상이 시들해져서 그날그날이 짐짐한데 술 따로 안주 따로 판다는 목로 조합 결의가 아주 마음에 안 들어서 못 견디겠습니다.

— 이상, 「약수」 중에서

모든 것을 내려놓은 자가 바라본 풍경은 이상하게 아름다웠다. 모든 것을 받아들일 준비가 되어 있는 담담한 마음이 자리잡고 있었다. 난 그가 경험하는 공포가 무엇인지, 누구도 "범할 수 없는 아름답고 슬픈 시"가 무엇인지 알고 싶었다. 그날그날이 견딜 수 없이 짐짐하다가도, 어떤 날은 범할 수 없는 시를 상기하기도 하는 그의 일상에서 권태가 보였다. 그러자 그의 글에서 나타나는 권태가 조금씩 세분화되기 시작했다. 이상의 문학으로 권태를 알게 된 나는 공교롭게도 이상이 요절한 스물일곱이 되던 나이에 이상에 대해 쓴 석사 논문이 나오게 되었다.

석사 논문을 쓸 때가 떠오른다. 빛 한 점 들어오지 않는 반지하 고시원에서 석사 논문을 썼다. 난 그곳에서 1년을 살았다. 난 이상이 말하는 '대소 없는 암흑'이 이런 것이었겠구나, 라는 생각을 했다. 어느 날엔 이상이 나오는 꿈을 꾼 적 있다. 꿈속에서는 내가 매일 같이 들리는 도서관 구석에 흑백사진 속 이상이 아무 말 없이 서 있었다. 난 석사를 졸업하고 1년 뒤 박사과정에 들어갔다. 할 줄 아는 것이라고는 이것밖에 없었던 나에겐 박사과정 진학은 당연한 수순이었다. 난 이상의 논문을 쓰면서 박사논문의 주제는 한국 문학의 권태를 하리라고 마음먹었다.

박사를 수료하고 등단을 한 뒤, 청탁받은 원고를 쓰면서 박태원과
최명익의 권태를 들여다보았다.

*

　등단 이후에 바라본 그들의 작품은 이전에는 보이지 않는 지
점이 보였다. 이상의 작품도 마찬가지였다. 나 또한 청탁을 받
아 글을 쓰고 원고료를 받는 경험을 하게 되면서부터 1930년대
식민지 근대 조선의 작가로서의 그들이 생활과 권태가 좀 더 가
까이 다가왔다. 다작多作의 작품을 남긴 박태원을 정독하는 데는
오랜 시간이 걸렸다. 「소설가 구보 씨의 일일」을 필사할 때는
소설의 배경이 되었던 서울역, 광화문, 종로 일대의 풍경이 눈앞
에 펼쳐졌다. 나는 박태원의 작품을 필사하면서 구보처럼 서울
이곳저곳을 많이 걸었다. 난 일기장을 가지고 다니며 한적한 카
페 구석에서 그날의 풍경과 박태원에 대한 논문 초안을 썼다.

　어느 날은 박태원과 관련한 꿈을 꾼 적도 있다. 그의 외손자
봉준호 영화감독이 박태원 문학관 홍보대사로 위촉되었다. 박
태원의 문학관은 판문점 근처에 지어졌다. 봉준호는 박태원 문
학관 앞에서 문학관 창립 축하 메시지를 남겼다. 그는 한 번도

뵙지 못한 나의 외할아버지이자 한때는 월북 작가로 알려져 한동안 물음표로 남겨졌던 당신께서 이렇게 근사한 모습으로 되돌아오게 되었고, 많은 사람들이 이곳을 방문해주셨으면 한다는 말을 남겼다. 마침 이 꿈을 꾼 시기에 봉준호 감독이 영화 〈기생충〉으로 오스카 상을 수상한 것도 한몫했다. 박태원의 작품을 읽고 쓰는 동안 나의 유튜브 알고리즘은 봉준호의 영화들로 가득했고 그들의 위트는 서로 많이 닮아 있었다.

남조선문학가동맹에서 평양사찰단의 일원으로 차출되어 잠시 북행한 것이 남한에서의 마지막이 될 줄은 박태원과 그의 가족들은 꿈에도 상상하지 못했을 것이다. 그는 같이 북행한 오랜 죽마고우 정인택의 아내 권영희와 재혼했다. 운명이란 참 얄궂은 것이 그는 남한에서 정인택의 결혼식에 하객으로 참석한 적이 있다. 정인택은 이상과도 친분이 있었다. 그는 정인택의 결혼식 방명록에 자신의 자화상을 그렸다. 정인택은 북행 도중 사라져버려 생사조차 알 수 없는 상황이었고, 당시 정인택의 부인은 어린 두 딸과 함께 남편을 기약 없이 기다리고 있었다.

큰딸 설영과 남동생 문원과 북행한 박태원은 분단 이후 6년이 지난 어느 날 권영희에게 두 가정을 한데 합치자고 제안한다. 그들의 재혼은 권영희의 말처럼 부부 생활이라기보단 "전우로

서의 결합"[1]이나 다름없었다. 난 그들의 재혼을 보며 서로를 위해 같이 살 수밖에 없었던 그들의 사정과, 역사라는 거대한 시류에 휩쓸려 북에 홀로 남겨진 자들의 삶이 어땠을지에 대해 상상해보았다.

박태원은 북한에서도 『삼국지』, 『갑오농민전쟁』과 같은 역사장편소설을 발표하며 왕성한 활동을 이어나간다. 그러던 중 그가 60세가 되던 해에 뇌출혈로 쓰러진 이후 합병증으로 실명과 반신불수까지 앓게 된다. 작가에게 실명이란 사망선고나 다름없는 것이었다. "보아야 할 자료와 해야 할 일은 끝이 없었으나, 오지 말아야 할 시각은 너무도 일찍 다가와 원고지 한 칸의 시력마저도 눈에서 완전히 사라져버린 것이 1965년 봄!"[2]

그는 월북 이후 구인회 동인이었다는 이유로 한때 남한 문인 숙청 작업에 불려나가 사상검증을 받는 고초를 겪었다. 그 과정에서 그와 같이 월북한 이태준이 숙청당하고 그와 친분이 있다는 이유로 6개월 간의 창작 금지 조처를 받은 적이 있다. 그런 서슬 퍼런 시기가 지나간 후 역사장편소설을 발표하며 북한의 생리에

1 박일영 지음, 홍정선 감수, 『소설가 구보 씨의 일생』, 문학과지성사, 2016, 256쪽.
2 위의 책, 343쪽.

적응하나 싶더니 어느날 급작스럽게 찾아온 뇌출혈은 그의 시력을 서서히 앗아갔다. 난 원고지 한 칸을 겨우 볼 수 있던 시력마저도 잃어버린 말년의 그가 체감한 권태에 대해 상상해본다.

그리고 그가 세상과 작별한 해에 내가 태어났다. 월북작가 박태원의 사망 소식은 남한에서도 평양방송을 인용하며 일간 신문에 보도되었다.

*

최명익의 「심문」을 읽을 때면 두 편의 영화가 떠오른다. 하나는 로우 예 감독의 〈여름궁전〉이고 두 번째는 마틴 스콜세지 감독의 〈갱스 오브 뉴욕〉이다. 그 전에 최명익의 「심문」에 대한 간단한 줄거리는 이렇다.

주인공 명일은 아내 혜숙의 죽음 이후 중학교 미술 선생이라는 직업을 그만두고 명색은 화가지만 무직업자나 다를 바 없는 자가 되어 일정한 직업이나 거처 없이 여기저기 떠돌아다니며 방랑하는 삶을 살고 있다. 그는 여행 도중 하얼빈에서 옛 연인 여옥을 만난다. 그가 동경 유학 시절에 만났던 그녀는 당시 문학을 전공하던 대학생이었지만 현재는 하얼빈에서 삼류 카바레

댄서의 삶을 살고 있다. 현재 그녀는 연인 현혁과 함께 살고 있다. 현혁은 조선은 물론 일본 내지의 동지까지도 모르는 이가 없을만큼 과거 전도유망한 좌익 이론분자로 활동한 적이 있다. 그러나 지금은 오랜 감옥생활의 휴유증으로 아편중독자가 되어 연인 여옥이 벌어다주는 돈으로 근근이 살아가고 있다. 현혁은 명일이 여옥의 옛 연인이라는 것도 알고 있었다.

현혁은 명일에게 여옥이 과거 자신을 숭배하던 학생 중 하나였다고 말한다. 명일은 과거의 영광을 장황하게 늘어놓는 현혁을 바라보며 깊은 생각에 빠진다. 이후 여옥은 현혁이 없는 자리에서 명일에게 말한다. 이미 현혁의 중독증세는 고치기 어려울 만큼 오래되었으나 그럼에도 자신은 현혁이 세상을 변혁하고자 했던 사상운동가로서의 순수한 마음이 돌아오리라는 일말의 희망 때문에 그의 곁을 떠나지 못하고 있다고 말한다. 그러나 명일이 자신을 조선으로 데려가겠다는 마음만 있으면 언제든 따라가겠다고 말한다. 여옥의 말을 들은 명일은 잠시 고민에 빠진다. 이튿날 여옥의 집에 들린 명일은 스스로 목숨을 끊어버린 여옥의 모습을 보게 된다. 그는 여옥이 남긴 유서를 읽으며 누워 있는 그녀의 인당에 아내 혜숙의 모습이 겹쳐보이는 현상을 경험한다. 그는 그녀가 자신과 함께 조선으로 돌아가지 않고 이렇게 죽는 것이 여옥다운 운명이라고 생각한다.

*

　로우 예 감독의 영화 〈여름궁전〉은 1989년의 베이징을 배경으로 하고 있다. 1989년의 베이징은 대학생들이 민주주의를 요구하며 시위를 벌인 천안문 사태가 발생한 시기다. 영화는 1989년의 베이징이라는 격변의 시기를 겪은 청춘남녀들의 사랑 이야기를 그린다. 고향을 떠나 베이징으로 공부하러 온 스무 살 대학생 유홍은 같은 과 대학생인 저우웨이를 만나 사랑에 빠진다. 만남과 이별, 서로를 향한 집착과 애증이 난무하던 그들의 사랑은 위험해 보일 만큼 격정적이었다. 어느 날 학교 내에서 시위가 일어났다. 시위의 여파로 그들이 다니던 학교는 아수라장이 된다. 그 과정에서 그들이 아닌 대학생 대다수가 죽거나 소리소문없이 사라졌다.

　천안문 사태 이후 그들은 헤어진다. 그들의 삶은 서로 다른 방향으로 흘러간다. 유홍은 취업을 하고 돈 많은 유부남과 연애를 하거나 직장 동료와 애정 없는 섹스를 하며 권태로운 관계를 이어간다. 한편 저우웨이는 베를린으로 간다. 그는 옛 연인의 절친인 리타와 연애를 한다. 그가 베를린으로 떠날 때 연인 리타도 함께 간다. 그 시절의 베를린도 베이징과 마찬가지로 동독과 서독으로 나뉘며 연일 시위가 이어지는 격변기였다. 그들은 베를린 거리의 시위에 참여하며 또래의 시위대들과 어울린다. 미술을 전공한 리타는 베를린에서 미술 강의를 하며 저우웨이와 생활을 이어간다.

어느 날 리타는 저우웨이가 일자리를 얻기 위해 중국으로 돌아갈 것이라는 말을 우연히 듣게 된다. 리타는 한낮의 볕 좋은 베란다에서 저우웨이의 머리카락을 잘라주며 묻는다. 리타가 그에게 묻는다.

"지난 여름 우리에게 무슨 일이 있었는지 내게 말해줄 수 있어? 베를린을 떠나 중국으로 돌아갈 거야?"

그들에게 지난 여름은 천안문 사태가 일어났던 시기다. 저우웨이는 아무 대답도 하지 않는다. 그로부터 얼마 지나지 않은 어느 날이었다. 여느 때와 다름없이 시위대 행렬에 참여한 그들은 동료들과 옥상에서 잠시 쉬고 있었다. 말없이 그들을 바라보던 리타는 아무렇지도 않은 표정으로 투신한다.

리타가 투신하기 직전의 얼굴에서 죽음을 준비하는 여옥의 모습이 보였다. 만약 여옥이 하얼빈을 떠나 명일을 따라나섰다면 리타와 같은 죽음을 맞이했을지도 모른다고 생각했다. 그들에게 지난 여름은 이후의 삶을 감당할 수 없을 만큼 가혹했다. 영화 속 그들을 포함해 여옥과 현혁, 명일에게 사랑이란 무엇이었을까. 남겨진 자들의 사랑은 대부분 오래가지 못하고 비극으로 끝난다. 미래를 함께하기에는 이미 너무 늙어버린 자들이자 더 이상 사랑할 수 없을만큼 소진되어버린 그들에게서 권태가 보였다. 그들은 이데올로기라는 거대한 시류에 휘말려 소중한 무언가를 잃은 채, 혹은 무엇을 잃어버린 것조차도 모른 채 가까스로 남겨진 자들이었다. 그 시절에 남겨진 자들이었기에 그들의 만남은 어쩌면 필연이었을지도 모른다.

*

동명의 원작소설이자 실화를 바탕으로 한 마틴 스콜세지 감독의 〈갱스 오브 뉴욕〉은 18세기 뉴욕의 맨해튼을 배경으로 하고 있다. 이 시기의 뉴욕은 다양한 인종과 갱단들이 모여 살고 있던 공간이었다. 일명 '파이브 포인츠'라 불리는 뉴욕에서도 손꼽히는 우범 지역으로, 소위 아메리칸드림을 꿈꾸는 수백 명의 아일랜드 이주민들이 모여드는 곳이었다. 이곳의 토착민들은 자신의 영역을 침범하는 아일랜드 이주민들을 멸시한다. 뉴욕 원주민들과 아일랜드 이민자들의 갈등은 시간이 갈수록 심해진다. 그 과정에서 뉴욕 원주민파의 지도자이자 도끼살인마로 불리는 빌(다니엘 데이 루이스)이 아일랜드 이민자의 리더 프리스트(리암 니슨)를 무참히 살해하고, 이 광경을 프리스트의 아들 암스테르담(레오나르도 디카프리오)이 목격한다.

수십 년이 지난 뒤 암스테르담은 아버지의 복수를 위해 그 지역의 실세가 된 빌의 권력 내부로 잠입해 그가 쌓아놓은 견고한 성을 서서히 무너뜨리기 시작한다. 영화의 마지막에 이르러 빌과 암스테르담은 최후의 결전을 벌이게 된다. 그들의 결전은 실제 1863년 뉴욕에서 일어난 뉴욕 징병거부자 폭동 사태와 맞물리며 대규모의 유혈 사태로 번진다. 오랜 기간 이어져 온 아일랜드계 이민자와 뉴욕 원주민들의 갈등은 정부에 의해 폭동으로 치부되며 단 4일 만에 진압된다. 암스테르담은 자신의 손으로 빌을 죽이며 그토록 원하던 아버지의 복수를 이루게 된다.

난 죽기 직전 자신이 이뤄놓은 왕국이나 다름없는 파이브 포인츠의 몰락을 담담한 표정으로 바라보는 빌의 얼굴에서 모히 연기와 추억의 꿈을 먹으며 과거의 영광 속에 살고 있는 현혁이 떠올랐다. 그날 수많은 이민자들의 시체는 한데 뒤엉켜서 뉴욕의 땅

속에 묻혔다. 도살자 빌의 시신은 그가 죽인 프리스트 옆에 묻혔다.

"아버지는 우린 모두 고난을 가지고 태어난다고 하셨다. 그 당시 위대한 뉴욕도 그렇게 탄생했다. 그러나 그 분노의 날들을 살다 죽은 우리에게 그것은 우리가 알던 모든 것이 순식간에 사라지는 느낌이었다. 뉴욕 재건을 위해 후세의 사람들이 뭘 했던지 간에 우리가 이곳에 있었다는 사실을 아무도 모를 것 같다."

영화의 마지막에 나오는 암스테르담의 나레이션처럼 뉴욕의 역사는 이름 없는 이민자들의 시체 위에 지어졌다. "자유를 위해 결연하게 행동하는 인간들이 주역으로 등장하는 혁명의 시대에서도 역설적으로 깊은 권태가 유령처럼"[3] 찾아들었다. "모든 것을 삼켜버리는 역사라는 거대한 시간 앞에 모든 것은 "한 터치의 오일"(「심문」)이 되어버린다는 사실을 아는 순간에서 권태가 발생한다. 난 최명익의 소설을 읽으며 자유를 위해 모든 것을 바친 이름 없는 자들의 삶을 떠올렸다.

---

3 한병철,『시간의 향기』, 문학과지성사, 2013, 128쪽.

*

내가 처음으로 권태를 자각했던 순간이 언제였는지를 떠올려 본다. 기억은 내가 유치원 시절로 거슬러 올라간다. 같은 유치원 반 아이들은 교실에서 소꿉놀이를 하며 놀고 있다. 나는 그 옆에서 그들이 노는 것을 바라보고 있다. 교실에는 장난감이 가득 담겨 있는 박스와, 동화책이 꽂혀 있는 책꽂이가 있다. 책장에는 인어공주, 소공자, 소공녀, 걸리버 여행기, 엄마 찾아 삼만리 같은 동화책들이 꽂혀 있다. 나는 그 책 중 하나를 꺼내 읽는다. 아직 한글이 익숙지 않아 모르는 글자도 보인다. 난 바닥에 앉아 책장을 넘긴다. 바닥에 깔린 푹신한 매트의 느낌이 기억난다. 아이들이 장난감을 가지고 놀고 있다.

한 아이가 내게 묻는다. "이리 와서 같이 놀자!" 나는 "아니야. 괜찮아."라고 대답한다. 내 눈에는 그들의 유희가 조금은 지루해 보인다. 아이가 묻는다. "책 읽는 게 더 재밌어?" 난 고개를 끄덕인다. 책꽂이 앞에는 나밖에 없다. 다른 아이들은 장난감 박스 앞에 모여 놀고 있다. 책꽂이 앞에 앉아 책장을 넘기는 나와 그 옆에는 장난감을 가지고 노는 아이들의 목소리가 들린다. 그 순간만큼은 모든 것이 잠시 멈춰 있는 것처럼 느껴진다. 같은 공간이지만 나만 다른 세상에 있는 것처럼 느껴진다. 아이들의 목소리는 내가 책을 읽는 동안 서서히 흩어진다. 왜 난 그들의 유희가 지루해 보였을까.

*

짐 자무시 감독의 〈오직 사랑하는 이들만이 살아남는다〉 (2014)에는 뱀파이어 커플 이브(틸다 스윈튼)와 아담(톰 히들스턴)이 나온다. 수 세기 동안 죽지 않고 살아온 그들은 세상이 권태롭다. 아담은 음악에 재능이 있고 이브는 문학에 조예가 깊다. 그들은 지겨울 만치 끝없이 이어지는 무한한 영생의 시간을 음악과 문학으로 채워나간다. 아담은 종종 자신의 운명을 저주하며 어떻게 하면 이 지겨운 세상을 끝낼 수 있을까를 고민한다. 그의 침대 밑에는 은으로 된 총알이 장전된 권총이 있다. 어느 날 권총의 존재를 알게 된 이브는 아담에게 말한다.

"그렇게 오랜 시간을 살아왔으면서 왜 아직도 이해를 못해? 이런 식의 자기 학대는 인생의 낭비라고. 우리에겐 아직 남은 것들이 있어. 당신에겐 음악이 있잖아. 그저 아름다운 자연에 감탄하고 친절과 우정을 키워나가고 춤을 추며 살면 돼. 우리는 살아남을 거야. 우린 언제나 그래왔잖아. 우리에게 주어진 끝없는 시간을 우리가 사랑하는 것들을 하며 행복하게 살면 돼. 그러니까 너무 우울해하지 마. 그게 그렇게 어려워?"

난 영화 속 그들의 대화를 보며 언제 끝날지 모르는 삶과 다름없는 권태의 시간을 어떻게 보내야 하는지 생각하게 된다. 어쩌면 권태는 하이데거의 말처럼 인간이 지닌 근본 기분일지도 모른다. 희노애락을 이루는 기저가 되는 감정이자, 희노애락만으로는 설명할 수 없는 감정 같은 것. 기쁘고 화나고 즐겁고 슬픈 순간들 속에서도, 언제 끝날지 모르는 무한한 시간에 잠식당할 것만 같은 까마득한 기분이 나도 모르게 불쑥 찾아드는 것처럼 말이다.

*

여기까지가 내가 처음으로 권태를 자각했던 순간이자 논문에서 미처 말하지 못한 권태에 대한 이야기가 되겠다. 누군가에게 이 글은 제목처럼 지리하지만치 권태로운 이야기가 될 수도 있을 것이다. 혹은 권태에 대한 나의 감상이 두서없이 나열되어 있는 것처럼 보일 수도 있을 것이다. 이 모든 것은 이상, 박태원,

최명익의 권태를 들여다보는 것에서 시작되었다. 이 글은 나보다 오랜 시간을 살다간 그들의 삶을 향한 작은 헌사가 되었으면 한다. 그들의 권태를 들여다본다는 건, 그들의 경험했던 이유 모를 고독과 무기력, 절망을 이해하고자 하는 것이나 다름없다. 나아가 앞으로 내게 다가올 무참한 고독과 무기력, 절망의 시간을 어떻게 하면 더할 나위 없이 풍요롭게 보낼 수 있는가를 골몰하는 일이다.

그러니 이 글을 읽는 당신들의 권태가 더할 나위 없이 풍요로워지기를.

5부

우리가 아는 가장 밝은 세계

우리가 아는 가장 밝은 세계

― 창작 동인 켬

내가 창작 동인 '켬'에 들어올 수 있었던 것은 이소연 시인 덕분이었다. 같은 대학원을 다니면서 알게 된 소연 언니는 내가 등단한 2017년의 어느 날 내게 자신이 속해 있는 동인 켬에 들어오지 않겠느냐고 제안했다. 등단 이후 작가 모임에도 나가본 적 없고, 그렇다고 특별히 내가 아는 작가 모임 같은 것이 따로 있던 것도 아니었기에 난 흔쾌히 응했다. 그러자 언니는 나를 바로 켬 모임 단톡방에 초대했다. 단톡방에 초대하기 전에 언니는 다음과 같은 메시지를 보냈다. '좀 시끄러울 수도 있을거야 ^^' 내가 켬 단톡방에 들어서자 환영 인사를 알리는 화려한 이모티콘들이 우수수 쏟아져 나왔다. 그때부터 나는 켬 동인이 되었다. 그해 겨울 우리는 닭갈비를 먹으며 첫 만남을 가졌다.

사실 소연 시인을 알기 전에 소연 시인의 배우자 이병일 시인과의 인연이 먼저 있었다. 병일 시인도 같은 대학원을 다니면서 알게 되었다. 당시 병일 선배는 박사과정이었고, 나는 석사 수료를 앞두고 있었다. 어느 날 병일 선배의 발표가 있던 수업 시간이었다. 발표가 끝날때 즈음 병일 선배가 급하게 집에 가봐야 한다고 말했다. 아내가 양수가 터졌다고 했다. 교실 분위기는 약간 술렁였고 교수님은 아빠 된 거 축하한다며 얼른 가보라고 했다. 선배는 후다닥 나갔고 그날 그들의 귀여운 아이가 태어났다. 지금도 그날의 일을 언니에게 말하면 언니도 그날을 잊지 못한다고 했다. 아내 출산 예정일 날 본인 발표날이라고 학교 수업 가는 사람(남편)이 어디 있으며, 양수가 터진 그날 나 혼자 택시를 타고 병원에 갔고, 출산이 임박한 산모인 나를 병원 문 앞이 아닌 병원 맞은편에 내려주는 바람에 그 힘든 몸으로 횡단보도를 건너게끔 한 그날의 택시 기사가 원망스럽다고 했다. 소연 언니의 눈웃음과 보조개, 병일 선배의 또렷한 귀와 코를 사이좋게 닮은 아이는 어느덧 중학생이 되었다.

이후 병일 시인은 학과 사람들과 함께 나의 등단 시상식 자리에도 와 주었다. 그날 그 자리에는 황인찬 시인과 황종권 시인, 모영철 선배와 후배 은정이와 국선이가 있었다. 모두 다사다난

한 대학원 석박사 시절을 동고동락했던 사람들이었다. 내가 부탁하지도 않았는데 그 자리를 찾아와 준 사람들이라서 지금도 그들을 생각하면 고맙고 애틋하다. 그로부터 얼마 지나지 않아 학교에서 소연 언니를 만나게 되었다. 언니는 대학원 박사과정 중이었고 난 박사 수료를 마친 상태였다. 난 언니에게 시상식 날 병일 시인이 와 준 것에 대한 고마움을 이야기하게 되면서 언니와도 친해지게 되었다. 소연 언니는 갓 등단한 나를 세월호 낭독회, 젠트리피케이션 현장잡지 낭독회 자리를 소개해주면서 함께 가지 않겠냐고 제안했다. 정확하게는 켬 동인들과 함께 했다고 보는 게 맞을 것이다. 덕분에 나는 자칫 너무 고립되거나 혹은 소위 '등단뽕 겉멋'에 흠뻑 취해 어울리면 안 되는 자들과 어울리며 무의미한 허송세월을 보낼 수도 있는 등단 초기를 건강하게 보낼 수 있었다.

은빛 잠을 수집하는 뇌의 바깥에는 조용한 산책과 쇼팽의 음악이 있습니다 나는 이 세계의 관념으로 머리카락이 자라는 시간을 좋아해요 덩달아 창을 물어뜯는 별자리의 감성을, 나무 위에 앉은 곤줄박이의 감정을, 마당 앞의 바위의 감상을 좋아해요

그때 뇌는 주글주글한 감성과 지성을 가공하고요 나는
뜨개질 가게를 드나들기 시작합니다 바늘코에 걸린 실
한 가닥으로 일요일 붉은 공화국에 대해 점을 치는 거죠

그러나 굴뚝이 아름다운 공장지대로 출근하는 남편의
모습을 보는 것은 피해야 해요 뇌는 풍경을 쪽쪽 빨아먹
고 조금씩 단단해지거든요 참 연한 아메리카노 한잔을
마시면 뇌가 더디게 어제의 풍경을 음미할지도 몰라요

뇌를 호두알로 생각하면 위험해요 뇌는 오 분간의 육
류를 꼭꼭 씹는 것을 황홀해해요 하지만 나는 핏줄과 신
경, 눈 코 입을 위해 십 분간의 채식을 하지요 식물성은
아이의 성격과 눈동자의 색까지 결정하니까요

나는 감상적인 욕조 속에서 돌고래들의 꿈을 꾸고, 뱃
속의 아이는 벌써 뇌태교의 기원을 생각하는지 양수를
동동 차네요

　　　　　　　　　　　　— 이소연, 「뇌태교의 기원」 전문[1]

1　이소연, 『나는 천천히 죽어갈 소녀가 필요하다』, 걷는사람, 2020.

소연 시인의 등단작 중 하나인 「뇌태교의 기원」을 읽을 때마다 난 서진이가 태어난 그날과 함께 다음과 같은 장면이 떠오른다. 이를테면 소연 시인의 보조개와 웃으면 반달 모양이 되는 귀여운 눈매, 병일 시인의 또렷한 귀와 코를 닮은 뱃속의 아이가 "돌고래의 꿈을 꾸며 양수를 둥둥 차"는 장면. 당신들의 아름다운 "감성과 지성"이 아이의 뇌를 타고 "핏줄과 신경, 눈, 코, 입"을 이루는 황홀하고 신비로운 풍경 같은 것. 언젠가 언니의 시를 읽으면 샤갈의 그림들이 떠오른다고 말한 적이 있다. 샤갈의 그림처럼 마치 꿈을 꾸듯 다채로운 색감들이 몽글몽글 피어오르는 은유의 질감을 난 오래도록 기억할 것이다.

나와 같은 해에 등단한 주민현 시인은 소연 시인과 같은 지면으로 등단한 사이였다. 그들은 내가 켬 동인에 들어오기 전에 이미 서로 알고 있었다. 어느 날 꿈에 민현이가 나왔다. 「철새와 엽총」을 읽어서인지 나와 민현은 이란의 어느 병원에 있었다. 전쟁 중이었고 히잡과 터번을 두른 외국인들이 보였다. 여기저기서 총소리가 들렸고 폭격의 여파로 병원 건물 전체가 흔들렸다. 병실 안은 어수선했고 침대 위에는 흰 시트를 머리 위까지 덮은 시체 몇 구가 누워 있었다. 놀랄 틈도 없이 꿈 속 화면은 순식간에 바뀌었다. 두 번째 꿈 속 풍경에서는 민현이가 꽃밭 한

가운데에 서서 나를 보며 반갑게 인사를 했다. 민현의 뒤로 아름드리 펼쳐진 넓은 꽃밭이 기억난다. 꿈에서 깬 후 나는 문득 그런 생각이 들었다. 민현의 시는 많은 사람들에게 사랑받겠구나. 그 꿈을 꾼 그 해의 어느 날 민현은 신동엽 문학상을 받았다.

> 오늘은 나의 이란인 친구와
> 나란히 앉아 할랄푸드를 먹는다
>
> 그녀는 히잡을 두르고 있고
> 나는 반바지 위에 긴 치마를 입고
> 우리는 함께 앉아서 텔레비전을 본다
>
> 암사자는 물어 죽인 영양을 먹다가
> 뱃속의 죽은 새끼를 보자
> 새끼를 옮겨 풀과 흙을 덮어주고 있다
>
> 마치 생각이 있다는 듯
> 생각이 있다는 건
>
> 총 밖으로 새가 날아오른다는 건

오늘 친구와 나는 나란히 앉아 피를 흘리고

우리는 가슴이 있어서 여자라 불린다

마치 생각이 없다는 것처럼

그녀는 검은 히잡을 두르고 있고

철새를 사냥하듯이 총을 들고 숲을 뒤졌다고 한다

— 주민현, 「철새와 엽총」 중에서[2]

민현은 자신의 두 번째 시집에 수록된 「전구의 비밀」이 켐 동인들을 떠올리며 쓴 시라고 말한 적이 있다. 난 그 시를 읽을 때마다 그날 꾸었던 꿈들이 떠오른다. "금은보화가 가득한 항아리"를 꿈꾸듯이, 싱그러운 꽃들로 가득한 꽃밭 한가운데서 반갑게 손을 흔들며 인사를 하는 모습. 오랜 시간이 지난 이후에도 "우리 눈에 같은 것이 반짝, 어리게 되는" 그 무엇이 있다고 상상하도록 하는 힘. "어느 날에 어느 날에 꾸었던 꿈들이 가까스로 일어나 희미해져가는 마음 속 불을 켜게 만드는" 신비로운 힘에 대해서. 난 민현의 시에서 감지되는, 어디든 멀리 갈 수 있을 것만

2　주민현, 『킬트, 그리고 퀼트』, 문학동네, 2020.

같은 이 보이지 않는 힘을 오래도록 기억할 것이다.

마을버스란 꼬마전구 같아. 도시를 이으며 반짝이는.

작은 사람들은 작은 꿈을 꾸고, 그 꿈을 이으며

전기는 흐르네. 덕분에 어제의 길을 오늘도 걸어갈 수

있는 거라고. 세상엔 불 켜진 집들만큼이나

불 꺼진 집들이 있고, 하염없이 바라보다 보면 어둠에

두 발이 빠질 것 같지. 버스에 흐르는 오래된 유행가도

불 꺼진 집 사람들이라면 웃기고 만지지 못해.

깨진 전구는 늘 날카로움을 가르치고, 그건 우리가

밤에 속삭이듯 말하게 되는 이유라네. 버스는 도시의

가장 구불구불한 곳까지 가고, 우리의 불빛과 유행가와

전기로 이어져 있다면, 나도 어디선가 네 손을

잊지 않고 꽉 붙들고 있는 거라고. 전기가 도달하는

가장 끝 집은 어딜까. 인생의 불씨를 꺼뜨리려던 사람이

아직 희미하게 불을 켜두었을 때, 이렇게나

많은 곳에서 동시다발적으로 전기란 존재하지만,

몹시 어두운 얼굴을 하고 있던 이들의 표정을

잠깐 따라 해보자. 그들의 음성을 우리의 입술로

말해보면, 우리 눈에 같은 것이 반짝, 이릴지 몰라.

어린 시절에 우리는 보자기만으로 유령과 공주가

될 수 있었지. 금은보화가 가득한 항아리를 꿈꾸기도 했어.

어느 날에, 어느 날에 꾸었던 꿈들이 가까스로 일어나

불을 켜게 만들고 저녁 일곱 시에 가로등이 켜지고

전조등을 켜고 안개비를 뚫고 우리가

서로의 집을 방문해 번쩍 불이 들어오게 만드는 거야

— 주민현, 「전구의 비밀」 전문[3]

민현은 결혼을 하고 민현을 닮은 귀여운 아이를 낳았다. 아이의 이름에도 반짝반짝 빛나는 글자가 들어간다. 난 민현이 좋은 시를 쓰고 사랑하는 사람을 만나 결혼을 하고 아이를 갖고 민현을 닮은 뱃속 아이가 세상에 나와 반짝이는 눈망울로 민현을 바라보기까지, 그 무수한 시간이 마치 신비로운 꿈을 꾸는 것처럼 새삼스러울 때가 있다. 우리는 종종 모여 미술관을 가거나 동인과 함께 하는 낭독행사를 함께 하기도 했고 첫 시집의 겉표지 초안을 같이 봐주기도 하고 서로의 생일을 축하하며 선물을 주고 받기도 했다. 어느 여름날은 캠핑을 가서 1박 2일을 보내며 롤링 페이퍼를 쓰기도 했다. 맞춤법 파괴가 난무하고 화려한 이모

3　주민현, 『멀리 가는 느낌이 좋아』, 창비, 2023.

티콘과 신박한 짤이 즐비한 단톡방에서 소소한 일상을 공유하며 무수한 '키읔(ㅋ)'과 함께 까르르 웃기도 했다. 터무니없는 부당한 사건 사고들에 대해 이야기하며 함께 분노하거나 슬퍼하곤 했다. 첫 시집이 나오기 전까지 우리는 종종 발표한 시나 글을 같이 읽기도 했다. 돌이켜보면 난 그들의 첫 시집이 나오는 지난한 과정을 다 지켜본 셈이다. 한 시인의 세계가 만들어지는 과정을 옆에서 바라볼 수 있다는 것은 축복이다. 난 그 축복을 오래도록 기억할 것이다.

글쓰기를 직업으로 삼고 싶다고 처음으로 생각했을 때, 한 달을 살아가려면 나에게 얼마만큼의 금액이 필요한지 계산해보았다. 나는 괜스레 쇼핑센터를 돌아다니며 아이쇼핑 하는 것을 좋아하지 않았고, 집에 액세서리나 옷, 생필품이 쌓이는 것도 좋아하지 않았다. 볼펜도 한 자루를 다 써야만 새로운 볼펜을 구입했다. 볼펜 한 자루와 수첩 한 권, 책 한 권을 가방에 넣어 다니는 것이 가볍고 좋았다. 내게는 필요한 것을 갖추는 것보다 불필요한 것을 덜어내는 것이 더 편했다. 글쓰기를 생업으로 삼는다면 벌이가 시원찮을 것이라는 자명한 사실을 나

는 잘 알고 있었고, 그 사실이 나를 불편하게 하지 못한
다는 것 정도는 자신이 있었다. 내 꿈은 나답고 소박했
으므로 나는 그 꿈을 쉽게 이뤘다. 문학은 적어도 인간
의 표정 따위는 신경 쓰지 않는 것처럼 보였다. 내가 좋
아하고 흠모하면서 읽었던 많은 작품은 인간이 품은 진
실이라거나 각자의 입장 같은 것을 끈질기게 탐구할 때
에 빛을 발했다. 나는 이미 그런 빛에 매료되어 있었다.
내가 아는 가장 밝은 세계였다.

— 임솔아, 「내가 아는 가장 밝은 세계」 중에서[4]

 '켬'은 '세상을 밝게 켜다'에서 지은 이름이다. 소연 시인이 즉흥
적으로 지은 이름인데 보면 볼수록 찰떡같이 잘 어울린다. 난 임
솔아의 소설 「내가 아는 가장 밝은 세계」를 읽을 때마다 켬이 떠
오른다. 문학이 적어도 자신을 사랑하는 인간의 표정 따위에는
신경 쓰지 않는 가혹한 존재라고 한다면. 그럼에도 불구하고 몇
번이고 무참한 시간을 견디어내며 다시금 그 가혹한 존재를 끈질
기게 파고들어야지만이 내가 바라는 환한 지점에 닿게 되는 것이
라면. 그 환한 지점에서 내가 아는 가장 밝은 세계가 나를 기다

4　임솔아, 『아무것도 아니라고 잘라 말하기』, 문학과지성사, 2021, 141-142쪽.

리고 있는 것이라면. 그리고 그곳에서 오래전부터 희미하게 불을 켜둔 채, 나를 기다리고 있는 다정한 누군가를 만나게 된다면. 나 또한 누군가를 위해 내 안의 작은 불을 켜둔 채 그곳에서 기다려야 하는 것이라면. 난 그들과 함께 앞으로 무엇을 해야 할지 조금은 알 것도 같았다.

나머지 동인들과 장르가 다르다 보니까 난 동인들 사이에 있으면서도 그들을 조용히 지켜볼 때가 있다. 운문의 세계가 있고 산문의 세계가 있는 것처럼 어느 때는 그들과 같이 할 수 없는 영역이 있음을 실감한다. 어느 날은 그들과 같이 있으면서도 너무 동떨어진 느낌이 들었던 적이 있었다. 마치 이 자리에 내가 어울리지 않는 기분이 들어서 난 도중에 집에 온 적이 있다. 놀란 그들은 내게 다정한 편지를 보냈다. 그들이 쓴 편지에는 무슨 일이 있냐고 물으며 혹시 우리가 잘못한 것은 없었는지, 내가 우리 곁에 오래도록 있어줬으면 하길 바라며 무엇보다 많이 애정하고 있다는 내용이 담겨 있었다. 그날 나는 내가 겪는 고립감이 소외가 아니라 일종의 기다림이라는 것을 알게 되었다.

김수영은 시인과 소설가를 다음과 같이 말했다. 시인이 앞서가는 자라면 소설가는 때를 위해 오랜 시간 굶는 자라고 했다. 그렇다면 평론가는 그들을 기다리는 자라고 생각한다. 앞서가는 자와 굶는 자의 삶을 기다리는 자. 그들의 세계가 만들어지는 과정을 옆에서 지켜보고, 그들이 오래 전부터 켜놓은 희미한 빛의 흔적을 따라가는 일. 그들을 위해 내 안의 작은 불을 켜둔 채 그들이 올 때까지 기다리는 일. 그들도 언제 썼는지 잊어버린 예전 작품까지 들춰내서 현재의 작품과 한 끈에 꿰어서 보여주는 어느 평론가의 성실함처럼, 그들의 세계가 만들어지는 과정을 옆에서 지켜보고, 그들이 오래 전부터 켜놓은 희미한 빛의 흔적을 집요하게 따라가는 일. 그들을 위해 내 안의 작은 불을 켜둔 채 그들이 올 때까지 기다리는 일. 그들의 세계가 만들어지는 과정을 옆에서 지켜본다는 건 그들의 세계를 오래도록 기억하는 것이나 다름없다. 그러고 보니 나 또한 이 글을 쓰면서 그들을 오래도록 기억할 것이라는 말을 많이 쓰고 있다. 난 그들의 세계와, 그들이 저마다의 세계를 이루어 내가 아는 밝은 세계에 당도하기까지의 무참한 시간을 오래도록 기다릴 것이다.

　여기까지가 '우리'가 아는 가장 밝은 세계에 대한 이야기이다. 인간의 표정 따위에는 신경 쓰지 않는 가혹한 세상 속에서 같은 것들을 바라보며 같은 꿈을 꾸는 누군가를 만나는 일은 축복이다. 난 우리들의 다정한 빛이 오랜 시간이 지난 이후에도 밝게 반짝였으면 좋겠다.

허기와 식욕 사이에서

웹진 〈아는 사람〉(2021. 11.) 수록

해외여행을 하던 중에 도진 감기로 한동안 식욕을 잃어버렸던 어느 작가의 이야기가 떠오른다. 그는 낯선 외국에서 아무것도 먹지 못하고 고생하다가, 한국으로 돌아오는 비행기를 타고서야 비로소 잃었던 식욕을 되찾는다. 집에 가서 이것저것 먹을 걸 상상하고, 식구들에게 투정부릴 궁리를 하고, '콩나물국이 먹고 싶다고 할까, 호박죽이 먹고 싶다고 할까. 아니 흰죽이 먹고 싶다고 해야지. 상상만으로도 입 안에 군침이 돌고 살맛이 났다'고 말하는 부분에서, 건강함이 느껴졌다. 한국으로 돌아오는 비행기 안에서 이것저것 먹고 싶은 것을 떠올리는 그를 생각해본다. 그에게 상상만 해도 입 안에 군침이 돌고 살맛이 나게 한 식욕의 근원은 무엇이었을까.

내게도 한동안 식욕을 잃었던 시기가 있었다. 하루 종일 아무것도 먹지 않아도 배가 고프지 않았다. 그런 시기가 1년 정도 이어졌다. 스물네 살의 나로 돌아가 본다. 그 시절 내 몸무게는 40킬로였다. 평소보다 6~7킬로가 빠져버린 상태였다. 157센티미터의 작은 키를 지닌 내 몸은 볼품없이 말라비틀어졌다. 살이 빠진 만큼이나 얼굴에 여드름도 잔뜩 났다. 평소에 나를 알던 사람들은 왜 이렇게 살이 빠졌냐는 말을 건넸다. 전에는 한 번도 나지 않았던 여드름을 보며, 어디 아픈 게 아니냐는 걱정 어린 말도 자주 들었다. 그 시기의 내 몸은 정상이 아니었다.

그 시절의 나를 들여다본다. 집을 떠나 낯선 타지에서 기숙사와 고시원, 반지하 원룸을 전전하던 이십대 중후반의 시절. 소화제와 두통약을 수시로 먹고, 자주 체하고, 신경성 장염을 달고 살고, 음식을 먹고 안 먹고를 반복하고, 심할 땐 2주 간격으로 생리를 하고, 먹은 것도 없이 무턱대고 무리한 운동을 하고, 사람 많은 지하철이나 버스터미널에서 종종 쓰러지기도 했던, 어떤 날은 반나절동안 까무룩 잠만 자거나 다른 날은 고작 몇 시간밖에 자지 않는, 과수면과 불면을 반복하던 나날들. 졸업 작품과 논문을 쓰기 위해, 학기별 성적 장학금을 받기 위해 악을 쓰고 고군분투하던 시기. 학교 수업이 없는 날은 오후 6시부터 밤 11

시까지 초, 중, 고 화상 강의 수업도 꼬박꼬박 해 나가던, '아프니깐 청춘이다'라고 하기에는 참으로 잔인하게 아팠던 나날들.

*

그리고 그때는 누구에게도 말할 수 없었고, 스스로를 가혹하게 몰아붙일만큼 나에게 일종의 죄책감을 갖게 한 그날의 사건이 있었다. 스물넷의 나는 중절 수술을 받았던 적이 있다. 대학교 4학년이었다. 지금도 난 그날의 선택을 후회하지 않는다. 아마 그 일을 계기로 신체 호르몬이 이전과 급격히 바뀌어버린 게 아닌가 짐작한다. 그날 이후부터 난 아무것도 먹고 싶지 않았다. 아무것도 먹지 않아도 배가 고프지 않았다. 내 몸이 서서히 망가져간 것은 그때부터였다. 난 그 와중에도 졸업 작품을 무사히 끝내고, 악착같이 공부해 학기성적장학금도 받았으며, 논술 교재도 만들어 졸업 후 국어 논술학원 수업 강의를 했다. 강의를 하며 대학원 준비도 차근차근 해 나갔다.

그런데 말이다. 이 모든 과정을 해나가면서도, 난 무엇인가를 먹고 싶어 하지 않았다. 조금만 먹어도 자주 체하거나 토했고, 먹어도 먹은 것 같지가 않았다. 얼굴에 성난 여드름이 나기 시작했고, 생리 주기도 불규칙해졌고, 체중이 빠졌다. 얼마 지나지 않아 나는 스무 살 이후 40킬로라는 생애 최저 몸무게를 갖게 되었다. 소위 '아이돌 미용 몸무게'라고 불리는 체중을 갖게 되어서 누군가는 부럽다고 생각할 수도 있을 것이다. 그러나 그건 절대 부러워할 일이 아니라는 것을 지금의 나는 절실히 실감한다. 아이돌 미용 몸무게라고 불리는 그 기준이, 여자에게 있어 얼마나 비정상적인 마름을 강요하고, 건강을 해치는 잔인한 일인지를 말이다. 그 시절 난 내 몸이 이상하다고 생각했지만, 신경 쓰지 않았다. '어쩔 수 없지'라고 여기며 방치했다고 하는 편이 맞을 것이다.

물론 그 심연에는, 전에는 한 번도 겪어보지 못한 물리적인 사건이 내게 가장 큰 원인으로 작용했지만 말이다. 누군가에게 아프다고 투정을 부리지 못하는 나의 성격도 내 몸을 망가지게 하는 데 한몫을 했다. 내게 그날의 후유증은 과수면과 불면을 반복하는 작은 우울로 종종 찾아오곤 했다. 어느 날 나는 애인에게, 그날의 후유증과 내가 겪는 작은 우울에 대해 말한 적 있다. 내 이야기를 듣고 수술이 끝날 때까지 눈물을 흘리며 내 옆을 지켜줬던, 이 모든 과정을 본다면 '남들이 보기엔 참으로 착한' 그 애인은 다음과 같이 말했다. "괜찮아. 아이는 나중에 또 낳을 수 있어." 난 저 말을 듣고 얼마 지나지 않아 그 사람과 헤어졌고, 다시는 나의 작은 우울에 대해 아무에게도 말하지 않았다.

대학원에 들어온 후, 내가 좋아하는 공부를 하고 쓰고 싶은 글을 쓰면서 내 몸은 조금씩 나아지기 시작했다. 그러나 완전히 나아지지는 않았던 게, 기숙사와 고시원 생활 때문이었다. 기숙사 식당의 음식은 아무리 먹어도 '잘 먹었다'라는 느낌이 들지 않았다. 식당은 언제나 사람들로 가득 차 있었고, 정해진 식사 시간이 조금이라도 지나면 음식 재료가 소진되어 종종 먹지 못하는 일도 많았다. 고시원의 공용 부엌도 마찬가지였다. 항시 쌀이 구비되어 있고, 무상으로 밥이 제공된다고는 했지만, 가보면 이미 누가 다 먹어서 비어 있거나, 누렇게 말라붙은 밥만 남아 있었다. 같은 음식이라도 정성이 들어가지 않은 음식은 맛이 없었다. 기숙사 식당의 음식과, 고시원 공용 부엌의 밥통 안 하얀 쌀밥은, 갓 지은 쌀밥이라 해도 맛이 없었다. 아무리 먹어도 헛배만 불렀다. 먹어도 배가 고팠고, 먹고 싶지만 먹고 싶지 않았다. 이 말도 안 되는 모순이 실제로 가능했다.

그럴 때 내가 할 수 있는 가장 쉬운 방법은 가장 값싼 음식으로 배를 채우는 일이었다. 유해한 음식들일수록 손쉽게 구할 수 있었고, 가장 값이 쌌다. 유해하고 건강하지 못한 음식으로 허기를 채우거나, 혹은 끼니를 거르기를 반복했다. 무언가를 먹어야 할 것 같은데 마땅한 음식이 떠오르지 않을 때면 손쉽게 조리할 수 있는 값싼 인스턴트 음식들로 허겁지겁 배를 채웠고, 그런 날은 어김없이 체했다. '개별 취사 금지', '개별 가스 조리도구 사용 금지'가 주의사항으로 적혀 있는 한정된 공용공간 안에서 제대로 된 음식을 요리해 먹기란 불가능했다. 나만의 자유로운 공간에서 좋은 음식을 잘 만들어 먹고 싶은 웰빙욕구를 꿈꾸면서도, 먹는 것에 연연해하고 싶지 않은 무심한 마음이, 먹고 싶지만 먹고 싶지 않은 나의 기이한 허기를 만들어냈다. 10평도 안 되는 작은 반지하 원룸에서 살 때도 마찬가지였다. 이전보다 자유로운 공간 안에서 음식이란 것을 만들어 먹으며 건강하게 살 줄 알았지만, 이전과 크게 달라진 게 없었다. 나는 여전히 내 몸을 건강하지 못한 상태로 방치하고 있었다.

변화는 어느 날 갑자기, 예상하지 못한 순간에 나에게 찾아왔다. 그날도 편의점에서 파는 맛없는 조각피자를 먹고 체해 반나절 동안 앓아 누워 있던 날이었다. 체하면 머리가 깨질 듯한 두통도 같이 와서 두통이라면 정말 지긋지긋했다. 속이 어느 정도 가라앉고 두통도 잠잠해진, 약간은 몽롱한 상태에서 내가 누워 있는 방을 천천히 둘러보았다. 어두워지기 직전의 오후였고,

모든 것이 고요했다. 약간의 허기도 느껴졌다. 싱크대 구석에는 내가 며칠 동안 먹고 쌓아둔 빈 컵라면 용기들과, 에너지드링크 캔들이 아무렇게나 놓여 있었다. 책상 위에 펼쳐진 책을 보니, 전날 아파서 읽지 못했던 책을 마구마구 읽고 싶어졌다.

그 순간, 나는 진심으로 건강하게 잘 살고 싶었다. 무엇보다도 내가 하고 싶을 것을 할 수 있는 몸 상태를 지니고 싶었다. 그때부터 나는 오랫동안 나를 지배하던 나쁜 식습관을 바꾸기 시작했다. 인스턴트 음식을 줄이고, 배달음식 어플을 삭제하고, 피트니스를 등록했다. '세끼를 다 챙겨먹지 않아도 괜찮다. 그러나 하루 한 끼는 반드시 건강한 음식을 만들어 먹어야 한다.'라는 말을 되새기며, 지키고자 다짐했다. 하루 한 끼라도 시간과 정성을 들여 음식을 만드는 일은 쉬운 일이 아니었다. 어떤 날은 귀찮아서 예전처럼 값싸고 편한 음식으로 대충 끼니를 때우고 싶은 마음이 들 때면, 이를 악물고 몸을 움직여 음식을 만들었다. 도저히 음식을 만들 시간적 여유가 없을 때면, 과일이나 옥수수, 감자, 구운 계란처럼 가공음식이 아닌 자연식을 먹었다.

그중에서 내가 제일 좋아하는 음식은 온갖 야채를 가득 넣은 볶음밥이었다. 시장이나 마트를 여기저기 돌아다니며 야채를 고르는 시간이 참 좋았다. 약간의 강황가루와 검은콩을 섞어 만든 흑미밥에, 당근과 양파, 버섯, 파프리카, 양상추, 병아리콩을 넣어 한가득 볶아먹는 일은 아무리 먹어도 질리지 않았다. 유튜브에서 청경채볶음밥, 토마토계란볶음밥, 가지볶음밥, 오징어볶음밥 레시피를 찾아 만들어 먹기도 하였다. 갓 지은 흑미밥에, 고소한 참기름과 소금, 바삭한 김가루를 넣어 만든 주먹밥도 만들어 먹었다. 이런저런 것들을 맛있게 만들어 먹으면서, 내가 밥을 참 좋아한다는 걸 알았다. 떡국, 어묵국, 아욱국, 닭볶음탕, 삼계탕, 된장찌개, 김치찌개도 만들 수 있게 되었고, 내가 이런 음식을 만들 수 있다는 사실에 놀랐다.

밖에서 사 먹게 되더라도, 될 수 있으면 한식을 먹었다. 아무것도 안 하는 날이더라도 굶지는 않았다. 아무것도 하지 않는 날에 무언가를 먹는다는 사실에 죄책감을 가지지 않으려 노력했다. 호된 감기나 두통, 무자비한 마감이 끝난 날이면 내가 좋아하는 김치찌개 집을 찾아가 밥 두 그릇을 야무지게 비웠다. 내 몸 안으로 들어오는 음식들이, 천천히 내 몸을 돌고 돌아 나의 피와 살, 뼈가 되는 상상을 하니까 조금이라도 좋은 음식을 먹고 싶었다. 유해한 음식과 좋지 못한 습관으로 방치해 온 나의 몸을 조금이나마 보살펴주고 싶었다.

아프면 나만 아픈 게 아니라 다른 이들에게도 걱정을 주는 일로 이어졌다. 기숙사 시절, 기숙사 문 앞까지 찾아와 나를 불러내 밥을 사주며 배고프면 배 곯지 말고 언제든 나에게 연락하라고 말하던 Y 선배. 추운 겨울의 고시원 시절, 딱딱한 바케트 빵을 먹고 호되게 체해 온종일 아무것도 먹지 못하고 누워 있다 나온 나에게, '얼굴이 때꾼해졌네'라고 걱정스럽게 말하며 맛있는 저녁을 사주던 그 시절의 애인. 숨이 턱턱 막힐 만큼의 무더운 여름날이면 시원한 오이와 방금 찐 따뜻한 옥수수를 봉지에 담아 문고리에 걸어두곤 하셨던, 내가 다른 곳으로 이사를 가고 난 후에도 '아가, 건강하게 잘 지내지?'라는 따뜻한 안부문자를 보내주시던 집주인 할머니. 나를 아껴주고 걱정해주는 사람들을 위해서라도, 잘 먹고 건강해지고 싶었다. 잘 먹고 잘 움직이는 일. 건강한 일상을 살아내는 일. 좋은 음식을 먹고, 적당한 운동과 수면을 취하고, 하고 싶은 일을 잘 해나가는 삶. 이 간단하고도 어려운 일상을 실천하고 싶었다.

내가 꿈꾸는 건강한 일상은 처음부터 잘 지켜지지는 않았다. 어떤 날은 바른 생활 사람처럼 잘 지켜나가다가도, 다음 날은 언제 그랬냐는 듯이 아무것도 하지 않고 누워만 있기도 했다. 건강한 일상과 그렇지 못한 일상을 반복하며 내가 가장 신경을 쓴 부분은 '음식'이었다. 똑같은 한 끼를 먹더라도 대충 끼니를 때

우는 것과, 여러 가지 재료를 들여 밥을 지어먹는 것은 달랐다. 인스턴트 같은 가공음식을 먹었을 때와, 자연식을 먹었을 때 내 몸에 나타나는 미세한 변화를 감지했다. 내가 무엇을 먹고, 어떤 상태에 놓여 있을 때 가장 편안하고 최적의 컨디션이 되는지에 대해 골몰했다. 나의 몸과 정신은 밀접한 관계를 맺고 있었다. 나의 정신을 이루는 건 몸이었고, 몸을 이루는 건 내가 먹는 모든 음식들이었다. 좋은 음식을 먹으며 좋은 생각을 하고 싶었다. 온갖 산해진미가 펼쳐진 진수성찬 같은 비싼 음식을 먹는다기보다는, 필요한 것들이 최소한으로 담겨진, 소박한 한상차림의 음식을 먹고 싶었다.

건강한 음식을 먹으며 내 몸을 최상의 컨디션으로 유지하는 일에 집중하게 되면서부터, 건강하지 못한 나의 허기는 조금씩 사라졌다. 음식 문제가 어느 정도 해결되자, 자연스럽게 수면 시간도 일정해졌다. 간혹 수면시간이 과도하게 많아지거나 적어질 때면, 내가 요즘 무엇 때문에 스트레스를 받고 있는지에 대해 골몰했다. 집 근처 피트니스 센터를 등록해 운동도 시작했다. 예전처럼 아무것도 먹지 않고 무리하게 운동을 한다거나, 운동을 고작 하루 정도 가지 않았다고 스스로를 자책하지 않았다. 일주일에 1번이라도 센터를 방문해 운동을 하는 것만으로도 잘

해내고 있는 거라고 나를 다독였다. 운동과 관련해 일주일 중 하루는 등에 땀이 촉촉하게 나도록 걷는 일만큼은 반드시 지켰다.

*

세 끼를 꼬박꼬박 챙겨먹지 않아도 괜찮으니, 하루 한 끼는 반드시 건강한 음식을 먹을 것. 아무리 늦게 잠이 들어도 아침에 일어나는 시간을 일정하게 지킬 것. 일주일에 2~3번 정도는 휘트니스 센터에 가서 운동을 하거나, 일주일에 최소 하루만이라도 등에 땀이 촉촉하게 날 정도로 걷는 일에 집중할 것. 이것이 건강한 일상과 그렇지 못한 일상을 무수히 반복하며 얻게 된 나의 인생 루틴이다. 지금의 나는 그때와 비교했을 때 많이 나아졌다. 성난 여드름도 거의 사라지고, 몸무게는 적정 체중을 유지하고 있으며, 생리 주기도 일정해지고, 신경성 장염이나 소화불량, 기립성 저혈압 증상도 많이 사라졌다. 음식도 곧잘 만들어먹고, 배달음식이나 인스턴트 음식은 거의 먹지 않는다. 매일은 아니지만 휘트니스 센터를 꾸준히 다니고 있고, 일주일 평균 8,000보 이상, 어떤 날은 일주일 내내 만보계를 가득 채울 정도로 웬만한 거리는 대부분 잘 걸어다닌다.

그러자 예전에는 보이지 않던 것이 보이기 시작했다. 예를 들면, 특정 계절에만 볼 수 있는 아름다운 풍경 같은 것들. 하얀 눈이 사락사락 내리는 고요한 겨울 밤. 추운 겨울이 지나고 난 후 비로소 천천히 만개하는 새초롬한 매화. 은은한 아카시아 향기를 맡으며 잠에서 깨어나는 6월의 어느 날. 여름에만 볼 수 있는 밝은 새벽. 아침저녁으로 춥지도 덥지도 않은 바람이 불어오는 것으로 알게 되는 가을의 초입. 더할 나위 없이 푸르고 청명한 가을 하늘. 예전부터 항상 있어왔던 것이지만, 예전에는 안 보였던 것들. 내게 주어진 저 찬란한 예쁨의 풍경들. 살아 있는 동안 내게 주어진 것에 감사해하며 살고 싶었다. 건강한 몸과 정신으로 내게 주어진 것들을 보고, 듣고, 만지고, 느끼며 더할 나위 없이 사랑하며 잘 먹고 잘 살고 싶었다.

몸은 갑자기 나빠질 수는 있어도, 갑자기 좋아지지는 않았다. 지금에 이르기까지 내 몸은 좋고 나쁨을 반복하며 아주 천천히 회복되어갔다. 가끔 내 몸은 과거의 나쁜 습관으로 돌아갈 때가 있다. 유해하고 값싼 음식으로 끼니를 때우거나, 음식을 많이 먹지도 않았는데 강박적으로 소화제를 찾을 때. 충분히 움직일 수 있는데도 움직이지 않을 때. 과수면과 불면을 반복할 때. 아름다운 풍경을 봐도 별 감흥이 느껴지지 않을 때. 내게 주어진 것들에 대해 감사한 마음이 들지 않을 때. 아무도 만나고 싶지 않을 만큼 사람이 싫어질 때. 그럴 때 나는 가장 편한 자세로 누워 다음과 같은 말을 주문처럼 되뇌인다.

지금 나를 불편하게 하는 문제가 무엇인지 가만히 들여다볼 것. 그러나 그 문제는 절대 나를 다치게 하지 않는다는 것을 명심할 것. 그러니 스스로에게 가혹하게 굴지 말 것. 유해한 환경에 나를 무책임하게 방치해두지 말 것. 나는 좋은 음식을 먹고 건강해질 자격이 있으며, 몸도 마음도 내가 생각하는 것 이상으로 충분히 건강해질 수 있다는 것을 믿을 것. 더 이상 원인모를 죄책감에 시달리거나, 혹은 나도 예상하고 있는 과거의 그 사건으로 인해 내 몸이 망가져버렸다는 생각을 버릴 것. 그리고 그건 절대 나의 잘못이 아니며, 거기서 비롯한 죄책감으로 스스로를 혹사하지 않아도 된다는 것. 나를 사랑하는 사람들을 위해서라도, 내가 읽고 쓰고 싶은 것들을 위해서라도, 나는 반드시 건강해야 할 책임이 있다는 것. 나는 충분히 사랑받을 자격이 있고, 살아가면서 사랑해야 할 것들이 많은 사람이라는 것을 명심할 것. 나는 내가 생각하는 것 이상으로 몸도 마음도 건강하고, 사랑스럽고, 아름다워질 수 있음을 알아둘 것.

박완서의 단편 「석양을 등에 지고 그림자를 밟다」(2010)는 작가의 경험을 바탕으로 한 자전소설이다. 소설에서는 6·25 전쟁을 겪어온 작가의 유년과 함께, 1988년 아들을 잃고 20년 동안이나 이어지던 깊은 절망감으로부터 벗어나는 과정이 담겨 있다. 6·25 전쟁으로 목숨을 잃게 된 삼촌과 오빠, 이후 아들까지 잃어버리자 아들마저 빼앗아간 이 땅에 정이 떨어진 작가는, 이탈리아 여행을 떠난다. 그는 여행 도중에 호된 감기에 걸리게 되고, 한동안 아무것도 먹지 못하게 된다. 외국에서 도진 감기로 작가가 잃어버렸던 식욕은, 한국으로 돌아오는 비행기를 타고서야 비로소 되찾는다.

'집에 가서 이것저것 먹을 걸 상상하고, 식구들에게 투정부릴 궁리를 하며 콩나물죽이 먹고 싶다고 할까, 호박죽이 먹고 싶다고 할까, 아니 흰죽이 먹고 싶다고 해야지. 상상만으로도 입 안에 군침이 돌고 살맛이 났다.' 작가는 그 식욕을 "내가 있는 이 자리를 사랑하는 마음이 다시 생겼다는 뜻"이라고 보았다. 아버지의 부재로 살아온 작가의 유년시절, 사진으로만 남은 아버지의 얼굴은 어린 '나'는 의식적으로 피했고, "아버지의 사진을 쳐다본다는 건 청승을 떠는 것처럼 보일 테고, 내가 청승을 떨면 식구들이 나를 불쌍해할 것 같아 싫었다"는 것. 작가는 그게 나의 최초의 자의식이었다고 고백한다.

나를 나일 수 있게 하는 최초의 자의식은 무엇일까. 허기와 식욕 사이에서 건강해지고자 부단히 애를 쓰는 내가 보인다. 그런 나의 모습을 너무 가엾게 여기거나, 대단하게 여기고 싶지도 않다. 그날의 사건 이후로 건강을 잃었던 과거의 나를 가엾게 여기면 청승을 떠는 것처럼 보일 테고, 내가 청승을 떨면 사람들이 나를 불쌍해 할 것 같아서 더 싫었다. 그런 일을 겪고도 나는 충분히 괜찮을 수 있다는 걸 몸소 보여주고 싶었다. 건강함을 유지하기 위해 노력하는 나의 모습을 남들에게 확인받으며 유난 떨고 싶지도 않았다. 내 몸을 건강하게 유지하는 일은 당연한 것이며, 그 당연함을 대단함으로 남들에게 확인받고 싶지도 않았다. 어떤 이의 말처럼, 살아 있는 동안 내가 있는 이 자리를 사랑할 수 있는 마음만은 잃고 싶지 않았다. 내가 사는 이곳을 사랑하는 마음이 생기게 하는 나의 최애 음식을 떠올려본다. 하루 동안 내가 먹는 것들이 무엇인지, 평소에 내가 보내는 일상이 어떤 모습인지 곰곰이 살펴본다.

아침에 눈을 뜨면 티포트에 결명자를 끓여 마시는 것으로 하루를 시작한다. 갓 끓인 결명자 향기를 맡으며 당근을 한 토막 잘라 오독오독 씹어먹으면서 덜 깬 잠을 깬다. 평소에도 어지러워하고, 심할 때는 종종 쓰러지기도 하는 저혈압 증세가 있는 사람에게 당근이 도움이 된다는 것을 알게 된 이후로, 아침에 당근을 먹는 습관을 들이고자 한다. 냉장고에서 통밀빵을 꺼내 에어프라이기에 굽는 동안, 커피를 내린다. 사과 반쪽, 아몬드 5-6알, 통밀빵에 유기농 크랜베리 잼을 발라, 귀여운 곰돌이 머그컵에 담은 따뜻한 커피와 함께 먹는 시간을 참 좋아한다. 좋아하는 음악을 들으며 창가에 두고 키우는 스킨답서스를 한동안 살펴본다. 조용하고 무성하게 자라는 스킨답서스를 바라볼 때면 기분이 좋아진다. 책상 앞에 앉아 오늘 할 일이 무엇인지 정리한 다음, 일기와 원고를 쓴다. 요즘엔 아침에 일기를 쓰는 일이 많아졌다. 이것저것 읽고 쓰고 해야 할 일을 하다보면 오전 시간이 지난다.

점심 시간이 다가오자, 점심에 뭐 먹을지를 생각한다. 냉동실에 오징어가 있다는 걸 알게 되자, 오징어 파스타를 만들어먹을까, 매콤한 오징어덮밥을 만들어먹을까 고민한다. 어제 맛있게 익은 아삭한 무생채를 듬뿍 넣은 비빔밥을 먹었으니, 오늘 점심은 오징어파스타를 만들어먹기로 한다. 냉동실에서 꽁꽁 언

오징어를 싱크대에 꺼내 둔다. 베지파스타면을 삶는 동안 해동이 된 오징어를 씻고 다듬어서 먹기 좋게 자른다. 글루텐이 들어간 베지파스타면으로 바꾼 이후로 확실히 속이 편해졌다. 올리브유를 두른 프라이팬에 마늘과 페퍼론치노, 오징어, 소금과 후추를 넣고 볶다가 삶아진 파스타 면, 약간의 면수를 넣고 굴소스로 간을 맞춰가며 볶는다. 요리가 다 되어갈 즈음 마무리로 파슬리를 살짝 뿌린다. 그릇에 담아 맛있게 먹으며 다음 해야 할 일을 생각한다. 오후에는 학원 수업이 있다. 점심을 먹고 수업준비를 한 다음, 학원 갈 준비를 한다. 이번 주부터 시험기간이기 때문에 많이 바빠질 것이다. 귀욤뽀짝 시끌벅적한 중딩 아이들을 떠올리며, 오늘은 운동을 안 갔으니 1시간 일찍 나와 버스를 타지 않고 걸어가기로 한다. 수업이 끝나고 뭐 먹을까를 잠시 생각했다. 끼니마다 무엇을 먹을까 생각하는 게 일상의 절반을 차지한다는 걸 알게 되었을 때, 주구장창 삼시 세끼를 만들어먹다가 끝나는 〈삼시 세끼〉 프로그램의 취지를 알 것 같았다.

최소한의 경제적 여유를 유지하기 위해 해야 할 일들이 끝나자, 그제야 내가 정말 해야 할 일이 남았다. 이 시간을 위해 나는 아침에 눈을 뜨고, 좋은 음식을 먹고, 몸을 움직인다. 오늘은 얼마나 깊은 심연에 가닿을까. 그럼에도 불구하고, 내가 있는 이

자리를 사랑하는 마음이 생기게 하고, 나를 나일 수 있게 하는 최초의 자의식이 발생하는 시간. 난 앞으로도 내게 주어진 것을 감사해하고, 그것들을 더할 나위 없이 사랑하며, 건강하게 살기로 한다. 먹고 자고 움직이고 읽고 쓰고 사랑하는 일을 매일같이 실천하는 일. 살아있는 동안이 간단하고도 어려운 삶의 약속을 지키고자 한다. 그렇다면, 내일은 무엇을 먹을까.

기억이 나다

웹진 〈아는 사람〉(2020. 12.) 수록

모자가 아니예요.

나예요.

풀이 나예요.

— 한나, 『풀이 나다』 중에서[1]

1

한나의 그림동화책 『풀이 나다』는 어느 날 갑자기 머리에 풀이 나게 된 '나'에 대한 이야기를 하고 있다. 어느 날 갑자기, 나의 머리에 난 풀은 시간이 지날수록 무성해진다. 나의 마음과는 상

---

1   한나, 『풀이 나다』, 딸기책방, 2020.

관없이 꽃봉오리도 자라난다. 당황한 나는 그것을 가리기 위해 모자도 써보지만, 그것은 아랑곳하지 않고 모자를 뚫고 쑥쑥 자라난다. 머리 위로 풀과 꽃이 무성하게 자라나는 것을 보며 나는 두려워지기 시작한다. 이게 어떻게 된 일일까. 왜 나의 머리에 풀이 자라나는 것일까. 내가 도대체 무슨 잘못을 했길래 이런 일이 일어난 것일까. 혹시 이런 모습으로 평생을 살아야 한다면 어쩌지. 나는 머리에 난 무성한 풀과 꽃을 보며 불안과 걱정에 휩싸인다.

왜 하필 나에게 이런 일이 일어난 것일까. 왜 나는 남들과 다른 모습을 지닌 채로 살아야 하는 것일까. 내게 일어난 일이 내 잘못도 아닌, 나의 의지와는 상관없이 발생한 일이라면. 그 일로 인해 이전과는 다른 내가 되어야 한다면. 혹은 나도 몰랐던 또 다른 나의 모습이라면. 그 일로 인해 이전과는 다른 삶을 살아야 한다면. 나는 그 일을 어떻게 받아들여야 하는 것일까. 어느 날 갑자기 머리에 풀이 자라나는 '나'에 대한 이야기는, 남들과 다른 나의 모습을 받아들이는 자신의 태도와 관련한다. 내가 남들과 다름을 인정하고, 그것을 받아들이며 이전과는 다른 삶을 살아가는 나에 대한 이야기는, 일종의 성장담이나 환상 서사물이 되기도 한다.

남들과 다른 모습 때문에 미움을 받지만, 나중엔 백조가 되어 하늘을 나는 미운 오리 새끼 이야기. 죽은 자들을 본다는 이유만으로 이상한 아이로 취급받으며 암울한 유년을 보냈지만, 나중엔 자신이 지닌 능력으로 남을 도우며 살아가는 어느 보건교사에 대한 이야기. 유전자 결함으로 태어날 때부터 초인적인 능력을 지니게 된 돌연변이 변종 X맨들에 대한 이야기. 내게 일어난 예상치 못한 사건, 혹은 그 사건이 남들과는 다른 나 때문에 일어난 일이고, 그로 인해 남들과는 다른 삶을 살게 된다면.

2

나에겐 이런 일이 있었다.

난생 처음으로 심리 상담 치료를 받은 적이 있다. 나에게 일어난 예상치 못한 그 사건은 나를 힘들게 했다. 왜 나에게 이런 일이 일어났으며, 그 일이 왜 일어날 수밖에 없었는지, 그리고 그 과정에서 남들과는 다른 '나'이자, 나도 모르는 '나'는 어떤 사람인지에 대해서도 알고 싶었다. 난 상담선생님께 내가 이제까지 겪어왔고, 왜 하필 나에게 일어나 나를 힘들게 한 모든 사건들을 이야기했다. 그 과정에서 자연스럽게 유년의 기억도 소환되었다.

상담선생님은 내 이야기를 다 듣고 난 후 다음과 같이 말했다.

"남들보다 머릿속 해마 부분이 발달해 있네요. 그 부분을 '이미지 메모리얼'이라고 해요. 그래서 수십 년 전 과거의 일들도 마치 어제 일처럼 생생하게 기억할 수 있는 거예요. 남들은 기억하지 못하거나, 그저 한 번 보고 잊어버리고 마는 별 볼 일 없는 것까지도요. 다른 사람들은 그렇게까지 자세하게 기억 못해요. 그런데 정작 본인은 괴롭죠. 내 의지와는 상관없이 불쑥불쑥 찾아오는 과거의 기억들 때문에요. 기억하지 않아도 될 것, 이제는 과거에 놓아두어야 될 것들을 기억하니까요. '기억은 신의 선물이고 망각은 신의 축복'이란 말이 있는 것처럼요."

보르헤스의 소설 「기억의 천재 푸네스」에는 자신이 지금까지 살아오면서 한 번 본 것을 모두 기억하는 푸네스라는 인물이 나온다. 그의 비범한 기억력은 어릴 적 낙마사고를 겪고 나서부터 생겨났다. 대신 그는 사고 이후, 전신마비라는 장애를 얻게 된다. 어느 날 갑자기 말에서 떨어지는 사고를 겪은 이후, 이 세상이 생긴 이래 모든 인간이 가졌을지도 모르는 기억을 지니게 된 자. 가장 오래되고 사소한 일도 기억하는 자. 모든 숲과 나무, 나뭇잎뿐만 아니라 그것들을 지각하거나 다시 생각하던 모든 순간들까지도 기억하는 자.

　지금부터 하는 이야기는 뇌 속 해마가 발달해 남들보다 많은 것을 기억하고 있는 '나'에 대한 이야기다. 그렇다고 해서 내가 남들보다 뛰어난 천재는 아니다. 기억의 천재 푸네스처럼 이 세상이 생긴 이래, 모든 사람이 가졌을지도 모르는 기억을 지닌 사람도 아니다. 단지 내가 겪은 과거의 특별한 기억에 한해서는, 마치 어제 일처럼 너무나 생생하게 기억할 줄 아는 것뿐이다. 이를테면 다음과 같은 장면들.

　여섯 살의 어느 봄날. 처음으로 외할아버지와 함께 탄 자전거. 자전거 뒷바퀴에 끼어 돌아간 내 다리. 자전거 바퀴 사이에 다리가 끼어 살집이 짓뭉개지던 그날의 아픔. 우는 나를 침착한 표정으로 안아 달래주시던 외할아버지의 얼굴. 아홉 살의 어느 늦은 가을 밤. 만삭이었던 엄마의 하혈. 변기 안이 온통 피로 가득하다 못해 넘쳤던 날. 병원에 전화해 차분한 목소리로 증상을 말하던 엄마. 구급차 안에서 이번이 마지막일지도 모른다는 생각에 어두운 차창 밖 풍경을 천천히 바라보며 눈에 담았던 엄마. 그로부터 한 달이 지난 후 무사히 태어난 막냇동생. 한 살도 채 안 되는 동생이 몹시 울던 어느 여름날의 밤. 갑자기 창문과 방문을 부서져라 닫으며 그놈의 망할 애새끼 좀 조용히 해보라고 소리치던 할아버지. 얼어붙은 표정으로 서로를 말없이 바라보던 엄마와 나. 중학교 1학년 때의 어느 날. 설거지를 제대로 하지 않았다고 내 머리채를 잡고 싱크대에 처박았던 할아버지. 장롱 구석으로 몰고 가서 사정없이 발로 밟고, 주먹으로 머리를 때리며 너 같은 년은 이 집에서 없어도 된다고 소리치며 집 밖으로 쫓아내던 할아버지. 이 모든 사실을 다 알고도 모른 척하며 아무도 도와주지 않았던 고모들. 촌지 받는 것을 좋아하던 초등학교 2학년 때의 담임선생님. 형편이 좋지 않던 내 짝꿍에게, 반 아이들이 다 보는 앞에서 "그러니까 너네 아버지가 택시기사나 하지!"라고 무섭게 외치던 선생님. 그 소리를 듣고 아무 말 없이 가만히 있던 짝꿍의 표정. 중학교 3학년 때의 중간고사 날. 떨어진 펜을 줍느라 수학 선생님께 인사를 하지 못한 여학생. 갑자기 그 여학생에게 다가와 사정없이 뺨을 후려갈기던 수학선생. 훌쩍훌쩍 울음을 삼키며 시험문제를 풀던 여학생의 뒷모습.

　과거의 기억은 복병과도 같다. 예고도 없이 불쑥 등장해 내 머릿속을 뒤죽박죽 어그러뜨린다. 기억은 몇 번이고 되살아난다. 되살아난 기억은 꼬리에 꼬리를 물고 나조차도 예상하지 못하는 방향을 향해 끝없이 이어진다. 나는 생각보다 많은 것을 기억하고 있었다.

3

다시, 머리에 풀이 자라나는 '나'에 대한 이야기로 돌아가본다. 머리에 난 무성한 풀과 꽃을 보며 한동안 불안과 걱정에 휩싸이던 나는 다짐한다. 이런 나의 모습을 기꺼이 받아들이겠다고. 남들과 다른 나의 모습에 조금 우울할 수도 있고, 남들처럼 행복해질 필요도 없다면, 나는 내가 필요한 만큼 행복해지기로 다짐한다. 어느 날 어떤 이가 나의 머리를 보며 묻는다. "모자가 참 예쁘네요."라는 그의 말에 나는 대답한다. "모자가 아니예요. 나예요. 풀이 나예요."

나에게 '필요한 만큼 행복해지는 방법'이란 과거의 기억을 다스리는 일이었다. 상담선생님은 내게 기억을 다스리는 법을 알려주셨다. 치가 떨릴 만큼 수치스럽고 고통스러운 과거의 기억이 몇 번이고 되살아나 나를 공격할 때, 그 기억을 무심하게 바라보며 잠재우는 방법에 대해서. 내가 필요한 만큼 기억하는 방법이자 내가 다치지 않을 만큼 기억하는 방법에 대해서. 남들이 기억하지 못하는 것을 기억하는 일이 내게 주어진 일말의 재능이라면. 그 재능이 남들과는 다른 나의 모습을 이루는 요소가 된다면. 그 재능으로 인해 남들과는 다른 나의 삶을 살아야 한다면.

오리들 사이에 끼어 미운 오리 새끼 대접을 받던 아이는 훗날 아름다운 백조가 되었고, 남들이 보지 못하는 것을 볼 수 있는 것이 나의 능력임을 알게 된 안은영은, 이후 자신이 '아무도 모르게 남을 도와야하는 운명'을 지니고 태어났음을 인정하고, 보이지 않는 수많은 괴물들을 무찌르며 살아간다. 남들과는 다른 모습이라는 이유로 인간에게 차별받았던 돌연변이 X맨들은, 훗날 자신이 지닌 능력으로 지구평화를 지키는 일에 힘쓴다. 그렇다면, 내가 할 수 있는 일은 무엇일까.

4

「기억의 천재 푸네스」에는 다음과 같은 구절이 있다. "그는 죽음이 진행되거나, 습기가 차오르는 하나하나의 과정을 보았다. 그는 거의 참을 수 없을 만큼 정밀하고 순간적이고 다양한 형태의 세계를 지켜보는 고독하고 명민한 관찰자였다." 남들이 모르는 가장 오래되고 사소한 것마저도 기억하는 일. 참을 수 없을 만큼 굉장히 풍요롭고 선명한 그 순간을 기억하는 일. 이를테면, 다음과 같은 장면들.

여섯 살의 어느 날. 입으로 '후' 하고 공기를 불어넣어 만든

종이공을 내 손에 건네주는 외할아버지. 당신의 숨결이 담겨 온기가 느껴지는 빨간 종이공. 일곱 살의 어느 겨울. 수두에 걸려 꼼짝없이 누워 지낸 일주일. 울지도 않고 조용히 누워 귤만 먹었던 나. 그날의 신열을 조금이나마 가라앉히던 달콤시원한 귤의 맛. 할아버지에게 사정없이 발길질을 당했던 그날 밤. 자고 있던 나의 방에 들어와 내 손을 잡고 어두운 방 안에서 한동안 말없이 가만히 앉아있던 엄마의 뒷모습. 2017년 11월 8일 새벽, 방 안에서 세상을 떠난 할아버지. 새벽이 아닌 아침이 되어서야 도착한다는 병원후송관계자들. 그때까지 서서히, 차갑게 굳어지던 당신의 몸. 죽은 나무껍질 같았던 당신의 손등. 사랑하는 이와 헤어진 어느 날의 여름 한낮. 무더운 여름 바람과 함께 쏴아아 소리를 내며 천천히 흔들리던 푸르고 무성한 나뭇잎들. 새벽 산책을 하면서 맡아본 밥 짓는 냄새. 아무도 없는 도서관 열람실에서 글을 쓰며 하룻밤을 꼬박 지새운 날. 컴컴했던 사방이 갑자기 푸른 새벽빛으로 바뀐 신비로운 순간. 12월의 어느 날, 하얗게 눈이 쌓인 고궁을 혼자 걸으며 떠오르던 무수한 고궁의 시詩. 일요일 오후 여섯 시의 공원 벤치에 앉아 바라본 풍경. 산책하는 여자와 운동하는 남자. 바람에 흔들리는 나뭇잎과 날아가는 새. 공원 뒤로 요란한 소리를 내며 지나가는 오토바이. 순간 '일요일의

종소리는 열두 시와 여섯 시에 한 번'이라는 어느 시의 구절이
선명하게 떠오르는 그날의 풍경.

내가 앞으로 해야 할 일은 내가 애정하는 모든 것들을 기억하
는 일일 것이다. 반드시 기억해야 할 것들을 기억하는 일. 다른
이는 기억하지 못해도 나는 기억해야만 하는 일. 기억은 곧 기
록이다. 내가 해야 할 일은, 그 기억을 참을 수 없을 만큼 풍요
롭고 선명하고 정밀하고 순간적이고 다양한 형태의 언어로 기
록하는 일일 것이다. 그 일은 즐거울 수도 있고, 외로울 수도 있
을 것이다. 내가 그들보다 오래 살게 되었을 때, 난 혼자 남아 그
들의 마지막을 기억해야 할 것이다. 나보다 오래 살아갈 그들을
위해서라도, 사라진 그들의 기억을 남겨야 할 것이다. 기억은 곧
'나'이기 때문에.

5

언젠가, 죽지도 늙지도 않는 약을 먹고 불멸의 삶을 살아가는
자에 대한 영화를 본 적이 있다. 그는 사랑하는 연인이 죽는 것
도, 죽고 나서 수백 년을 주기로 두 번이나 환생하는 연인의 모
습도 지켜보게 된다. 그때마다 그들은 어김없이 사랑에 빠진다.

연인은 전생의 일은 기억하지 못하지만 그는 기억한다. 어느 날, 사고로 죽음을 맞이하게 된 그녀가 그에게 말한다. "내가 죽고 나서도 나를 꼭 기억해줘요." 이미 수백 년 전 연인의 죽음을 겪어 본 적이 있던 그는 대답한다. "당신이 나를 기억하지 못한다 하더라도, 내가 당신을 기억할 거예요." 이후 그는 다시 만날 연인을 위해 수백 년의 시간을 기다린다.

나도 이제부터 그들을 기억하기로 한다. 그들이 나를 기억하지 못한다 하더라도 난 그들을 기억할 것이다. 아무도 기억하지 않아서 사라지기 직전이거나, 이미 사라져버린 그들에 대한 이야기를.

감각 연습

1

그 아이의 이름은 장경수였다. 그는 내가 초등학교 3학년 때 같은 반이었다. 그는 말수도 적고 목소리도 작고 말을 더듬었다. 또래 남자아이들에 비해 체격도 왜소했다. 공부도 썩 잘하지 못했고 친구들과 잘 어울리지 못했다. 그는 종종 남자아이들에게 이유 없이 놀림을 받았다.

어느 날 같은 반 남자아이들은 그를 괴롭히기 시작했다. 처음엔 장난이었다. 그들은 늘 그랬듯이 경수의 머리를 툭 치고 어깨를 밀었다. 경수는 힘없이 웃으며 "아 왜 또 그래. 하지 마."라고 말했다. 그들은 경수의 반응이 재밌다는 듯 더 심하게 장난을 치기 시작했다. 나중에는 장난인지 진짜인지 모를 만큼 경수의 몸을 때렸다. 보는 사람도 아프겠다고 느낄 만큼. 그들의 장난은 어느 순간 광기로 변했다.

그들은 교실 밖으로 도망치는 경수를 우르르 쫓아가며 경수를 복도 구석으로 몰고 갔다. 그들은 깔깔대며 웃었고 경수는 울었다. 이 광경을 우연히 경수의 누나가 보고 말았다. 경수보다 한 학년 차이가 났던 누나는 경수를 닮아 목소리도 작고 몸집도 왜소했다. 쌍커풀 없는 작은 눈 아래로 주근깨가 나 있었다.

누나는 경수가 그들에게 괴롭힘을 당하는 광경을 보며 차마 가까이 다가가지 못하고 "그만해. 하지마."라는 말만 외치며 발만 동동 굴렀다. 쉬는 시간이 끝나는 종이 울리자, 그제서야 경수를 둘러싼 아이들은 흩어졌다. 경수는 울며 교실로 들어갔다.

경수의 누나는 종이 울린 후에도 한동안 그 자리에 서서 손으로 얼굴을 가리고 울었다. 난 그녀가 벽에 기대어 얼굴을 가리고 우는 모습을 한참동안 바라보았다. 그녀가 기댄 벽 창문에서 무심한 오후의 햇빛이 쏟아져내렸다.

2

초등학교 2학년 때 내 짝꿍은 지적 장애가 있는 친구였다. 1년 전 교통사고로 그렇게 되었다고 했다. 모두 그 아이와 짝꿍이 되는 것을 싫어했다. 1학년 때 그와 짝꿍이 된 아이는 울기까지 했다고 들었다. 아이들은 짝꿍을 바보라고 놀렸다. 짝꿍은 4학년 때까지 특수반이 아닌 일반 학급에 머물다가 전학을 갔다.

담임선생님이 그 친구를 내 짝꿍으로 지정한 이유는 내가 동생이 많아서 그를 잘 보살필 거라고 여겼기 때문이라고 했다. 난 축농증 때문에 항상 누런 콧물을 달고 다니는 짝꿍의 코를 매일같이 닦아주었다. 우유를 먹기 싫어하는 짝꿍은 씨리얼 한 웅큼과 우유에 타먹는 초코렛 가루인 제티를 갖고 다녔다. 난 짝꿍의 우유에 제티를 넣고 잘 섞어주거나 우유곽을 넓게 뜯어 씨리얼을 넣어 주기도 했다.

짝꿍은 부유한 집안의 아이였다. 짝꿍이 쓰던 필기구는 언제나 새것이었다. 신발과 가방도 마찬가지였다. 짝꿍의 주머니엔 500원짜리 동전이 한 웅큼 쥐어질 만큼의 돈이 있었다. 그래서 그가 뛰어갈 때는 짤랑짤랑 동전소리가 났다.

그 사실을 안 일부 질 나쁜 아이들은 짝꿍에게 돈을 요구하기 시작했다. 그들은 대부분 우리보다 학년이 높은 아이들이었다. 그들의 만행은 수업이 끝난 하굣길에 은밀히 이루어졌다. 어느 날 짝꿍이 교문 앞에 넘어져 있는 것을 보았다. 넘어진 짝꿍 주변으로 한눈에 봐도 내 또래 학년으로는 보이지 않는 키 큰 남학생들이 모여 있었다. 그들이 넘어진 짝꿍을 보며 무슨 말을 하는지는 정확히 알 수 없었으나 아무도 짝꿍을 일으켜 세워주지 않았다. 넘어진 짝꿍 주위로 모래먼지가 뭉게뭉게 피어올랐다.

그날 이후 짝꿍의 하굣길은 우리 반에서 교실 뒷자리에 앉는 키 큰 남학생들과 씨름부 오빠들이 함께했다. 그들의 보호를 받게 되면서부터 짝꿍에게 돈을 요구하던 아이들의 모습은 보이지 않았다.

모래 먼지가 뭉게뭉게 피어오르던 교문 앞은 회백색 시멘트 길이 깔렸다. 내가 다니던 초등학교는 여전히 그 자리에 있지만 정원 미달로 조만간 폐교될 수도 있다는 소문이 들려오기도 한다. 난 삐뚤거리는 짝꿍의 글씨를 보며 놀리던 어린 시절의 내가 견딜 수 없이 부끄러워질 때가 있다. 모래 먼지가 뭉게뭉게 피어올랐던 그날, 넘어진 짝꿍을 일으켜세우지 못하고 먼발치에서 바라보기만 하던 그날의 나를 포함해서.

3

내가 처음으로 시계를 읽을 줄 알게 된 어느 날이었다. 아빠는 내게 알람시계를 사주셨다. 아빠는 알람으로 울리는 멜로디가 너무 아름다워서 이 시계를 골랐다고 했다. 아빠가 사온 알람시계는 초록색 청개구리가 웃고 있는 모양을 하고 있었다.

알람 소리는 단순한 기계음 소리가 아니라 클래식 멜로디로 흘러나왔다. 베토벤의 〈엘리제를 위하여〉, 생상스의 〈백조〉, 쇼스타코비치의 〈왈츠 2번〉, 그리고 제목을 알 수 없는 나머지 한 곡이 랜덤으로 나왔다. 어린 시절의 난 동생과 멜로디에 맞춰 춤을 추기도 했다. 생상스의 〈백조〉는 어린 내가 들어도 마치 꿈꾸는 듯이 아름다웠다. 난 〈백조〉가 나올 때면 까치발을 하고 두 손을 머리 위로 올린 채 방 안을 빙글빙글 돌았다.

동생은 피아노학원에서 〈엘리제를 위하여〉를 배우고 있었다. 〈엘리제를 위하여〉가 들리자 동생은 아는 노래라며 신기해했다. 동생은 이 노래가 나올 때마다 피아노 앞에 앉아 이 노래의 앞부분만 몇 번이고 연주했다. 오죽하면 다른 동생이 이렇게 말하기까지 했다. "언니 이제 그만 쳐. 끝까지 치지도 못하면서. 엘리제가 싫어하겠어!"

그 말을 들은 우리는 까르르 웃었다.

*

쇼스타코비치의 〈왈츠 2번〉은 영화 〈번지점프를 하다〉(2001)에서 또 한번 듣게 되었다. 극중 인물 태희(이은주)가 인우(이병헌)와 함께 저녁 무렵의 해변가를 배경으로 왈츠를 추는 장면에서 저 음악이 흘러나왔다. 태희는 맨발로 모래사장을 걸으며 저 음악을 흥얼거렸다. 대학생이었던 그들은 연인이었다. 인우가 군 입대를 앞둔 어느날이었다. 태희는 인우와 만나기로 한 약속 장소에 가는 도중 교통사고로 사망하게 된다.

끝내 그들은 그곳에서 만나지 못한다. 시간이 흘러 고등학교 문학 선생님이 된 인우는 자신이 맡은 반 학생 중의 생전의 태희와 똑같은 말투와 행동을 하는 남학생 현빈(여현수)을 보게 된다. 성별과 나이만 다를 뿐, 인우의 눈엔 그 남학생은 옛 연인 태희와 너무나 닮아있었다. 급기야 인우는 남들의 시선 따위는 아랑곳하지 않고 현빈에게 울면서 소리친다. "나는 너를 알아보는데, 왜 너는 나를 못 알아보는거야!"

인우가 교사로 부임한 학교는 남자고등학교였다. 남학생들은 인우를 호모라고 놀리며 그의 수업을 거부하기까지 한다. 현빈은 이 모든 상황이 당황스럽기만 하다. 그러던 어느 날 현빈은 자신이 인우가 그토록 사랑했던 옛 연인 태희라는 걸 뒤늦게 알아차린다.

결국 그들은 오래전 서로가 약속한 장소에서 만난다. 그들은 뉴질랜드로 여행을 떠난다. 그들은 번지점프대 위에 서서 서로 손을 꼭 잡고 줄도 묶지 않은 채 홀연히 몸을 던진다. 난 돌고 돌아 다시 만난 그들의 사랑처럼 오랜 시간이 지나도 서로를 알아볼 수 있는 사랑이 있을 수도 있겠다는 생각이 들었다.

쇼스타코비치의 〈왈츠 2번〉은 단조로 이루어진 선율 때문에 왈츠 중에서도 유독 슬픈 느낌이 난다. 난 지금도 그 음악만 들으면 영화 속 태희처럼 세상과 작별한 이은주 배우와 함께 그 영화가 생각난다.

*

나머지 음악의 정체는 고등학교 3학년 음악시간에 우연한 기회로 알게 되었다. '작은 참새'라는 뜻을 지닌 프랑스의 샹송 가수 에디트 피아프(1915-1963)의 〈사랑의 찬가〉였다. 음악 선생

님은 에디트 피아프의 비극적인 생애와 함께 〈사랑의 찬가〉를
들려주었다.

"당신이 원한다면/ 언젠가 삶이 당신을 내게서 떼어놓는다면/
당신이 죽거나 내게서 멀리 떨어진다면/ 당신이 나를 사랑하면
아무 두려움 없이 당신을 따라가겠어요."

가난한 서커스단원의 딸로 태어난 아버지와 함께 전국을 유랑
하며 노래와 매춘으로 생계를 유지하던 그녀는 훗날 프랑스의
국민 가수가 된다. 그리고 채워지지 않는 결핍을 대신했기에 비
극일 수밖에 없었던 그녀의 사랑과 연인들과의 관계를 알게 되
니 그날의 멜로디가 내 귓가에서 생생하게 들렸다.

연인을 비행기 사고로 잃고 〈사랑의 찬가〉를 부르는 흑백 TV
속 그녀의 얼굴은 이상하게 아름다웠다. 그런 슬픔이 있었는지
조차 모를 만큼 너무나 평온해 보였다. 그녀의 목소리를 듣는
순간 멜로디에 맞춰 춤을 추던 어린 시절의 내 모습이 펼쳐졌
다. 그와 동시에 내 마음속 깊은 곳에서 설명할 수 없는 무엇이
쿵, 쿵 울렸다.

4

우리는 그분을 나비 아줌마라고 불렀다. 나비라는 이름의 고양이를 키우고 있어서 그렇게 불렀다. 나비 아줌마는 우리 집 맞은편에 사는 이웃 주민이었다. 나비 아줌마는 그가 키우던 검은색 고양이를 닮아 있었다. 나비 아줌마에게는 세 명의 딸이 있었다. 두 명은 사별한 전처와의 사이에서 낳은 쌍둥이 딸이었고 한 명은 본인이 낳은 딸이었다. 재혼한 가정이었던 그들은 여느 평범한 가족의 모습과 크게 다르지 않았다. 나비 아줌마의 남편은 어느 학교의 교장선생님이라고 들었다. 그분의 남편도 기억난다. 남편은 나비 아줌마보다 나이가 많아 보였다. 아저씨의 검고 숱 많은 눈썹이 기억난다. 내가 인사를 하면 아저씨도 웃으며 나를 반겼다.

나비 아줌마의 딸은 한쪽 다리를 절었다. 동네 사람들은 그 딸을 '흔들이'라고 불렀다. 몸을 흔들거리며 걷는다고 해서 그렇게 불렀다. 난 흔들이로 불렸던 그녀의 모습을 떠올려본다. 고등학생이었던 그녀는 화장기 없는 수수한 차림의 얼굴이었다. 안경을 쓴 그녀는 어깨까지 내려오는 머리를 종종 묶고 다녔다. 한쪽 다리를 절며 걷는 그녀의 몸은 걸을 때마다 약간 흔들렸다.

흔들릴 때마다 묶인 머리도 같이 흔들렸다. 옅은 미소를 띤 그녀의 얼굴은 약간 슬퍼 보였다.

어느 날 그녀가 죽었다는 소식을 들었다. 생을 스스로 놓았다고 했다. 당시 나는 초등학교 3-4학년 즈음이었던 걸로 기억한다. 늦은 밤 우리 가족은 나비 아줌마가 있는 병원에 갔다. 그곳엔 우리밖에 없었다. 나비 아줌마는 울고 있었다. 급작스러운 죽음이기도 했거니와, 알려질수록 세간의 수근거림이나 받게 될 딸의 죽음이었다. 그녀의 죽음은 많이 알려지지 않았다.

나비 아줌마는 울먹이며 말했다.

"나한테 편지를 남겼는데, 건강하게 태어나지 못해서 미안하다고 하더라고."

우리 가족은 황망한 그녀의 죽음 앞에 아무 말도 할 수 없었다. 그녀의 장례는 조용하고 조촐하게 치러졌다. 시간이 흐른 뒤 우리는 다시 평범한 일상으로 돌아왔다.

나는 나비 아줌마를 집 앞에서 마주치면 여느 때와 다름없이 인사를 했다. 나비 아줌마도 평상시와 똑같이 나를 반겼다. 창

밖으로 "나비야"라고 부르는 나비 아줌마의 목소리가 들렸다. 그렇게 평온한 일상이 이어졌다. 마치 그녀가 애초부터 존재하지 않았던 것처럼. 난 처음부터 존재하지 않기를 선택한 그녀의 삶이 문득 궁금해졌다. 그리고 그녀가 무엇을 미안해했는지도.

*

　내가 중학생이었던 어느 날 나비 아줌마네 집 대문 앞에 빨간 등이 달려 있었다. 남편이 돌아가셨다고 했다. 그러고보니 그녀가 죽었을 때는 빨간 등도 달지 않았다. 나비 아줌마네 가족은 내가 대학을 들어갈 무렵 이사를 했다. 나비 아줌마네 집은 한동안 비어 있었다. 반쯤 열린 문 사이로 그들이 떠난 집 마당이 보였다. 한때 나비가 뛰어다녔던 집 마당에는 잡초가 무성하게 자라있었다.

　나비 아줌마가 있던 곳은 이제 다른 사람이 살고 있다. 잡초가 무성했던 마당은 시멘트로 덮였다. 난 그곳을 지나갈 때마다 나비 아줌마와 이른 나이에 세상을 떠났던 그녀의 딸, 나비 아줌마의 남편과 그를 닮아 짙은 눈썹을 지닌 쌍둥이 언니들이 생각난다. 그들은 지금 어떻게 살고 있을까.

5

　우리 가족은 그분은 빠마 고모라고 불렀다. 미용실을 운영하고 있어서 그렇게 불렀다. 할머니와 할아버지는 그분을 수양딸로 삼았다 했다. 내 기억 속에 남아 있는 빠마 고모는 다정했다. 자그만한 몸집에 웃는 얼굴상이었던 빠마 고모는 한쪽 다리에 장애를 가지고 있었다. 고모는 걸을 때마다 한쪽 다리를 약간 절었다.

　조실부모한 여성이라는 이유만으로 결혼조차 하기 힘들었던 시절이었다. 그럼에도 불구하고 여자 혼자, 그것도 장애를 가진 몸으로 미용실을 차려서 동생들의 뒷바라지를 한 빠마 고모의 삶을 떠올려본다. 고모는 동생의 결혼식 날 혼주석을 대신한 할아버지를 항상 고마워했다. 당시 할아버지는 유명한 방송작가로 알려져 있었다. 아마도 먹고 사는 일에 치중하느라 배움이 짧던 빠마 고모의 눈엔 그 점이 동경의 대상으로 보였을 것이다.

　할아버지와 할머니는 빠마 고모가 운영하는 미용실에서 빠마를 했다. 언제서부턴가 그분들은 머리를 하러 빠마 고모네 미용실을 가는 일을 당연하게 여겼다. 값도 치르지 않았다. 그분들은 어린 나를 그곳에 데리고 간 적이 있다. 그때 나는 초등학생이었던 걸로 기억한다. 빠마 고모의 미용실 풍경을 떠올려본다. 의자가 서너 개 정도 있는 아담한 규모의 미용실이었다. 구석에 검은 쇼파가 있고 쇼파 앞에는 작은 테이블이 있었다. 테이블 아래로 카페트가 깔려 있다. 빠마 고모는 쇼파에 앉은 나에게 과일이 담긴 접시와 주스를 건넸다. 그는 나를 보며 말했다.

"너도 빠마 할래? 너 어렸을 때 여기서 빠마 한 적 있어."

빠마 고모의 말은 사실이었다. 언젠가 내가 유치원 때 찍은 사진을 보니 내가 정말 뽀글뽀글 빠마 머리를 하고 있었다.

*

어느 날 빠마 고모가 병원에 입원했다. 난소암이라고 했다. 빠마 고모의 소식을 전해 듣고 나서부터 그들은 더 이상 고모의 미용실을 찾지 않았다. 자신을 극진히 모신다는 사실을 입에 침이 마르게 자랑하던 그분들은 그날 이후 빠마 고모를 단 한 번도 입에 올리지 않았다. 심지어 빠마 고모의 장례식에도 가지 않았다. 고모가 투병을 할 때 유일하게 찾아간 사람은 엄마였다. 고모의 장례식장에 찾아와 부조금을 낸 사람도 엄마였다. 고모는 자신이 친부모처럼 여기던 분들이 아프고 난 이후 자신을 찾아오지 않는다는 사실을 한 번도 서운해하지 않았다.

내가 빠마 고모를 떠올리게 된 건 대학교를 졸업한 어느 날이었다. 한때 그분의 미용실이었던 자리를 우연히 지나가게 되었다. 뭔가 익숙한 장소라 잠시 기억을 더듬어보니 빠마 고모의 미용실이 있던 자리였다. 난 엄마에게 빠마 고모를 기억하냐고 물어봤다. 엄마는 빠마 고모에 대한 이야기를 해주며 그분의 죽음을 애도도차 하지 않는 그분들의 차가운 성정을 떠올리며 치를 떨었다. 난 문득 내 몸 어딘가에 나도 모르는 그분들의 차가운 성정이 있을수도 있겠다는 불안감에 잠시 소름이 돋았다.

6

할아버지는 돌아가시기 전 10년 동안 서서히 정신을 잃어갔다는 편이 맞을 것이다. 할아버지는 온 동네를 돌아다니며 온갖 잡동사니를 주워왔다. 그것 때문에 우리집 마당과 지하실은 거대한 고물상을 방불케했다. 가족들은 그가 누군가에게 시비를 걸거나, 돌아다니다 교통사고라도 날까봐 겁이 났다. 다행히 그런 일은 일어나지 않았다. 할아버지가 돌아가신 후 나와 동생들은 그가 주워온 온갖 잡동사니들을 치우느라 진땀을 뺐다.

할아버지는 극작가셨다. 1965년 DBS 동아방송 희곡 공모전에 사극 〈낙조유정〉 당선을 시작으로 작품 활동을 해오셨다. 라디오 드라마 〈하얀 얼굴〉, 〈아차부인 재치부인〉, 〈김삿갓 방랑기〉, TV 드라마 〈수사반장〉……. 방송 매체가 지금처럼 보급되지 않던 시절, 당신의 작품은 시대를 풍미했다. 그러나 작가로서는 인정받았지만 가족들 사이에서는 그렇지 못했다. 종잡을 수 없는 당신의 기분이 집안의 분위기를 좌우했다. 당신은 뭔가 마음에 들지 않을 때면 무섭게 윽박지르며 어린 나와 동생들을 자주 때렸다.

내가 중학생 때였다. 어느 날 당신은 설거지가 맘에 들지 않는다는 이유로 내 머리채를 잡고 싱크대에 처박았다. 어리고 힘없던 나는 속수무책으로 당했다. 그 옛날 당신의 어머니가 당신에게 했던 학대가 남은 가족에게 고스란히 이어졌다.

내가 지닌 유일한 재능이 내가 그토록 싫어하는 당신에게서 물려받았다는 사실을 알게 되고 나서야 비로소 당신을 향한 분노가 차츰 사그러들기 시작했다. 그게 당신이 내게 준 유일한 선물이라면, 난 그 선물을 사회가 허용하는 매우 바람직한 방식으로 사용할 것이라고 다짐했다.

*

언젠가 당신에 대한 칼럼을 쓴 적이 있다. 그 글을 쓴 지 얼마 지나지 않아 꿈에 당신이 나왔다. 꿈에서 본 당신은 온전한 정신일 때의 모습이었다. 당신은 나를 보고 환하게 웃으며 "글 잘 쓰고 있니?"라고 물었다. 난 어느 이른 새벽 서재에 앉아 원고지에 글을 쓰던 당신의 뒷모습이 떠올랐다. 난 당신에게 "네"라고 대답하며 조금 울었다. 당신은 내가 등단한 해에 세상과 작별했다.

당신에 대한 기억 하나를 떠올려본다. 내가 초등학교에 입학하기 전이었을 때다. 당신은 내 손을 잡고 뻥튀기 가게로 데려갔다. 난 뻥튀기 가게에서 나는 '뻥' 소리를 듣고 놀라 울기 시작했다. 당신은 우는 나를 안고 달랬다. 당신의 팔에 안겨 내려다본 그날의 풍경이 떠오른다. 오후의 햇볕이 자동차 본네뜨에 쏟아져내리고 있었다. 난 하얀 뻥튀기를 손에 쥐고 쏟아지는 오후의 햇볕이 너무 눈이 부셔 눈을 감았다. 난 그날의 뻥튀기 소리와 본네뜨에 쏟아지던 눈부신 햇볕을 오래도록 기억하고자 한다.

7

어느 겨울 이른 아침 고속터미널 역 근처를 지나가고 있었다. 노숙자로 보이는 어르신 한 분이 바지에 오줌을 쌌다. 약간의 취기도 있어보였던 그는 쏟아지는 오줌을 그저 바라보고만 있었다. 겨울이라 쏟아지는 오줌 주위로 김이 모락모락 났다. 그의 바지는 흠뻑 젖었고 바닥에는 노란 오줌이 흘러내렸다. 그는 나를 흘깃 보며 "이거 원… 멈추지 않네."라며 중얼거렸다. 난 아무렇지 않은 표정으로 그의 옆을 지나쳤다. 그의 몸에선 지린 내와 함께 씻지 않은 퀴퀴한 냄새가 났다.

*

그를 보니 초등학교 5학년 때의 어느 날이 떠올랐다. 담임선생님은 늘 그랬던 것처럼 숙제를 하지 않은 서너 명의 학생들을 교실 뒤에 서 있게 했다. 그중 한 여학생이 화장실을 가도 되냐고 말했다. 그 학생은 전에도 과제를 자주 해오지 않는 학생에 속했기에 선생님은 안된다고 말했다. 얼마 지나지 않아 그 아이는 오줌을 쌌다. 그 아이의 바지 아래로 오줌이 흘러내렸고 아이는 쭈그려 앉아 빨갛게 달아오른 얼굴을 가린 채 울었다. 반 아이들은 그를 보며 웅성거렸다. 선생님도 당황한 기색이 역력했다. 선생님은 울고 있는 여학생을 다독이며 집으로 돌려보냈다. 반장은 밀대걸레로 교실 바닥의 오줌을 닦았다.

난 그날 교실 뒤편에 서서 오줌을 싼 그 여학생을 기억한다. 그는 초등학생이라고는 믿기지 않을 만큼 성숙한 외모를 지니고 있었다. 또래 애들보다 키가 컸고 달리기를 잘했다. 그 아이의 짙은 갈색 눈동자와 갈색 머리카락이 기억난다. 그는 결손 가정이었다. 엄마가 안 계시고 할아버지와 산다고 들었다. 아빠는 집에 있는 날이 많지 않다고 했다. 그의 할아버지는 지팡이를 쥔 채 학교 운동장을 어슬렁거렸다. 할아버지는 술에 취해 있는 날이 많았다. 아이들이 지나가면 아무 이유 없이 호통을 쳤다. 지팡이를 땅에 쾅쾅 내리찍으며 그 아이의 이름을 부르며 "걔 어딨어? 어서 데리고 와!"라고 소리를 지르는 광경을 자주 봐 왔기에 나는 그분이 그 아이의 할아버지임을 알 수 있었다.

6학년이 끝나갈 무렵, 그 아이는 동네 오빠들과 어울리기 시작했다. 그의 키는 작년보다 더 커져 있었다. 그가 어울리는 오빠들 무리는 여느 학생들의 모습과는 거리가 있어 보였다. 학교 밖 그의 모습은 전혀 다른 모습이었다. 이제 그녀는 교실바닥에 오줌을 싸고 울던 그날의 아이가 아니었다. 학교 밖에서 그 아이의 모습은 구두를 신고 어른스런 옷을 입고 화장도 했다. 그는 아는 오빠들과 주말에 놀러간다는 말을 하기도 했다. 그 말을 할 때 그의 얼굴은 매우 행복해 보였다.

*

시간은 흘러 나는 중학교에 들어갔다. 나는 그 아이와 같은 학교가 아니었기에 그의 존재는 내 기억 속에서 서서히 희미해졌다. 그러던 어느 날 같은 초등학교 친구들로부터 그의 소식을 전해듣게 되었다. 그가 임신을 했으며 그 일로 다니던 중학교를 중퇴했다고 했다. 아이의 아빠는 고등학생이라고 들었다. 그 소문은 사실이었다. 다모임에서 그의 소식을 볼 수 있었다. 그의 홈페이지에는 어린아이를 안고 웃고 있는 그의 사진이 있었다.

*

내가 고등학교 2학년이 된 어느 날이었다. 난 그날도 우연히 다모임 사이트를 보다가 그의 근황을 알게 되었다. 그의 프로필

사진에는 "셋째 아이 임신 중"이라는 문구와 함께 한 손으로 턱을 괴고 웃고 있는 그의 얼굴이 보였다. 난 믿기지 않았다. 그의 세 번째 임신이 정말 그가 원한 것인지, 아니면 단지 임신한 나의 모습을 사랑하고 있는 것인지 궁금했다. 그런데 아무리 봐도 아이의 아빠 사진은 찾아볼 수 없었다. 이런 경우 대부분 가족사진을 메인으로 올려놓기 마련인데, 보면 볼수록 이상한 기분이 들었다. 고작 고등학교 2학년밖에 되지 않은 나이에 셋째까지 임신했다면 제대로 된 정규수업을 받았을 리도 만무했다.

그의 존재는 싸이월드에 의해 다모임의 인기가 점차 사그러들면서 희미해졌다. 그는 셋째를 무사히 출산하고 화목한 가정을 이루며 잘 살고 있을까. 그의 곁에 술 취한 할아버지가 아닌 그를 지켜줄 다른 누군가가 그의 곁에 있었다면 그의 삶은 어땠을까. 그리고 그와 어울렸던 그때 그 시절의 오빠들은 지금쯤 뭘 하고 있을까.

8

그날의 여행은 애인과 통화를 하다 시작되었다. 우린 시시콜콜한 일상의 안부를 주고받다가 갑자기 보고 싶어졌다. 우리는 숲이 보이는 한적한 교외로 나갔다. 그와 함께면 아무것도 하지 않아도 좋았다. 애인은 급하게 나오느라 구두를 신고 있었다.

우리는 손을 잡고 근처 숲속을 오래 걸었다. 숲에는 우리밖에 없었다. 여름의 초입이었고 등에 땀이 촉촉히 스며들었다. 난 걷기에 불편해보이는 애인의 구두가 마음에 걸렸다. 구두를 벗은 그의 발가락을 보니 물집이 잡혀 있었다. 난 그에게 밴드를 건넸다. 부드러운 구두 속에서도 일마다 아리고 까진 그의 발가락. 그는 내 앞에서 한 번도 아픈 내색을 하지 않았다. 그때 난 이상에 대한 논문을 쓰고 있었다.

"혈족이 저물도록/ 내 아픈 데가 닿아서/ 부드러운 구두 속에서도 일마다 아리다."(이상, 「서망율도」) 난 이 구절만 보면 그와 함께 걸었던 그날의 숲이 생각난다. 그리고 다가올 자신의 죽음과는 무색하리만치 푸르렀던 이상의 숲도 떠오른다.

9

동네를 걷다 보면 자주 마주치는 분들이 있다. 엄마와 딸로 보이는 두 명의 여자가 있다. 그들의 얼굴을 들여다보면 얼굴의 절반이 닮아 있다. 그들은 서로의 손을 꼭 잡고 걷는다. 흰 머리 여자는 정신이 또렷하지 않아 보인다. 젊은 여자는 그를 어린아이처럼 대한다. "그쪽으로 가면 안 돼. 이리와!" 흰머리 여자의 옷매무새를 고쳐주며 툴툴대는 젊은 여자의 목소리에 온기가 배여 있다.

나와 그들은 자주 마주친다. 언제부턴가 흰머리 여자는 나를 알아보며 손을 흔든다. 그녀는 나를 가리키며 무슨 말을 하려고 하는 것 같은데 말이 제대로 나오지 않는다. 그러자 옆에 있는 젊은 여자가 그녀에게 말한다. "자주 보는 얼굴이네. 그렇지?" 우리는 서로를 바라보며 웃었다.

어느 날은 흰머리 여자 혼자서 길을 걷고 있었다. 그녀 뒤로 차 한 대가 바짝 따라왔다. 난 그녀가 위험해보였다. 그녀가 조금이라도 걸음을 멈추면 뒤에 오는 차에 치일 것 같았다. 난 "저기요!"를 외치며 그녀에게 뛰어갔다. 그러자 그녀 뒤를 따라오던 차의 운전석 창문이 열리며 젊은 여자의 얼굴이 보였다. "괜찮아요. 걱정하지 마세요. 우리 엄마예요. 갑자기 말도 없이 밖을 나와서 쫓아가는 중이었어요. 고맙습니다."

그 이후에도 그들은 손을 잡고 동네를 걸었다. 흰머리 여자는 지금도 나를 볼 때마다 반가워하며 손을 흔든다. 난 그들이 오래오래 이곳을 걸었으면 좋겠다.

*

　폭염주의보가 내린 어느 여름 한낮이었다. 길가에 구급차 한 대가 서 있고, 어느 할머니 한 분이 들것에 실려 구급차 안으로 들어가고 있었다. 할머니는 꽃무늬 양산을 가지런히 접어 한 손에 꼭 쥐고 있었다. 구급차가 출발하기까지 할머니는 들것에 누워 아무 말 없이 주변을 천천히 둘러보았다. 난 구급차가 떠나는 것을 오래도록 바라보았다. 난 할머니가 들것에 누워 주변을 천천히 둘러보며 무엇을 떠올렸는지 궁금해졌다.

*

　그들은 분명 엄마와 아들 사이로 보였다. 아들은 장애가 있었다. 엄마보다 큰 몸집을 지닌 거구의 아들은 길 한복판에서 고래고래 소리를 질렀다. 그는 무언가 맘에 들지 않았는지 엄마에게 떼를 쓰듯 발을 구르며 짐승소리에 가까운 괴성을 질렀다. 그들을 본 사람들은 흠칫 놀랐다. 그의 흥분이 가라앉는 동안 엄마는 이런 일이 익숙하다는 듯이 차분한 표정으로 그를 말없이 바라보았다. 아들의 얼굴은 빨갛게 상기되어 있었다. 아들을 바라보는 엄마의 두 손은 깍지를 꼭 쥐고 있었다. 그날의 일기日氣는 평온한 기온이 감도는 봄날이었다.

10

　내가 초등학교에 들어간 지 얼마 안 된 시기였다. 엄마가 거실 바닥에 포도즙을 쏟았다. 레토르트 파우치에 담긴 포도즙을 마시려다가 실수로 바닥에 떨어뜨려버린 것이다. 닦아버리기엔 너무 아까웠다. 엄마는 잠시 고민하더니 빨대를 가져와 나와 동생에게 건넸다. 우리는 바닥에 배를 깔고 누워 빨대로 엎질러진 포도즙을 빨아마셨다. 진공청소기가 먼지를 빨아대듯이 포도즙은 우리의 빨대 공격으로 서서히 줄어들었다. 머리를 맞대고 맹렬한 기세로 열심히 포도즙을 빨아먹는 모습이 웃겨서 우린 웃음을 터뜨렸다. 포도즙을 다 먹어갈 때쯤 빨대에서 공기 빠지는 소리가 들렸다.

　언젠가 사진관 아저씨는 증명사진을 찍는 내게 "세상에서 가장 행복한 순간을 떠올려보세요. 하나, 둘, 셋!"이라고 외치며 카메라 셔터를 눌렀다. 난 문득 그날의 포도즙 소동을 떠올렸다.

11

나에게 기억은 곧 감각이다. 나의 감각은 그날의 기억으로부터 시작된다. 이를테면 누군가에겐 별 볼 일 없거나 기억할 필요가 없는 것들. 절대로 잊혀져서는 안 되는 것들. 설명할 수 없지만 내 안에서 사라지지 않고 남아 있는 것들. 나의 글은 그것들이 왜 내 안에서 사라지지 않고 남아 있는가에 대한 의문에서 시작된다. 난 이 의문을 알기 위해 그것들을 기록하고자 한다. 그것들이 나도 모르게 떠오르는 순간을 절대 허투루 흘려보내지 않고자 한다. 그 순간을 닮은 이상하고 아름다운 문장들을 받아 적고 싶다. 쓰지 않으면 안 되는 그 이상하고 아름다운 순간들이 오래도록 내 안에서 사라지지 않고 남아 있었으면 좋겠다.

전 영 규 문학평론가

2017년 조선일보 신춘문예 평론 부문에 당선되어 작품활동을 시작했다.
창작동인 '켬'으로 활동하며 비평과 산문을 쓰고 있다.
중앙대학교 문예창작학과에서 박사학위를 받았으며,
한국 근대 문학의 '권태'를 주요 연구 주제로 삼고 있다.
『못 다한 이야기는 더 많은 용기를 남기고』는 첫 산문집이다.
읽고 쓰는 일 사이에서 삶을 이어가고 있다.

못다 한 이야기는
더 많은 용기를 남기고

초판 1쇄 인쇄일	2026년 3월 16일
초판 1쇄 발행일	2026년 3월 27일

지은이	전영규
펴낸이	한선희
편집/디자인	이보은 박재원 안솔비
마케팅	정찬용 정진이
영업관리	정구형 근지은
책임편집	안솔비
펴낸곳	국학자료원 새미(주)

등록일 2005 03 15 제25100-2005-000008호
경기도 고양시 덕양구 권율대로 656 원흥동 클래시아더퍼스트 1519, 1520호
Tel 02)442-4623 Fax 02)6499-3082
www.kookhak.co.kr
kookhak2010@hanmail.net

ISBN	979-11-6797-554-6 *03800
가격	15,000원